O bilionário proibido

UM ROMANCE DOS IRMÃOS SINCLAIR

J. S. SCOTT

O bilionário proibido
(The Forbidden Billionaire)
Um Romance dos Irmãos Sinclair

Tradução: Alice Klesck

Design de capa por Laura Klynstra

ISBN: 978-1-946660-27-5 (E-Book)
ISBN: 978-1-946660-28-2 (Paperback)

Índice

Prelúdio

Cinco anos antes, Cambridge, Massachusetts

— **M**as que diabos, onde estou? O homem inebriado no chão da sala balbuciava, meio coerente, murmurando consigo mesmo, enquanto vivenciava um momento raro de consciência. Sem querer despertar novamente, ele gemeu em protesto. Ele levantou hesitante, foi cambaleando até o banheiro, com a bexiga prestes a explodir, caso não se mexesse.

Depois de cuidar disso, ele se olhou no espelho, piscando para a imagem, a visão ainda embaçada.

Ah sim, ele reconheceu o rosto por baixo da barba por fazer, os olhos inchados, as feições sombrias.

Ainda o rosto de um assassino.

Com a pouca força que lhe restava, ele bruscamente socou o espelho, estilhaçando sua imagem refletida. — Cretino! — ele disse, com a voz áspera e fraca, um corte do espelho quebrado começando a sangrar, o sangue escorrendo de sua mão, com o punho ainda cerrado. — Imbecil, ignorante, babaca, idiota.

O alívio de não ver mais sua imagem repulsiva foi breve e quase imperceptível. Ele virou e deixou o banheiro, sem se incomodar em limpar o vidro. Isso nem importava. Sua casa inteira estava um desastre e ele não dava a mínima.

Merda! Ele detestava esses momentos de lucidez. Eram horríveis. Ele só queria um pouco de alívio da agonia de pensar.

Raiva ou culpa?

Ódio ou amor?

Fúria ou remorso?

Sentimentos desconexos se emaranhavam dentro de sua cabeça, até que ele não conseguia mais pensar, não conseguia respirar por conta da angústia que isso causava. Ele sentiu uma dor brutal irromper em seu peito, suas vísceras se contorcendo ao pensar *nela*. E *nele*.

Não pense nisso. Não pense. Não. Pense.

Ele tentou não raciocinar, não tentar entender o sentido de nada, mas seu cérebro não deixava. Então... fúria ou remorso? Cristo... ele simplesmente não sabia, mas os dois sentimentos guerreavam dentro dele, destroçando-o em pedacinhos.

Fuja!

Será que ele os odiava... ou odiava a si mesmo? Ou ambos?

Ele concluiu que abominava mais a si mesmo e cambaleou para dentro da cozinha, remexendo no armário de bebidas, até que encontrou outra garrafa de uísque. Ele arrancou a tampa e bebeu direto da garrafa, em goladas, tomando uma porção generosa.

Ao sair cambaleando da cozinha, ele aterrissou de bruços no sofá da sala e riu amargamente da ironia de que até pouco tempo... ele raramente bebia. O som áspero ecoou pela casa grande que estava sem mais nenhuma alma viva, exceto ele.

Eu estou pouco me lixando se não costumo beber. Aquela pessoa que não bebia sempre era um homem diferente – um cara tão imbecil e ingênuo que até acreditava em amor e amizade.

Não mais. Ele estava farto de ficar ligando para as coisas. Ligar para alguém ou algo doía demais.

Ao erguer a cabeça, ele virou de novo a garrafa, precisando se esquecer, antes que as vozes em sua cabeça o deixassem louco e a dor em seu peito o matasse. Não que ele ligasse.

Covarde. Você ferrou tudo. Enfrente.

O problema era que ele não podia lidar com nenhum desses pensamentos confusos.

Ódio.

Confusão.

Desespero.

Dor.

Traição.

Tudo o estava bombardeando, destruindo-o.

Começando a sentir o consolo que ele buscava na escuridão, ele suspirou e virou a garrafa mais uma vez.

- Nunca mais vou ligar pra porra nenhuma – ele jurou, numa voz embargada.

Conforme sua visão foi escurecendo uma pequena parte perdida de sua alma começou a surgir dentro dele, uma porção de seu antigo ser que o queria recomposto.

Se eu continuar assim, vou morrer.

Ele não tinha ideia de quanto tempo estava fazendo isso, acordando e caindo anestesiado outra vez. Mas, a julgar pela feição amarrotada, a barba por fazer que ele rapidamente vira refletida no espelho naquele momento aterrorizante, obviamente, já fazia um bom tempo.

Você não pode fazer isso pra sempre. Levante.

Dando outro gole na garrafa de uísque, ele esmagou a pequena voz da razão e fechou os olhos, a mão pendendo inerte ao lado do sofá, a garrafa caindo de sua mão e aterrissando silenciosamente no carpete.

Eu matei duas pessoas que me traíram.

Ele não tinha como lidar com isso.

A impotência sombria recaiu sobre ele, enquanto o vazio que ele buscava o engolia inteiro, eliminando qualquer pensamento, cortando a fonte de agonia na qual ele mergulhava. Acolhendo a escuridão que buscava, ele perdeu a consciência e deixou que as sombras o levassem.

Capítulo 1

No presente, Amesport, Maine

Ela está chorando.

Ele não deveria dar a mínima.

Ele não queria ligar.

Mas, infelizmente, ele ligava pra cacete.

Jared Sinclair recostou o ombro musculoso do lado de fora do Shamrock's Corner Pub na Main Street, observando enquanto Mara Ross deixava sua loja de bonecas e rapidamente atravessava a rua, limpando o rosto, zangada. Ele prendeu a respiração sentindo-se um espreitador, quando ela passou a alguns metros dele a caminho do calçadão. Ela tinha o olhar fixo diretamente à frente e ele soltou o ar quando Mara passou direto, completamente alheia à sua presença.

Ela nem me viu.

Isto nem deveria incomodá-lo, mas, de alguma forma, era irritante que ele fosse tão fascinado por Mara, enfeitiçado o bastante a ponto de parar tudo para olhá-la, e ela nem sequer o percebeu.

Por que ela está chorando? Ela está sempre rindo.

Ele desencostou da parede e a seguiu, sem conseguir resistir à compulsão de ir atrás dela, egoisticamente torcendo para que a infelicidade dela não fosse por conta de seus atos.

Ela não deveria saber... ainda.

Poderia ser qualquer coisa. Talvez ela só estivesse com os hormônios alterados. Isso acontece com as mulheres, certo? Ou talvez, seu cachorro tivesse morrido. Trágico, mas os animais têm vidas mais curtas que humanos, e eles morrem. Jared nunca tivera um bicho de estimação, mas imaginava que perder um companheiro canino certamente faria Mara chorar. O problema era que Mara não tinha cachorro e seu único parente próximo, a mãe, havia falecido um ano atrás.

Ainda pode ser qualquer coisa, qualquer outro motivo.

Ele xingou a si mesmo por importar-se, por sua curiosidade dominá-lo enquanto prosseguia atrás dela.

Ela tinha sumido do calçadão, obviamente seguindo rumo à praia deserta. O clima estava desanimador e tinha chovido o dia todo. Sim, momentaneamente, as tempestades haviam parado, mas Jared só precisou dar uma olhada para o céu para ver que outra chuva forte estava rapidamente a caminho de Amesport. As nuvens escuras vinham direto em direção à cidadezinha costeira do Maine – motivo pelo qual, todas as pessoas de juízo estavam em casa nesse momento. As ruas e a praia estavam praticamente desertas.

Maldizendo seu fascínio pela morena curvilínea, ele deu uma golada em seu café da Brew Magic e seguiu para o calçadão. Particularmente, Jared adorava a escuridão de um dia chuvoso, o estrondo dos trovões e a chuvarada combinavam com seu estado interior, inquieto e agitado. Ele não ligava muito se agia como um babaca na maior parte do tempo. Era melhor que tentar fingir uma felicidade que não existia pra ele.

Eu gostaria de nunca ter saído da Península para vir à cidade. Gostaria de ter ficado em casa e seco, como os turistas estão fazendo hoje. Então, eu não a teria visto, nunca saberia que ela está aborrecida.

Como ele era provavelmente o pior cozinheiro do mundo, ele tinha vindo de sua casa na Península de Amesport até a cidade, para comprar algo para comer. Bem na hora em que estava seguindo de volta ao seu carro, ele parou para olhar a loja de Mara, do outro lado da rua. Duas compulsões antigas o arrebatavam sempre que ele via a edificação monstruosa e antiga, que era o lar e também a loja de Mara Ross. Ele certamente era atraído à antiga residência por ser parte da história dos Sinclair em Amesport, uma casa que pertencera a um marujo capitão que foi seu ancestral. Toda vez que ele olhava aquela casa, ele imaginava como ela teria sido, duzentos anos antes. Ora, ele era formado em arquitetura. Não era normal imaginar a construção antiga, em seus dias de glória? *Esses* sentimentos, Jared podia até afastar por conta de sua formação e ocupação. Ele adorava casas antigas em geral, a sensação de história que ele tinha quando estava perto delas. Compreensível, talvez – considerando seu histórico. O que realmente o deixava desconcertado era sua obsessão pela ocupante da casa, Mara Ross.

Ela me ajudou algumas vezes. É normal que eu sinta alguma gratidão, certo?

Jared estava enganando a si mesmo, e ele sabia disso. Havia muita gente que o ajudara na pesquisa sobre a história dos Sinclair na cidade de Amesport, desde que ele chegara em sua casa de veraneio para uma visita, semanas atrás. Intrigado por não saber o quanto o Sinclair haviam sido entranhados historicamente nessa comunidade, ele buscou informação, só por curiosidade no começo. Quanto mais ele descobria, mais ele queria montar o quebra-cabeça da história de sua família. Embora ele fosse grato a todos que o ajudaram a desvendar o mistério de seus ancestrais de Amesport, ele não sentia essa atração inexplicável por ninguém – a não ser por *ela*.

Alheio ao estrago que ele estava fazendo em seus sapatos italianos esportivos e caros, Jared deixou o calçadão e desceu à pequena praia, afundando os pés na areia molhada.

Mas que diabos, pra onde ela foi?

Seu coração disparou alarmado, enquanto seus olhos percorriam a praia deserta, sem ver uma alma viva. A violência das ondas quebrando na praia aumentou sua urgência em encontrá-la ... até que ele finalmente a viu, sentada sozinha, no final das formações rochosas perto do píer, de cabeça baixa, parecendo derrotada.

Vá embora. Não se envolva nisso. Não é da sua conta que ela esteja aborrecida. Ela provavelmente quer privacidade. Vá. Agora. Ele evitava cenas emotivas, como se fossem doenças incuráveis. A última coisa que ele queria era se envolver com os problemas de uma mulher com quem ele só conversara brevemente, algumas vezes. Ele mal a conhecia. E não lidava com drama. Manter o controle de seus próprios sentimentos era algo muito importante pra ele. A única forma que ele via para conseguir fazer isso era evitar se importar demais com qualquer coisa. E isso incluía mulheres tristes e chorosas, como Mara Ross.

Ela trará problemas.

Jared tentou ir embora. Ele realmente tentou. Mas, por algum motivo, ele se viu atraído pela tristeza dela como se fosse um ímã. Seu cérebro podia estar dizendo para que ele fosse embora antes que ela percebesse que ele estava ali, que a deixasse resolver sozinha, as suas coisas. Mas, em vez disso, ele se viu andando rapidamente pela areia e rochas, seguindo sorrateiramente até o final de uma grande pedra, onde ela estava sentada.

Pode admitir, cara. Você se ferrou desde o momento em que viu aqueles olhos castanhos imensos, o sorriso sincero, a silhueta curvilínea. Por algum motivo, ela bagunça a sua cabeça e você é incapaz de se afastar da dor que ela sente, tanto quanto poderia parar de respirar.

Mas que droga, ele queria ir embora. Muito.

Claro, ele gostava de uma boa transa tanto quanto qualquer outro cara de quase trinta anos. Ele fazia questão de propositalmente encontrar mulheres que quisessem qualquer coisa dele, exceto sentimento. Ele lhes daria o que elas quisessem materialmente em retribuição a uma noite de sexo prazeroso, sem qualquer ligação emocional. As mulheres com quem ele transava também não queriam isso. E ele gostava que fosse assim.

Então, que porra eu estou fazendo aqui?

Ele parou atrás de Mara, novamente imaginando se estava perdendo a cabeça, junto com seu controle, sempre presente. O mar revolto respingava em seu jeans preto e na camisa verde, lentamente molhando sua roupa. Mara parecia já ter seu jeans e a camiseta totalmente encharcados, mas ela olhava vagamente para o Atlântico e Jared estava bem certo de que ela nem havia percebido que sua roupa estava molhada. O desespero parecia emanar dela em ondas que envolveram violentamente seu coração gélido.

Merda. Isso tem que parar. Seja qual for o problema, eu vou ajudá-la a resolver. Então, talvez eu consiga superar essa obsessão inexplicável que sinto por ela. Ela está me tirando o equilíbrio e eu não posso me dar ao luxo de perder o controle.

Depois de parar de lutar consigo mesmo, Jared admitiu a derrota só por um momento, e seguiu até o lado dela, sentando na pedra molhada, ao lado de Mara. Tirando os óculos do rosto dela, ele tentou secá-los, com sua camisa úmida. – Há muito poucas coisas na vida dignas de choro. – Ele havia descoberto isso há muito tempo.

Espantada, Mara finalmente virou a cabeça para o lado e olhou pra ele, como se estivesse perplexa em vê-lo sentado ao seu lado. – O que você está fazendo aqui? – ela perguntou, cautelosa. – Vai começar a chover a qualquer momento. – Ela deu uma olhada acima, para as nuvens escuras que se aproximavam.

Jared sacudiu os ombros e recolocou os óculos cuidadosamente no rosto dela. Ele não podia dizer que ela o atraíra até ali, que o fisgara feio, na hora, da primeira vez que falou com ele – embora fosse lamentavelmente verdade. – Eu poderia lhe perguntar a mesma coisa. Esse não é o lugar mais seguro para estar nesse momento.

Jared contraiu o maxilar quando seu comentário anterior lhe lembrou que o mar estava incrivelmente revolto e outra tempestade estava se aproximando. Os olhos dele a percorreram, e uma possessividade primária subitamente se apossou de todo o seu corpo. Mara parecia pequena e vulnerável, e ele não gostava disso. Seus olhos escuros estavam repletos de tristeza e ela estava de braços cruzados quando respondeu. – Eu queria pensar. Aqui que eu venho quando preciso resolver alguma coisa. Às vezes, eu percebo o quão pequenos são os meus problemas, quando vejo a vastidão do oceano. – Ela elevou o tom de voz, para que ele pudesse ouvi-la, acima do ruído das ondas batendo nas rochas.

Jared se encolheu diante da vulnerabilidade que ouviu na voz dela, querendo pegá-la e levá-la pra algum lugar – qualquer lugar – para fazê-la esquecer-se de seus problemas, quaisquer que fossem. – E está dando certo? – a julgar pelo seu semblante angustiado, não estava.

- Hoje, não – ela admitiu, com um grande suspiro, pousando os cotovelos nos joelhos e enlaçando os dedos, olhando novamente o mar bravio.

- Quer conversar a respeito? – *Jesus, eu parecia o Dr. Phil.* Quando foi que ele algum dia incentivou alguém, exceto seus irmãos, a falarem de algo emocional? E até isso era raro. Os Sinclair simplesmente não eram acostumados a despejar as emoções a qualquer um, ou deixá-las à mostra. Ele e seus irmãos tinham nascido abastados, parte de uma elite das velhas fortunas. Era proibido demonstrar qualquer sentimento, exceto um comportamento social educado, e esse traço havia sido inserido em todos eles, desde o nascimento. Eles eram leais, mas raramente demonstravam a afeição que tinham um pelo outro, embora ela estivesse presente.

Estranhamente, ele ainda queria que Mara falasse do que a estava incomodando, embora ele não tivesse a menor ideia de como reagir. Querer saber dos pensamentos dela era um impulso muito estranho para um cara como ele.

Mas que diabo ela estava fazendo com ele – além de lhe deixar permanentemente de pau duro? Enquanto ele terminava de beber seu café, ele percebeu que queria sim saber o que estava tão errado para poder ajudá-la a consertar. Talvez, então, ele pudesse ter alguma paz, ou parasse de se sentir compelido a arrancar cada detalhe de sua vida, daqueles lábios deslumbrantes e carnudos.

Jared observava, enquanto Mara balançava a cabeça, seu rabo-de-cavalo balançando atrás de sua cabeça. – Eu realmente não quero falar a respeito. Nós mal nos conhecemos.

Quase sem conseguir ouvi-la, Jared aproximou-se, sua coxa roçou na dela, quando ele respondeu – Às vezes, é mais fácil conversar com alguém que você não conhece, ouvir uma opinião imparcial. *Então, eu posso matar quem estiver deixando-a tão infeliz. Problema resolvido.*

Jared se remexia inquieto, sem conseguir conter os instintos incrivelmente protetores que ele sentia em relação a uma mulher que mal conhecia. A verdade era que ele detestava ver Mara desse jeito. O fato de que ela estava obviamente desalentada e infeliz o comia vivo. Ao longo das últimas semanas, toda vez que ele visitou sua loja, ela estivera totalmente aberta e entusiasmada em ajudá-lo a saber mais sobre a história dos Sinclair em Amesport, levando-o a outras fontes que o ajudassem em sua pesquisa. Ora, ele a vira ainda ontem e ela lhe dera um de seus sorrisos radiantes e alegres – uma expressão genuína que lhe dizia que ela ficava feliz em vê-lo sem um motivo específico, um semblante que ele nunca tivera em sua direção por mulher alguma, exceto sua irmã Hope. Nesse mundo, praticamente todos queriam alguma coisa dele e ninguém daria nada sem ter algo em retribuição. Mara Ross era pura luz e, por um breve período, ela havia iluminado a escuridão que parecia se agarrar a ele a cada minuto do dia. Ela era tão meiga e sempre parecia ter uma inocência inebriante. Quando eles conversavam, ele sentia que ela o olhava como uma pessoa, não como um bilionário, a atenção dela era inteiramente focada em ajudá-lo porque ela queria. Não que ela esperasse algo em troca. Esses eram os traços dos quais Jared queria fugir o mais rápido que pudesse, no entanto, ao mesmo tempo, inexplicavelmente o atraíam. Algo nela o fascinava e, pela primeira vez em muito tempo, ele não conseguia exercer o devido controle e parar com essa atração indesejada.

Depois de uma longa pausa, ela respondeu hesitante – Está bem. Talvez você esteja certo. Talvez eu precise mesmo falar sobre isso, e não tenho ninguém com quem falar. Eu estou sendo despejada da minha casa. O proprietário está vendendo o imóvel. Eu tenho que sair. – Continuando a olhar o mar, ela enlaçou os dedos. – Minha avó que administrava a loja, depois minha mãe e agora sou eu. Tudo que me resta delas vai desaparecer.

Jared ficou tenso. – Você tem um contrato de locação, certo?

- Não – ela respondeu, bruscamente. – Sempre foi um aluguel de boca. Foi assim desde que a casa estava com a minha avó. Nem existe um contrato escrito. Os donos moravam em Amesport até uns vinte anos atrás. A casa foi passada de pai pra filho. Nunca houve qualquer questionamento sobre o aluguel da propriedade até o último filho se mudar. Ele detestava aqui.

- Nós podemos lhe arranjar um lugar novo. A casa não está mais segura, Mara. Precisa de uma grande reforma. O velho prédio é como uma bomba relógio, se não tiver uma reforma completa. O telhado tem vazamentos da chuva? – Jared perguntou, com a voz séria.

Ela olhou-o, espantada. – Sim. Em alguns lugares. Como você sabe?

- Eu sou arquiteto. Posso ver os sinais. Quantos reparos os donos fizeram que você se lembre? – *Porra*. Ele torcia que fossem mais do que ele suspeitava.

Os ombros dela caíram quando ela respondeu – Que eu me lembre, nada. A casa precisa de muito trabalho. Eu faço o que posso, mas tem sido difícil desde que a minha mãe morreu, e o dono agora se recusa a fazer qualquer trabalho na casa. Acho que é porque ele nunca pretendeu mantê-la.

Jared sabia, segundo as fofocas na cidade, que Mara havia perdido o pai com um ataque do coração anos antes, e a mãe tinha falecido havia pouco mais de um ano. A loja não estava rendendo dinheiro e provavelmente não rendia há anos. Jared já tinha calculado isso, só de observar. Mara fazia bonecas incríveis, mas, quanto uma loja de bonecas poderia faturar, no mercado atual? Quantas vendas ela realizava, mesmo durante os meses movimentados de verão? Seu aluguel, por ser na rua principal de uma cidade turista costeira tinha de ser bem alto, mesmo para uma residência que estivesse desesperadamente precisando de reparos. – Você pode encontrar um novo local – ele gemeu, recusando-se a acreditar que não houvesse uma solução para os problemas dela. – De qualquer forma, você não pode ficar lá, se o telhado está vazando. A estrutura não está segura.

Mara sacudiu a cabeça lentamente e lançou um sorriso fraco e derrotado pra ele. – Não há outro lugar. E não seria a mesma coisa. Eu sei que tenho que enfrentar a realidade. O negócio não está dando lucro. Mais cedo ou mais tarde, eu teria que abrir mão.

- O que você vai fazer? – Jared perguntou, com a voz rouca.

Mara sacudiu os ombros. – Não tenho certeza. Mudar para uma cidade maior. Encontrar um emprego em algum lugar. Recomeçar. Acho que era nisso que eu estava pensando. Só será bem difícil deixar Amesport.

Ah porra, essa não. Ela não pode ir embora. A família de Mara Ross está em Amesport há gerações. Ela sabe cada fato histórico da cidade e é praticamente a historiadora local não oficial. Seu lugar é aqui, droga. Ela obviamente adora o lugar.

Um trovão estrondou assustadoramente antes que Jared pudesse responder. Ele rapidamente levantou e estendeu a mão para Mara, preocupado com ela ali fora, exposta ao tempo, com a tempestade chegando. Hesitante, ela pegou sua mão e deixou que ele a puxasse para levantar.

- Nós precisamos nos abrigar – Jared ordenou, direcionando-a à sua frente, para que eles pudessem sair das pedras e encontrar proteção o mais depressa possível da tempestade que se aproximava.

Ela seguiu rapidamente sem dizer mais nenhuma palavra, como se tivesse percorrido essas rochas centenas de vezes, o que provavelmente fizera. Gotas grandes de chuva começaram a cair, e ela derrapou uma vez, mas Jared passou um braço em volta de sua cintura e a conduziu para fora das pedras. Agarrando a mão dela, enquanto jogava o copo amassado de papel numa lixeira próxima, ele a puxou e correu em busca de proteção contra a chuva que ia aumentando.

Quando eles chegaram à calçada, perto do Shamrock's Pub, ambos estavam ofegantes. Os dois ficaram em pé, embaixo do toldo do bar e local costumeiramente lotado, olhando a chuva que despencava em rajadas.

Os olhos de Mara o percorreram e ela deu uma risada. Foi um som encantado, que deixou Jared instantaneamente de pau duro.

- Agora você parece quase humano – ela disse, alegre, com um sorriso travesso.

Afrontado, Jared bruscamente perguntou – Com que eu parecia antes?

Mara sacudiu os ombros, parecendo constrangida. – Perfeito. Você sempre parece imaculado e perfeito.

O olhar de Jared inspecionou a aparência dela, seus cabelos encharcados, a camiseta quase transparente e grudada em seu corpo como uma segunda pele. Seus olhos estava brilhando com uma franqueza que ele não estava acostumado, quando ela lhe ergueu o olhar. Finalmente, ele respondeu, instantaneamente – Você está linda. – Ele deixou que as palavras escapassem, antes que pudesse censurá-las. Droga. Ela fazia isso com ele, o fazia dizer o que estivesse pensando, antes que ele pudesse refletir.

Ela é perigosa.

Olhando para ele desconfiada, ela respondeu – Eu já ouvi dizer que você era um galanteador, mas essa descrição está meio exagerada, não acha?

Ele se retraiu. O fato de ser um bilionário e estar nos olhos do público, fazia com que seu comportamento sempre fosse inspecionado. Certo. Sim. Ele era sempre visto com uma mulher diferente pendurada em seu braço. Talvez ele já tivesse, sim, estado com um bocado de companhias femininas, mas não lhe soava bem que Mara comentasse o fato notório de que ele era um galinha conhecido.

- Eu disse sinceramente – ele respondeu, percorrendo-a com um olhar faminto. Ele honestamente nunca vira uma mulher que fosse mais atraente para ele do que Mara.

Ela cruzou os braços e ergueu os olhos para ele, com uma expressão de reprovação. – Caso você não tenha notado, eu sou rechonchuda demais, baixa e comum.

Ela é curvilínea, miúda e totalmente gostosa.

Jared sentiu um som baixo e reverberante surgindo em sua garganta. Ele não gostava que ela fizesse comentários depreciativos sobre si mesma. Isso o irritava, principalmente por achar que jamais se sentira tão atraído por uma mulher. Ele virou-a para a parede de tijolinhos, prendendo seu corpo com o dele, o que provavelmente era um erro. Ela tinha cheiro de chuva fresca misturado com baunilha, um aroma que deixava seu pau ainda mais duro do que ele achava possível. Ele ergueu uma das mãos até o rosto dela, deslizando por sua pele sedosa e molhada. – Você é macia e doce, exatamente o tipo de mulher que um homem quer embaixo dele, nua – ele disse, direto. O cheiro dela o estava enlouquecendo e seu controle estava decididamente escapando. Em seu estado atual, ele estava tendo muita dificuldade em não dizer que ele queria desesperadamente ser esse homem sobre ela, mergulhando seu pau latejando dentro desse corpo macio.

O olhar de Jared se fixou no dela e, só por um momento, não havia mais ninguém no mundo além deles dois, nessa conexão tão profunda e indestrutível. Ele queria tomá-la ali mesmo, junto à parede, pondo as pernas dela em volta de sua cintura, mergulhando dentro dela, até que os dois ficassem saciados.

Preciso transar com ela, ou nunca vou superar essa carência insana. De alguma forma, ele tinha que levá-la para sua cama, tê-la até se entediar. Geralmente, isso acontecia logo após a primeira transa. Seu desejo geralmente apagava logo depois que ele levava uma mulher para a cama, seu interesse passava.

Mara ficou rosa choque, ao olhá-lo acima, balançando a cabeça lentamente. – Você não precisa ficar me paquerando – disse ela, ao deslizar abaixo, junto à parede e se afastar do corpo dele.

- Não estou tentando te seduzir – disse ele irritado, amaldiçoando sua fama. Ele podia gostar de mulheres, mas nunca, nunca era encantador. Ele logo dizia a real sempre que transava com uma mulher, selando o acordo, antes que os corpos estivessem na cama. As mulheres sempre queriam alguma coisa dele e nunca era ele, ou seu corpo. Sempre era algo monetário, embora ele nunca tivesse tido uma mulher a quem tivesse deixado insatisfeita no sexo. Ele sempre fazia questão de estar livre, antes de transar com elas.

- Eu acho que você é encantador quando quer ser – Mara disse, chegando para a beirada do toldo, parecendo estar pensando se deveria ou não sair correndo até o outro lado da rua, até sua loja. – Beatrice e Elsie me disseram que você é um menino muito meigo. Isso é certamente um elogio vindo daquelas duas, e um testemunho do quão carismático você pode ser. Tenho a impressão de que isso é natural em você.

- Então, você não me conhece – Jared resmungou, nada contente porque as duas idosas fofoqueiras e casamenteiras da cidade haviam se referido a ele como uma porcaria de um menino. Ele gostava de Elsie e Beatrice, gostava de ouvir suas histórias. Mas isso não provava que ele era amigável. Na verdade, ele geralmente era um babaca. Mas não podia ser assim com duas mulheres idosas como Elsie e Beatrice. O par de velhinhas o divertia e nem ele era tão babaca assim.

Mara virou-se de volta pra ele. – Você está certo. Eu não o conheço. E não tenho o direito de fazer suposições. Só estou tentando lhe dizer que eu gostei de nossas poucas conversas e que já gosto de você. Você não precisa me fazer falsos elogios. Agradeço a sua preocupação pela minha casa. De verdade. Só acho que não estou acostumada com isso. – Ela hesitou, antes de acrescentar. – De um cara, não.

Puta merda. Será que ela achava que ele estava querendo fazer cena, por lhe dizer que a achava atraente?

- Pode se acostumar. Eu vou ajudá-la, independentemente de você querer ou não a minha ajuda. Você precisa. – Ele fechou os punhos para evitar agarrá-la junto ao seu corpo, até que labaredas de desejo os secassem e ateassem fogo aos dois.

Todos os seus instintos clamavam para que ele a consolasse, ou transasse com ela, mas seu cérebro sabia que ela correria, se ele tentasse fazer qualquer uma dessas coisas. Além disso, que diabo ele sabia sobre consolar alguém? Suas experiências com mulheres eram como negócios. Há muito tempo, ele havia aprendido que era melhor assim.

- Por que você quer me ajudar? – Mara olhou-o acima, de olhos arregalados e curiosa. – Não somos exatamente amigos. Você mal me conhece.

- Eu pretendo conhecê-la muito bem – ele disse, calmamente, embora a estivesse imaginando nua, embaixo dele, gritando seu nome, enquanto gozava. Porra, claro, ele queria conhecê-la... intimamente. Sua fixação por ela não ia passar, até que ele a conhecesse.

- Duvido que tenhamos a chance de nos conhecer bem, você só está aqui em visita.

Verdade, sua casa na Península de Amesport não era sua residência principal. Mas, na verdade, ele não tinha uma residência fixa. Ele tinha casas espalhadas pelo mundo, passava mais tempo em umas do que em outras, mas eram apenas propriedades imobiliárias. Ele inicialmente viera aqui para visitar seu irmão Dante, que estava machucado, mas acabou ficando bem mais tempo, depois que Dante, o irmão detetive de polícia, se recuperou dos ferimentos de tiro. Dante estava se casando com uma médica local e assumindo um cargo no departamento de polícia da cidade. – Eu estarei aqui. Ficarei até depois do casamento do Dante.

- Só mais algumas semanas – ela lembrou-lhe, franzindo as sobrancelhas em concentração, como se estivesse tentando imaginar os motivos dele.

Talvez ela devesse parar de tentar me entender. Nem eu consigo compreender meu comportamento idiota, nesse momento.

- Estarei aqui – repetiu ele.

Mara piscou rapidamente, ficando com os olhos marejados. – Eu agradeço a oferta, sr. Sinclair, mas eu mesma tenho que resolver meus problemas.

Jared quase rugiu quando viu sua teimosia e pensou nela assumindo a situação desesperadora sozinha. – Jared.

Ela assentiu. – Jared. Obrigada por sua oferta, mas isso é algo com que tenho de lidar por minha conta. Minha vida inteira terá que mudar, assim como eu. – Ela deu meia volta sem mais nenhuma palavra e saiu correndo ao outro lado da rua. Subiu os degraus da frente depressa, empurrou a porta para abri-la e sumiu pra dentro de casa, sem olhar para trás.

Não quero que ela mude. Ela está perfeita como é agora.

O som de seu nome naquela voz de *vem me pegar* quase fez Jared sair dos trilhos e ele precisou se esforçar para não ir atrás dela, segurando o mastro de madeira do toldo do Shamrock's para manter os pés plantados ali.

Cristo. Eu estou me transformando num maldito espreitador.

Balançando a cabeça irritado, enquanto ainda olhava para a porta dela, muito tempo depois que ela havia sumido, ele lentamente caminhou de volta até sua caminhonete Mercedes, veículo que ficava parado na garagem de sua casa de Amesport, ainda sentindo uma vontade visceral de ir atrás dela.

Paciência. Eu preciso ter um pouco de paciência com ela. Preciso recuperar a porcaria do meu controle.

Comedimento era algo que lhe era escasso nesse momento e seu tempo para ajudar Mara Ross era limitado. Ela viria a odiá-lo. Isso era inevitável.

Quando Jared sentou no carro, ele agarrou o volante com força e fechou os olhos, com um gemido torturado, a rajada de chuva batendo em seu pára-brisa, quase parecendo o tic tac de um relógio.

Quanto tempo levaria, até que ela descobrisse a verdade?

Jared abriu os olhos e ligou o motor, percebendo que não tinha tempo para ficar se lamentando. Não demoraria para que Mara descobrisse que ele era o comprador de sua amada casa e loja, o cretino responsável por fazê-la perder tudo que lhe importava.

Ele não pretendia que ela descobrisse tão depressa. Obviamente, o dono, um irresponsável, tinha se apressado.

Ao fazer o retorno da calçada onde seu carro estava estacionado, para voltar à sua casa na Península, ele se lembrou de seus pensamentos sobre destruir quem lhe causasse problemas. Ironicamente, se ele fosse lidar com a situação *dessa* forma, ele não teria ninguém para matar... exceto *ele mesmo*.

Capítulo 2

—Eu lamento muito, Sarah. Não posso entrar na igreja, em seu casamento, de muletas — Kristin Moore choramingou aflita, para as outras quatro mulheres em sua sala de estar. Mara franziu o rosto para o gesso na perna da amiga, resultado de um acidente de bicicleta, durante a chuva. Ela e Kristin, gerente do consultório da dra. Sarah Baxter, eram amigas desde o primário, e ela estava triste pela amiga ruiva. Mara sabia o quanto Kristin estava torcendo para ser uma das damas de honra do casamento de Sarah. Ela também sabia o quão inquieta a amiga podia ser. Manter Kristin quieta, mesmo por um curto período de tempo, seria um inferno. — Eu tenho certeza de que Sarah compreende — ela disse a Kristin, lançando um olhar para a dra. Sarah Baxter, do outro lado da sala, e vendo a bela loura assentir, enfaticamente.

- É claro que eu compreendo. Não é culpa sua, Kristin. Vai ficar tudo bem. Você só tem que se preocupar em ficar boa de sua lesão — Sarah respondeu, tranquilizando-a, de seu lugar no sofá, ao lado de sua melhor amiga, Emily, esposa de Grady Sinclair. Emily era a madrinha de Sarah. Randi Tyler, a bela professora de cabelos escuros sentada no chão, era uma das damas de honra do casamento de Sarah.

Mara tentou esconder seu rosto franzido sabendo que Kristin, a segunda dama de honra de Sarah, poderia até arrancar o gesso e entrar mancando, se precisasse. A amiga de cabelos ruivos como fogo era obstinada e não admitiria decepcionar ninguém, uma vez que assumisse um compromisso.

Cruzando os braços, da poltrona reclinável, com a perna engessada pousada em cima de um apoio, Kristin murmurou, teimosa – Eu não vou estragar o casamento de Sarah fazendo um espetáculo. Ninguém quer uma ruiva maluca levando cinco minutos para entrar na igreja de muletas.

- Ninguém vai ligar – Randi disse, bondosa.

- Eu ligo – Kristin respondeu, irritada. – É o grande dia de Sarah e Dante.

Mara viu a expressão inflexível de Kristin de onde estava, sentada no carpete. O apartamentinho de Kristin não tinha muitos móveis nem cadeiras suficientes. Ela tentou não fazer cara feia, ao ver a expressão obstinada no rosto da amiga, uma expressão que ela já vira muitas vezes, ao longo dos anos. – Você não vai poder tirar o gesso antes do casamento – Mara disse a ela, firmemente. O acidente tinha sido ontem, pelo amor de Deus. Mas Mara sabia que Kristin já estava procurando um jeito de se livrar do gesso da perna. – Não vai acontecer.

- Os pares vão ficar desiguais. Grady é o padrinho e Emily é a dama. Evan é o padrinho, com Randi, e eu deveria fazer par com Jared. – Kristin fungou, com as lágrimas minando em seu olhos, de frustração. – Dante não pode tirar o próprio irmão do casamento. Jared já está aqui. E ele não pode entrar sozinho.

- Ele certamente pode – Sarah respondeu decidida. – Você, minha amiga, precisa descansar esse tornozelo. Ordens médicas. – Ela usou sua voz séria de médica para dizer.

- E quanto à Hope? – Randi perguntou. – Ela pode?

Sarah balançou a cabeça lentamente. – Não. Nós acabamos de ficar sabendo que ela está grávida e o Jason a está paparicando, porque ela está tendo enjôos matinais muito fortes, que parecem se estender pela manhã toda, e, às vezes, seguem pela tarde adentro. Ela está muito indisposta. Ele vai trazê-la ao casamento, mas ela não está se sentindo bem.

Mara fez uma careta, ao saber da notícia de que a irmã de Dante Sinclair estava grávida e enjoada. Como irmã do noivo, Hope Sinclair-Sutherland seria a solução perfeita para o dilema.

- Droga! – Kristin exclamou. – Tem de haver alguém...

Mara se retraiu, quando Kristin parou de falar, desviando os olhos pra ela, com um sorriso calculado. *Ai, Deus. Não.*

- A Mara pode me substituir – Kristin disse triunfante.

- Não, Kristin. – Os olhos de Mara desviaram às outras mulheres que estavam todas olhando e assentindo pra ela, curiosamente. – Nunca participei de um casamento e Sarah e eu nem nos conhecemos tão bem. Tenho certeza de que ela irá preferir ter uma amiga. – Honestamente, todas elas mal se conheciam. Não que Mara não gostasse da médica brilhante e amistosa, mas ela não podia exatamente chamá-la de amiga. Ela até pensara em consultar-se com a médica, caso precisasse, já que o antigo clínico da família havia se aposentado. Mas fazia tempo que ela não precisava de um médico e mal conhecia Sarah. O único motivo para que todas elas estivessem juntas ali, na casa de Kristin, era para visita-la, porque ela estava machucada. Ela conhecia Randi Tyler casualmente, porque ela havia sido voluntária para lecionar no Centro Juvenil, e Mara ocasionalmente lecionava uma turma de artesanato, durante o inverno. Ela conhecia Emily ligeiramente melhor, porque a esposa de Grady era encarregada pelo Centro Juvenil e coordenava as aulas.

Não conheço bem nenhuma dessas mulheres. Não posso ser substituta em um casamento em que mal conheço as participantes.

Ai droga, não. Kristin já a envolvera numa porção de maluquices no passado, e ela acompanhava a amiga animada. Mas, dessa vez, não.

- Você é perfeita para me substituir. Eu já tenho meu vestido e irá precisar apenas de um pequeno ajuste – disse Kristin, empolgada.

- Acho uma ótima ideia – Emily apoiou.

- Eu também – Randi concordou, assentindo enfaticamente.

- Seria uma honra se você aceitar, Mara – disse Sarah, com seu tom genuíno e ligeiramente persuasivo. – Eu sei que nós não tivemos a chance de nos conhecermos tão bem, até porque não faz muito tempo que eu moro em Amesport, mas eu gostaria de ser sua amiga. Francamente, eu não tenho outras amigas aqui.

Mara engoliu em seco, ao ver o olhar compreensivo de Sarah. Como ela passou a maior parte de sua vida adulta cuidando da mãe e administrando a loja de bonecas, ela não tivera muito tempo para fazer novas amizades, ou passar tempo com as antigas, da época de escola. Esse era um dos motivos para que ela estimasse tanto a sua amizade com Kristin. Elas eram muito próximas e nunca se afastaram, embora Mara raramente tivesse tempo ou dinheiro para fazer algo além de só ficar com Kristin. – Está bem, eu vou. – As palavras saíram antes que ela pudesse evitar e ela lançou um olhar que dizia *eu te pego mais tarde*. A melhor amiga a conhecia muito bem. Mara jamais conseguiria dizer não a alguém que precisasse de algo ou tivesse um problema.

- Obrigada. Estou, mesmo, encantada – Sarah disse, dando um sorriso.

- Será ótimo – Randi concordou. – Dante contratou uma cerimonialista e será uma festa e tanto.

- Fantástico – acrescentou Emily.

- Acho que o vestido vai precisar mais do que só um pequeno ajuste – Mara alertou as mulheres. Embora Kristin fosse ligeiramente curvilínea, Mara era muito mais e Kristin era mais alta que Mara, que tinha 1m60.

- Isso não é problema. Eu vou mandar arrumar – Sarah ofereceu.

Kristin riu alegremente. – Mara é uma costureira incrível. Ela só está habituada a costurar vestidinhos de boneca.

Mara assentiu para Sarah. Por causa de sua mãe e de sua avó, havia pouca coisa que ela não soubesse fazer, quando se tratava de costurar. – Eu posso consertar.

Todas as outras mulheres se levantaram, exceto por Kristin, e Mara levantou rapidamente, para aceitar abraços e manifestações de gratidão, por preencher o lugar da melhor amiga, no último minuto. Parecia estranho subitamente ser puxada para dentro desse círculo de amigas, mas também era uma sensação muito boa romper sua solidão.

Ela gostava de todas elas, admirava todas, e seu coração aqueceu quando elas abraçaram-na tão afetuosamente.

- Imagino que farei dupla com o Jared? – Mara perguntou, curiosa.

Randi fungou. – Ãrrã. Acho que isso não será uma tarefa tão difícil. Só o fato de ser o par de Jared Sinclair já vale o esforço. Você tem de admitir, passar a cerimônia olhando pra ele, já é um colírio para os olhos.

Emily sorriu sabedora para Randi, ao comentar – Acho que você também não terá dificuldade em olhar para o Evan. Ver os quatro irmãos Sinclair juntos é de tirar o fôlego, embora Grady seja o mais bonito de todos.

Sarah lançou um olhar descontente para Emily. – Perdoe-me. Acho que você quis dizer Dante.

Randi caiu na gargalhada, vendo Emily e Sarah trocando olhares de guerra. – Vocês duas são patéticas. Acho que podemos apenas resumir que todos os irmãos Sinclair são gatos. E eu vi o Evan em seu casamento, Em. Ele é deslumbrante, mas obviamente obcecado pelo trabalho. Ele entrou correndo, na hora em que o casamento começou, e partiu logo depois do brinde, na recepção. Eu nem cheguei a conhecê-lo.

Emily suspirou. – Eu sei. Nosso casamento foi planejado muito depressa e o Evan tinha reuniões que não podia cancelar. Fico contente que ele venha para participar da festa de casamento dessa vez. Grady receia que ele esteja se matando de trabalhar.

- O Dante também acha – Sarah admitiu. – Como se o Dante pudesse falar de excesso de trabalho, não é? Ele trabalhava quase todas as horas do dia, quando era detetive da divisão de homicídios, em Los Angeles. Mas jura que o Evan é até pior, que ele nunca tira folga e não tem nenhum senso de humor. Tenho de admitir que estou meio nervosa em conhecê-lo. Ele parece meio assustador.

Mara olhava e ouvia, enquanto as mulheres falavam dos quatro irmãos Sinclair. Para ser franca, ela não conhecia bem nenhum deles, embora tivesse que admitir que Grady, Dante e Jared fossem os três homens mais belos que ela já vira. Ela não tinha dúvidas de que o mais velho, Evan, era tão bonito quanto os outros.

Como pode uma família ser tão abençoada com uma genética dessas?

Ela não conhecia a irmã caçula, Hope Sinclair – agora, Hope Sutherland – mas podia apostar que ela era tão deslumbrante quanto os irmãos. Como Hope recentemente se casara com um dos solteiros bilionários mais lindos e cobiçados do planeta, ela tinha de ser uma bela mulher.

Mara tentou não pensar em seu estranho encontro com Jared Sinclair, ontem. Infelizmente, por mais que ela pensasse em apagar as lembranças, isso não ajudava. Então, ela estava focando em convencer-se de que ele havia sido gentil com ela, e era só isso. Ela não queria se lembrar de como sua camisa molhada grudava em seus ombros largos e bíceps musculosos. Ou como, pela primeira vez, desde que ela o conhecera, seu sorriso realmente alcançou seus olhos verde jade, incrivelmente sensuais.

Não se esqueça de que ele é um mulherengo.

A fama de Jared Sinclair com as mulheres era bem conhecida, e diziam que ele nunca era visto com a mesma mulher mais de uma vez. Mara sabia disso, mas, de alguma forma, achava difícil imaginar Jared completamente maldoso. Ela sentia que ele era inquieto e quase parecia... bem, na falta de uma palavra melhor, solitário. Era uma impressão bem ridícula, já que Jared tinha quatro irmãos e, aparentemente, mulheres de sobra para lhe fazerem companhia. Mas Mara não conseguia afastar a impressão de que ele era, de alguma forma... assombrado. A desolação que ela via em seus olhos, mesmo quando ele estava sorrindo a fizera imaginar se não havia mais em Jared do que as pessoas viam por fora. Estranhamente, as únicas mulheres com quem ela o vira, desde que chegara a Amesport haviam sido Elsie e Beatrice. Das outras vezes que ela casualmente o vira, ele estivera sozinho, ou com um de seus irmãos.

Ora, talvez ela estivesse simplesmente vendo o que queria ver, porque Jared Sinclair era gato o suficiente para deixar qualquer mulher aos seus pés, inclusive ela. Sua aparência geralmente impecável e sofisticada tinha sido apagada ontem. Seus sapatos caros ficaram estragados pela areia e a chuva, seu cabelo castanho avermelhado molhado, ao invés de bem penteado. A camisa estava amassada e molhada, num tom verde escuro que combinou com seus olhos. Pela primeira vez, ele pareceu tão humano, quase... tocável.

Suspirando internamente, Mara tentou se concentrar na conversa das mulheres à sua volta e parar de fantasiar com Jared Sinclair. Um cara como ele certamente não era para ela. Tudo bem, ela não era exatamente horrível. Ela via seu rosto todos os dias no espelho. Mas também não era particularmente atraente, e as palavras dele haviam sido só isso: *palavras*. Jared Sinclair tinha nascido rico e se tornara ainda mais rico, como dono de uma das maiores imobiliárias do mundo. Ele obviamente sabia como ser encantador quando precisava, apesar de negar, e igualmente implacável quando se tratava de seus negócios.

- Ninguém sabe o motivo pelo qual Jared esteja em Amesport há tanto tempo. Dante acha que alguma mulher daqui despertou sua atenção.

O coração de Mara deu um pulo com o comentário de Sarah, imaginando se a noiva de Dante estaria correta e Jared ainda estivesse ali para conquistar uma mulher. – Você acha que é verdade? – Mara perguntou, ofegante, xingando a si mesma por parecer tão interessada. Ela não estava morrendo para querer saber disso, droga. Não estava. Com quem Jared Sinclair transava não era de sua conta.

- Não tenho certeza – Sarah respondeu, olhando curiosamente para Mara. – Se ele estiver interessado em alguém, ele está escondendo bem. Não o tenho visto falando com ninguém da cidade, exceto Elsie e Beatrice, e duvido muito que ele esteja de olho numa delas.

Mara deu uma gargalhada de susto, antes de responder – As duas o adoram, mas acho que nenhuma delas percebeu que ele é um homem feito. Elas se referem a ele como um menino meigo.

- Isso é realmente espantoso, já que todas nós sabemos que ele não tem nada de meigo – disse Randi, pensativa.

- Ele sempre foi legal comigo – Mara respondeu, por algum motivo, sentindo-se na obrigação de defender Jared. Afinal, ele tinha sentado com ela, na chuva, e ouviu seus problemas. Ele até se ofereceu para ajudar a resolvê-los, uma atitude de benevolência que ela não esperava. Claro, foi uma oferta que ela não poderia aceitar. Jared era quase um estranho e ela precisava fazer grandes mudanças em sua vida. Ainda assim, só o fato de que ele havia se oferecido tinha sido atencioso e incrivelmente... meigo.

Ela ficou inquieta, com os quatro pares de olhos femininos que se fixaram nela.

- O quão legal, exatamente? – perguntou Sarah, dando um sorrisinho e cruzando os braços, prendendo Mara com seu olhar interrogativo.

- Não. Ah, não. Jared não está interessado em mim nesse sentido – Mara rapidamente disse às mulheres, sabendo exatamente o que elas estavam pensando, a julgar por suas expressões. – Ele só me pediu algumas informações sobre a história dos Sinclair, em Amesport.

Você é exatamente o tipo de mulher que um homem quer embaixo dele, nua.

Mara teve que conter um tremor, quando as palavras que Jared lhe dissera ontem logo lhe vieram à cabeça. Ele realmente não disse nada disso pra valer. Ela estava bem certa de que essa era uma frase que ele usou, sem de fato pensar a respeito. Só em pensar que Jared Sinclair tivesse vontade de transar com ela era algo ridículo. Eles eram de mundos diferentes e o tipo de mulher que ele geralmente levava para sua cama era, sem dúvida, linda, privilegiada e bem cuidada.

Nada parecida comigo.

Infelizmente, seu rosto estava vermelho como um pimentão, só em pensar em Jared, o que fez com que as mulheres observassem sua expressão com mais atenção ainda.

- É... eu tenho que correr. Tenho um milhão de coisas a fazer. – Ela rapidamente pegou a bolsa e foi saindo do apartamento de Kristin, tão depressa quanto pôde, dando a Sarah seu e-mail e número telefônico para que ela pudesse entrar em contato sobre os eventos do casamento.

Mara respirou trêmula, ao sair do prédio de Kristin, torcendo para que ninguém tivesse notado o quão sem graça ela tinha ficado com a discussão sobre Jared.

Elas notaram. Eu sei que notaram.

Ela respirou fundo outra vez, e desceu os degraus da entrada do edifício. Seguiu de volta ao seu lar e sua loja, torcendo para que ninguém jamais notasse como Jared Sinclair a deixava inquieta quando ele fixava aqueles olhos verdes famintos nela, como fizera, no dia anterior.

Não pense nele. Não pense nele de jeito nenhum. Nesse momento, você tem questões muito maiores para pensar.

Mara suspirou, apressando o passo, ansiosa para voltar para casa. Ela tinha uma tonelada de trabalho para fazer, antes de participar na Feira de Amesport, cedinho, pela manhã. Era imprescindível que ela ganhasse o máximo de dinheiro que pudesse. Em bem pouco tempo, ela estaria sem casa e precisava angariar fundos para encontrar outro lugar para morar.

Eu vou ajudá-la.

A promessa de Jared automaticamente flutuou em sua cabeça.

- Não preciso de ajuda – ela sussurrou baixinho. – Estou acostumada a fazer tudo sozinha.

Ela piscou para afastar as lágrimas. Chorar não resolveria seus problemas. Se ao menos ela não se sentisse fracassando com a mãe, perdendo a loja e a casa onde ela vivera desde que nasceu.

Levante o queixo, querida. De manhã, tudo estará melhor.

Ela jurava ouvir a voz da mãe dizendo essas palavras. Seria exatamente o que ela diria, se estivesse viva agora. Infelizmente, sua mãe se fora e não poderia lhe dar nenhum conselho de como lidar com seus problemas. Sua vida teria que mudar drasticamente. Ela teria que mudar de carreira e, provavelmente, deixar a atmosfera familiar de Amesport. Ela fazia bonecas desde muito pequena. Para que tipo de emprego ela teria qualificação?

Vou encontrar alguma coisa. Tenho que encontrar.

Mara se sentia mais sozinha do que jamais se sentira em toda sua vida e seria difícil não deixar que esse vazio profundo a engolisse.

Capítulo 3

J ared praguejou ao calçar outro par de sapatos de couro, já que estavam ficando encharcados de caminhar pela larga extensão de gramado. – Eu vou precisar comprar meus sapatos em lotes, se não conseguir superar minha obsessão por ela – sussurrou ele, irritado. – Quem nesse mundo acorda com o raiar do dia, para ir a uma feira?

Mara, aparentemente.

Sarah mencionara que Mara vinha à Feira Livre de Amesport todo sábado, para vender seus produtos. Só precisou disso para que Jared decidisse que precisava investigar sua primeira feira livre. Portanto, ali estava ele, passeando pelo campo molhado, *antes mesmo* que a cafeteria Brew Magic sequer tivesse aberto. Até agora, ele não estava nada impressionado com esse evento de Amesport.

Ele precisava de café.

E precisava ter a cabeça examinada. Urgentemente.

Ao abaixar-se para passar por baixo de uma corda que servia como cerca provisória da feira, ele admitiu para si mesmo que precisava vê-la, tinha que saber que ela estava bem depois da notícia que ela recebera quanto a perder seu lar. Ele não tinha destrinchado completamente os detalhes de como faria para ajudá-la, mas ele o faria. Ora, ele poderia facilmente arranjar para que ela ficasse estabilizada pelo resto da vida, sem que isso fosse perceptível em seu patrimônio. Mas ele riscara essa ideia quase que imediatamente, conhecendo Mara o suficiente para saber que ela provavelmente primeiro morreria de fome, antes de aceitar um dinheiro que ela mesma não tivesse ganhado. Se ela já estava determinada a resolver seus problemas sozinha, de forma alguma ela aceitaria seu dinheiro. Ele tinha de admitir, a ideia de uma mulher que não quisesse o seu dinheiro era... estranha.

Querendo tanto transar com ela do jeito que ele queria, fazer algum tipo de acordo sexual também havia sido uma possibilidade, mas ele sabia que ela tampouco aceitaria isso. Para ser honesto, a ideia também lhe caía mal, por algum motivo.

Porque eu quero que ela me queira tanto quanto eu a quero. Preciso que ela se entregue para mim, só por me querer.

Este foi outro pensamento estranho. Desde quando ele se importava com o motivo pelo qual uma mulher transava com ele?

- A feira só começa às sete – um homem mais velho gritou para Jared, enquanto descarregava legumes de sua caminhonete e os colocava em cima de uma mesa.

- Estou aqui para ajudar uma amiga – respondeu Jared, irritado.

O homem assentiu devagar, com uma expressão duvidosa no rosto, enquanto seus olhos percorriam Jared.

Será que ele parecia tão inútil? Certo, talvez ele não parecesse pronto para trabalhar numa feira livre. Ele tinha propositalmente vestido uma roupa informal, mas imaginava que a calça de marca e a camisa social azul marinho não eram o traje habitual para a feira. Nada sofisticado, mas ele ainda se destacava demais comparado aos outros homens vestindo velhos jeans e camisetas já sujas, suando e desgrenhados, montando suas mesas para as vendas do dia.

Você geralmente está imaculado e perfeito.

As palavras de Mara lhe ocorreram, e ele ficou imaginando se imaculado e perfeito seriam coisas boas ou más. Provavelmente, ele parecia diferente. Em seu mundo, ele estava vestido de forma casual. Para Amesport, ele provavelmente parecia um bilionário esnobe e, por algum motivo, isso o incomodava profundamente. Ele antes gostava de trabalho braçal, de ficar suado e imundo. Havia uma certa satisfação em sentir seus músculos queimando depois de um dia de trabalho. Subitamente, ele sentiu falta daquela sensação de prazer de realizar algo que ele achava importante.

- Jared! Oieee! Aqui!

Ele virou a cabeça bruscamente à direita, ao ouvir uma voz feminina cantarolada, chamando seu nome. E sorriu ao avistar Beatrice Gardener acenando os braços no ar, para chamar-lhe a atenção. Ele contornou os estandes e foi até a idosa.

- Beatrice – ele disse, parando diante de sua mesa e sorrindo para ela. – Você acha que é saudável estar de pé, tão cedo? O que você está fazendo aqui? – Era uma pergunta tola. A julgar pela mesa à sua frente, coberta de cristais, ela estava ali para vender suas coisas. Eram pedras polidas e jóias, algumas obviamente de sua loja de Elementos Naturais. Jared considerava uma loja New Age, mas Beatrice uma vez lhe dissera que era estudiosa de todas as filosofias e religiões, e que ela era original. Depois de várias semanas que ele estivera lá, e pelas conversas que haviam tido, ela era certamente ímpar. Ele olhou sua bermuda rosa, os tênis e a camiseta com a logomarca da loja. – Onde está Elsie? – Onde Beatrice estivesse, Jared geralmente encontrava Elsie Renfrew. As duas senhorinhas pareciam quase inseparáveis.

- Ah, a Elsie se recusa a levantar antes das sete da manhã. Ela diz que está aposentada e agora merece ficar dormindo – disse Beatrice, descontente. – Ela provavelmente vai passar aqui, mais tarde.

- Você montou tudo isso sozinha? – Jared perguntou, franzindo o rosto. Beatrice era esperta, mas não parecia certo que ela descarregasse sozinha, a van que estava atrás.

Beatrice riu alegremente. – Eu posso ser velha, meu rapaz, mas posso carregar algumas caixas. Eu só trago os cristais pra cá nos fins de semana, para ajudar as pessoas.

Jared olhou a mesa. – Essa mesa é muito pesada – ele disse, educadamente.

- O George sempre me ajuda, ele é tão cavalheiro. Ele vende verduras aqui todo final de semana.

Jared lançou um sorriso conspirador, ao perguntar – Você arranjou um galanteador, Beatrice? – ele pousou a mão no peito, fazendo cena. – Você vai partir o meu coração.

A mulher grisalha balançou o dedo pra ele. – Guarde suas lisonjas para quem acreditar, meu jovem. Lembre-se, eu posso ler a sua aura. – Ela ergueu uma sobrancelha pra ele.

- Então você sabe que eu estou dizendo a verdade – Jared respondeu, na lata.

Beatrice se considerava a vidente e mística da cidade. Ela também era a casamenteira não oficial de Amesport, aparentemente capaz de antever casais, antes que eles se formassem. E... ela supostamente lia auras. Ela lhe dissera, mais de uma vez, que ele tinha uma aura complexa e mista – seja lá o que isso quer dizer. Claro, Beatrice era diferente, e algumas pessoas talvez até achavam-na peculiar, mas ela era adorada pela maioria das pessoas de Amesport por ser estranha, mas doce, e Jared havia gostado dela quase que imediatamente. Ela e Elsie eram completamente inofensivas. Ambas eram bem intencionadas, por mais que fossem entronas ou fofoqueiras.

- Você não está dizendo a verdade – disse Beatrice, inclinando a cabeça pra um lado, depois para o outro, enquanto olhava pra ele. – Mas algo está se modificando em você. – Ela continuou a observá-lo pensativa.

- O quê? – ele estava começando a ficar inquieto sob o olhar intenso da mulher, sentindo-se verdadeiramente constrangido. Não que ele realmente achasse que Beatrice pudesse enxergar seus pensamentos, mas ela tinha esse olhar místico, sim.

Beatrice remexeu as pedras na mesa, finalmente erguendo um objeto escuro e polido. – Você pode usar essa aqui. – Ela estendeu uma pedra comprida, presa a um chaveiro. – Leve com você. Isso pode ajudar com sua culpa e seu pesar. Primeiro você precisa se livrar de seus bloqueios emocionais, para depois voltar a ser feliz. – Beatrice o informou com um tom de alerta.

Instintivamente, Jared estendeu a mão e pegou o chaveiro. Ele não ia discutir. As coisas estavam ficando meio esquisitas para ele. Ele enfiou a mão no bolso e tirou várias notas.

- Não, não! – Beatrice exclamou. – O cristal é um presente de cura. Não quero seu dinheiro – insistiu ela.

Espantado, ele olhou a expressão angustiada da idosa e guardou novamente as notas no bolso. – Você está gerindo um negócio, Beatrice. Você não pode ficar dando suas coisas. – Honestamente, ele estava comovido, embora a conversa fosse meio sinistra. Fora seus irmãos, ninguém jamais lhe dera um presente. Se bem que, ele tinha de admitir, esse era um presente que o deixava meio inquieto. Ele certamente não acreditava em seu papo esotérico, mas havia algo no jeito como ela continuava a olhá-lo que o fazia se remexer como um garoto de escola.

É só uma coincidência. Ela não sabe, realmente, o que aconteceu.

- Não preciso do dinheiro, Jared. Meu falecido marido era podre de rico, além de um garanhão. Eu estou abastada. – Ela deu uma piscada maliciosa.

Jared deu uma risada, mais entretido do que queria admitir. – Você ainda é uma mulher de negócios – ele lembrou.

- E das boas... a maior parte do tempo. Só dou presentes em casos especiais. Você e Mara, ambos são especiais. – Beatrice voltou a arrumar suas jóias, descontraída.

- Você também está tentando ajudar a Mara? – Jared perguntou curioso.

Beatrice assentiu. – É claro. Vocês dois. Vocês foram feitos um para o outro.

Jared sacudiu a cabeça inflexível. Beatrice era casamenteira e o estava deixando aterrorizado. – Eu não sou feito para ninguém – disse ele, num tom seco.

- Ah, foi sim. Vocês dois foram incrivelmente fáceis de prever. Meu guia canalizou a informação em alto e bom tom. Talvez você ainda não esteja pronto para acreditar, mas vai – ela disse a ele, misteriosa.

- É... está certo – disse ele, constrangido, colocando o chaveiro no bolso. Ele deixaria que Beatrice tivesse seus delírios. Ela ficaria decepcionada quando descobrisse que está errada, mas ele não iria discutir com ela. Francamente, às vezes, ela era bem assustadora. O fato era que ele queria, sim, ficar com a Mara. Mas, de todas as mulheres dessa cidade, como a Beatrice soube exatamente por quem ele estava obcecado?

Coincidência.

Sim, certamente foi um palpite de sorte.

- Ela está a dois stands atrás de mim – Beatrice informou, despreocupadamente, apontando o polegar pra trás.

- Obrigado – murmurou Jared, mais que desconcertado. – Espero que você tenha um dia próspero.

- Você também – respondeu Beatrice, olhando acima, para ele, com um sorriso astuto.

Ele foi embora apressado, à procura de Mara, enfiando a mão no bolso e esfregando a pedra lisa, inconscientemente.

É só uma porcaria de uma pedra. E Beatrice provavelmente me viu conversando com a Mara, em sua loja. Ela certamente não é vidente.

Apesar disso, ele ficou segurando a pedra entre os dedos, enquanto procurava por Mara, desejando que a pedra pudesse realmente resolver alguns de seus problemas, como Beatrice havia prometido.

- Estou disposto a pagar qualquer preço por isso.

Mara levou um susto, quase derramando o café nos dedos, enquanto enchia um copo de papel, com sua garrafa térmica. Ela estava abaixada e deu uma olhada para trás, e a primeira coisa que notou foi que Jared Sinclair não estava olhando o café. Seus olhos estavam fixos em seu traseiro generoso, que estava para o alto, enquanto ela enchia o copo.

- O café é grátis – ela disse a ele, se endireitando rapidamente, virando e estendendo o copo. – Tem creme. Eu só trago pra mim, mas tenho de sobra.

Que diabos ele está fazendo aqui?

Jared Sinclair parecia tão em casa, aqui, no meio do campo molhado da feira livre, como em qualquer outra atividade que os habitantes de Amesport faziam, habitualmente.

Seu lugar era o mundo corporativo, num terno impecável que ele não sujaria, e sentado em um escritório de um arranha-céu, discutindo negócios. A única coisa casual nele eram as mangas arregaçadas da camisa social, que deixavam à mostra seus antebraços musculosos, ligeiramente cobertos com pelos castanho-avermelhados, e os botões abertos da gola, dando apenas um lampejo provocante de seu peito másculo.

Jared finalmente aceitou o copo dela, ao cruzar com os olhos dela, com uma intensidade que a fez estremecer. Sem desviar dela, ele deu uma golada no café quente, observando-a por cima da borda do copo, antes de responder, com sua voz grave – Acho que você sabe que eu não estava falando do café, se bem que se eu não puder ter o que quero, nesse momento, aceito a cafeína, obrigado.

Mara desviou dele, sem jeito. Ignorando sua insinuação, ela disse, curiosa – Esse não parece exatamente o seu ambiente e eu estou surpresa que você já não esteja com um copo de café na mão. Raramente o vejo sem um.

- A Brew Magic ainda não abriu. Por que começam esse negócio tão cedo? – ele resmungou.

- Está com crise de abstinência? Tenho certeza de que você tem uma cafeteira em sua casa. – Já tendo arrumado os seus potes e embalagens para vender, ela estendeu a mão e pegou a garrafa térmica no chão, depois se endireitou de novo, decidindo encher o copo em pé, dessa vez. Ela também estava com abstinência de café, portanto, entendia a necessidade de um copo de café. Ela estava atrasada, essa manhã, e não tomou café.

- A máquina maldita me odeia – ele disse, como se a cafeteira tivesse algo pessoal contra ele. – Minha cafeteira antiga quebrou e eu comprei uma que deveria ser de primeira. Acabo com metade do copo de grãos moídos.

- Você leu as instruções?

Jared sacudiu os ombros. – Por quê? Que mistério pode haver para fazer café? Deve estar com defeito.

Como é coisa de homem, ele achou que não precisava de instruções.

– Pode ajudar – ela sugeriu. Ela duvidava que a cafeteira pessoalmente desgostasse de Jared. Era mais provável que Jared fosse impaciente com a cafeteira. – É melhor do que ter abstinência.

Ela sabia que Jared não deixara de notar que ela servira seu café de pé e ele sorriu diabolicamente, observando-a. – Agora eu estou decididamente em abstinência – ele disse. – Deixar esse traseiro deslumbrante virado pro ar certamente desperta muitas fantasias num homem.

- Eu não sabia que você estava aí – Mara respondeu, na defensiva. Seu traseiro não era seu melhor atributo, e ela não o exibiria, se soubesse que havia alguém atrás dela.

Jared cruzou os braços, com o café na mão direita. – Eu sei que você não notou que eu estava atrás. Isso só deixou as possibilidades mais tentadoras.

Sem dúvida, isso seria um belo alvo pra qualquer coisa. Minha bunda é grande demais e eu duvido muito que a minha camiseta velha dos Patriots e o short jeans sejam muito sensuais.

Era tão cedo quando ela abasteceu sua caminhonete velha que nem se importou com maquiagem, e seus cabelos só estavam presos com uma fivela.

Ah, sim, eu realmente devo estar uma verdadeira sedutora. Não me admiro que ele me queira.

Ela revirou os olhos para ele, deixando que ele soubesse que não ia embarcar em sua paquera. – Esse tipo de elogio costuma funcionar pra você?

Ele ergueu a sobrancelha, intrigado. – Para quê?

Mara sacudiu os ombros e desviou os olhos, se concentrando em organizar seus vidros e cortando seu pão caseiro. – Frases de conquista.

- Eu não saberia – ele disse. – Não costumo me dar ao trabalho. A única coisa que as mulheres querem de mim é meu dinheiro.

Espantada, ela virou a cabeça e olhou-o, boquiaberta. – Você não acredita nisso de verdade.

Incrivelmente, pela expressão momentânea nos olhos expressivos de Jared, Mara via que ele não apenas acreditava, mas estava completamente convencido de que as mulheres só queriam seu dinheiro.

- O que mais elas iriam querer? – ele sacudiu os ombros, como se estivesse resignado com o fato de ser assediado somente por motivos monetários.

Certo, ou o homem é cego, ou ele não se olha no espelho todas as manhãs. Esse espécime masculino quase perfeito está, de fato, inseguro? – Há outras coisas – ela murmurou baixinho. Alguém o havia magoado, rejeitado. Era o único motivo que Mara podia pensar para que ele não fosse convencido por sua aparência.

- O quê? – ele perguntou num tom baixinho, com uma voz aveludada.

Sério? Jared Sinclair não sabia que era gato o suficiente para derreter a calcinha de uma mulher, só com um olhar? Desde ontem, quando aqueles incríveis olhos verdes começaram a demonstrar sentimento, ele se tornara quase irresistível para ela. – Tudo – ela admitiu, num sussurro, sem conseguir deixar de percorrê-lo com o olhar. – Você é a fantasia de toda mulher. Não é apenas lindo, mas é bondoso e engraçado quando quer ser. O que mais uma mulher pode querer? – Nada. Absolutamente nada.

- Dinheiro – ele acrescentou, sério. – Muito dinheiro.

O coração de Mara estava derretido. Ele realmente achava que todas as mulheres estavam atrás dele primordialmente pelo seu dinheiro. – Pode acreditar, há muito mais em você a ser apreciado do que sua conta bancária. – Ela detestava que Jared realmente acreditasse no que estava dizendo.

- Eu descobri que uma conta bancária gorda é a prioridade delas. Outros grandes atributos vêm em último lugar – ele respondeu, agora com uma pitada de humor na voz.

Sua ênfase nas palavras "grandes" e "atributos" fizeram minar gotas de suor na testa dela, embora o dia de verão nem estivesse particularmente quente ainda. Ela não ia tocar no comentário dele. Ter esse tipo de conversa já era bem constrangedor. – Você gostaria de uma amostra? – ela perguntou, desesperada, decidida a dar outro rumo para a conversa.

- Eu gostaria de mais que uma amostra – Jared respondeu. – Acho que quando se trata de você, eu vou querer tudo.

Capítulo 4

Meu bom Jesus, se ele não parar de me paquerar, eu vou pular por cima dessa mesa e devorá-lo. Os homens não tentam me seduzir com palavras ou ações, principalmente um cara que parece tão gostoso que dá vontade de comer no café da manhã. Ele é o tipo de homem que não tenta ser super gato. Ele simplesmente... é.

- Geleia – disse ela, com um tom nervoso. – Amora do Maine é a amostra de hoje. – Ela cortou uma fatia inteira do pão à sua frente e rapidamente passou uma generosa porção de geleia.

Jared pegou da mão dela, com um sorrisinho satisfeito.

Ele sabe que está me afetando, droga.

Mara tentou evitar que a mão tremesse, quando entregou a amostra. Ela tinha que ter controle de suas reações a ele, mas estava começando a ficar difícil ignorá-lo. Sua voz rouca e baixa a deixava acalorada, independente do que ele dissesse. Quando ele fazia insinuações, que provavelmente lhe eram naturais, ela derretia. Sua calcinha estava molhada só de pensar nele provando uma amostra de qualquer parte dela e seu interior se contraía por um desejo que ela nunca havia vivenciado.

Recomponha-se, Mara. Ele não está seriamente atraído por você. Ele é encantador e agradável, mas Jared Sinclair gostar de você tem a mesma probabilidade de você ganhar na loteria. Lembra? Você nem compra uma porcaria de bilhete de loteria. Não caia na fantasia dele. Você é uma mulher realista e Jared Sinclair está completamente fora do seu alcance.

Aos vinte e seis anos, Mara era praticamente virgem. Constrangedor, mas era verdade. Ela dera sua virgindade aos dezoito anos, para seu único namorado firme, a quem conhecera no único ano que cursou de faculdade. Quando ela teve que deixar a universidade, depois do primeiro ano, porque sua mãe havia sido diagnosticada com câncer, o namorado a dispensou, antes que ela deixasse o campus. Estranhamente, ela não ficou de coração partido. À época, ela estava preocupada demais com a mãe, e sempre se convencia de que o sexo era altamente superestimado. Agora... ela não tinha tanta certeza se estava certa. Jared Sinclair conseguia fazer coisas engraçadas ao seu corpo, sem sequer tocá-la. Seu cheiro masculino e limpo e sua voz grossa e rouca remetiam a algo sensual e isso a estava, sim, afetando-a. Era como se ele exalasse ferormônios pelos poros, seduzindo-a, instantaneamente. Talvez, para ele, as referencias sexuais fossem apenas palavras, mas Mara estava começando a imaginá-lo gloriosamente nu, seu belo rosto acima dela, seus olhos lindos repletos de desejo, ao levá-la a algum paraíso que ela nunca tinha experimentado.

- Puta merda, como isso é gostoso – Jared gemeu, enquanto devorava o pão com geleia. – Você faz isso?

Ele fechou os olhos e Mara contraiu as coxas fechadas, vendo a expressão de êxtase no rosto dele.

Não vá por aí. Forçando sua mente a desviar dali, ela respondeu – Sim. Faço uma porção de coisas. Geleias, gelatinas, condimentos e molhos são meus preferidos. A maioria vem de receitas que peguei da minha mãe. Estou sempre tentando melhorá-las, ou criar novos sabores.

Jared ficou em silêncio, enquanto mastigava e engolia, finalmente tomando um gole de seu café, antes de responder – Você está no negócio errado, meu bem. Você deveria estar vendendo isso. – Ele hesitou, antes de acrescentar – Você faz um lindo trabalho com as bonecas, mas elas não vão deixá-la rica. Leva muito mais tempo e material para fazê-las, e o lucro de cada unidade vendida é muito pequeno. Venda essas coisas que você terá um negócio próspero. – Jared examinou todos os potes de vidro, olhando os rótulos. – Puxa-puxa de chocolate e manteiga de amendoim? – ele leu o rótulo quase em reverência, pousando seu copo de café na mesa, para abrir o pote. Ele desembrulhou uma bala e jogou na boca.

- Essa não é a amostra de hoje – Mara o repreendeu, mas ela estava sorrindo. Ele era muito lindo mastigando, dando outro gemido baixinho, quando engoliu, para sua lástima pela venda perdida. Observá-lo valia a pena.

- Eu vou comprar – disse Jared, ávido. – Tudo. Nunca comi nada parecido.

- Eu só tenho alguns vidros do puxa-puxa.

- Com que velocidade você vende, nos dias da feira?

- Bem depressa – admitiu Mara. – Geralmente, só fico aqui algumas horas. A maioria das pessoas da área já experimentou as geleias e o puxa-puxa. É o que acaba primeiro.

Jared lançou-lhe um olhar interrogativo. – Deixe-me adivinhar... você não pode fazer mais porque cuida da loja e faz bonecas o dia todo e cozinha à noite?

Mara sacudiu os ombros, constrangida, porque ele tinha acabado de resumir seus hábitos de trabalho perfeitamente. – É bem isso. A cozinha precisa de eletrodomésticos mais modernos. Tenho que fazer o puxa-puxa na mão, então, minha habilidade para fazer quantidades maiores fica limitada. Eu faço o que posso, para a feira.

- Cristo, Mara. Você tem essa habilidade incrível e não está fazendo em massa? Que diabo você está pensando? – Jared perguntou, asperamente. – Esse é o dinheiro com que você vive, certo? É assim que você sobrevive? Eu sei muito bem que você não está conseguindo se manter com as vendas da sua loja.

- A loja de bonecas é uma tradição da minha família – ela disse, zangada. – E eu não tenho recursos para começar outro negócio. A feira funciona pra mim.

- Papo furado. Você poderia estar ganhando um bom dinheiro, se mudasse de produto, colocasse uma loja online.

- Isso exigiria capital...

- Que você provavelmente teria, se não estivesse deixando que seus recursos fossem pelo ralo, mantendo um negócio fracassado – Jared interrompeu.

Ela detestava essas palavras, porque estavam absolutamente certas.

– A loja foi da minha avó e depois da minha mãe. Agora é minha – Mara respondeu, resoluta. – Eu sei que fracassei e estou perdendo o negócio das bonecas. Frequentei um ano da faculdade de negócios, Jared. Eu sei que não é mais um bom negócio e não consigo mais ganhar dinheiro. Mas eu quis manter parte da minha mãe. É tudo que me restou. – Seus olhos se encheram de água de frustração e pesar.

- Você não precisa da loja de bonecas, Mara. Você tem suas lembranças. O que você acha que a sua mãe iria querer que você fizesse? – Jared perguntou numa voz mais calma e bondosa. – Ela não ia querer que você morresse de fome pra manter a loja em funcionamento. Tenho certeza de que ela não iria querer que você trabalhasse cada minuto do dia para sobreviver. O tempo muda, o progresso acontece, e a tradição não vai manter você. Você não tem mais como vender bonecas suficientes como meio de vida. Seria um hobby incrível, mas não dá para se manter.

Mara sentiu um aperto no coração, a verdade das palavras de Jared atingiu com força. Não era nada que ela já não soubesse, mas ouvir isso em voz alta era doloroso. – Minha mãe e eu mal nos mantínhamos. Quando ela ficou doente, eu comecei a fazer a feira dos sábados, com alguma habilidade e as receitas que ela me passou, da minha avó – fazendo as balas de puxa-puxa, geleias, condimentos e molhos. Isso nos manteve. Eu não sabia que as coisas estavam tão ruins, até que minha mãe adoeceu e eu assumi as finanças, durante o último ano em que ela estava viva. Eu sabia que o panorama era depressivo, mas eu queria manter o negócio por ela. – Irritada, Mara limpou as lágrimas, detestando sua própria fraqueza. – Ela me mandou para a faculdade de negócios e ela não tinha um centavo guardado. Se eu soubesse...

- Você não sabia – Jared rugiu. – Pare de se culpar.

Mara ergueu os olhos para ele, surpresa, chocada por ele defendê-la. Ela tinha tomado péssimas decisões nos negócios e sabia disso. – Eu não posso evitar. Eu era adulta. Deveria saber de nossa situação. Ela nunca me contou. – A mãe nunca lhe dera qualquer pista de que não tinha dinheiro para mandar a única filha para a faculdade. – Eu cursei um ano, antes que ela fosse diagnosticada com câncer, e voltei pra casa. Sete anos depois, eu ainda estou pagando os empréstimos estudantis que ela pegou pra mim. E nem sequer concluí. – Mara desabafava sua tristeza e culpa para Jared, como se o conhecesse desde sempre, percebendo como era bom ter alguém para conversar. Kristin era sua melhor amiga, mas Mara nunca quis mencionar seus apuros financeiros para ela. Kristin iria quer ajudar e a amiga já passava aperto.

- Agora você já acabou de se punir? – Jared perguntou, pacientemente, cruzando os braços e recostando o quadril na mesa dobrável de metal. – Porque se você parou de se culpar pelo passado, quando teve atitudes totalmente compreensíveis, levando em conta a perda de sua mãe há apenas um ano, então, eu vou lhe fazer uma proposta.

Mara limpou as últimas lágrimas dos olhos e olhou pra ele. Seus olhos estavam vidrados quando ele a encarou de volta. – O quê? – ela perguntou, curiosa.

- Eu estou disposto a investir o capital para um novo negócio para você. Vou prover o equipamento, o espaço e o capital inicial, se você quiser começar um negócio vendendo seus produtos de consumo – ele disse, rapidamente.

- Você quer ser um investidor anjo? – Mara cruzou os braços e olhou-o, diretamente nos olhos. – Você é um bilionário. Que interesse você tem, num pequeno negócio? – Mesmo que ela fosse bem-sucedida, o dinheiro de um negócio dela seria trocado para ele.

- Em primeiro lugar, eu não sou nada do que alguém poderia chamar de anjo. – Jared sacudiu os ombros. – Gosto dos produtos. Uma das minhas vantagens é que terei suprimento ilimitado deles.

Mara revirou os olhos para ele. – Até parece que você não pode pagar para tê-los. Ora, vamos, Jared. Você está tentando me ajudar e eu agradeço. Mas tenho que resolver isso sozinha.

- Por quê? É uma oferta legítima.

A afirmação dele era uma piada, vindo de um bilionário que fechava negócios de milhões de dólares, mas agora ela estava curiosa. – Por que percentagem do negócio? – ela perguntou, duvidosa, observando, enquanto ele lutava para arranjar uma boa resposta. Jared Sinclair não estava oferecendo para entrar num negócio com ela. Ele estava se oferecendo para ajudá-la. Seu coração amoleceu, enquanto ela via um lampejo de indecisão no rosto dele, sua fachada de homem de negócios temporariamente vacilando.

- Dez por cento e fornecimento ilimitado de produtos – disse ele, decidido.

Mara fungou. – Como foi que você se tornou um bilionário? Essa não é uma oferta séria. É uma doação de caridade para mim.

Jared passou a mão nos cabelos, parecendo frustrado. – Eu não preciso de mais dinheiro. Preciso de um projeto em que possa acreditar – ele disse, num tom amargo.

- Você não gosta do que faz, sendo dono de uma das companhias imobiliárias mais rentáveis do mundo? – O que exatamente ele queria dizer com precisar algo em que acreditar?

- É um negócio grande. Prédios grandes. Dinheiro grande mudando de mãos. Grandes prédios comerciais. Não é mais desafiador. Nunca foi, realmente.

Jared tinha ajudado a construir alguns dos prédios mais impressionantes e imensos do mundo, e isso não era desafiador o bastante pra ele? – Você não gosta – ela concluiu, inflexível. – Você não gosta do que faz.

- Talvez – ele concordou, rabugento.

- Mas acredita nos meus produtos? - Vendo a expressão torturada no rosto dele, Mara acreditava. Talvez, ele estivesse, mesmo, entediado. Talvez ele realmente quisesse ser o mentor dela.

- Eu acredito em você – ele estrilou.

- Você detesta, tanto assim, o que está fazendo? – ela perguntou baixinho.

- Eu não odeio, exatamente – ele resmungou. – Mas também não gosto. Tenho uma diretoria muito competente que agora faz a maior parte do trabalho. Sou basicamente o cara que toma a decisão final. Mas tudo já está bem decidido pelos profissionais de pesquisa, com prós e contras já calculados. Eles só precisam do meu ok. Talvez eu precise do desafio de novamente construir um negócio do zero.

- Isso nunca será uma grande fonte de dinheiro – ela o alertou, calmamente, recuando o bastante para pousar seu café na caçamba da caminhonete e pular em cima pra sentar. Era bem mais seguro ter Jared a certa distância. – Eu sei que posso conseguir um bom lucro, mas não é o tipo de dinheiro que você está acostumado a lidar – ela continuou, aliviada pela distância que havia colocado entre eles dois.

- Não dou a mínima para o dinheiro. Nunca dei. Eu tinha mais que o suficiente para viver uma vida de luxo, pelo resto dos meus dias, e nunca mais trabalhar. O sucesso nem sempre envolve grandes lucros. Eu só quero que você ganhe o bastante para viver confortavelmente. Quero ensiná-la como fazer isso – ele admitiu, com a voz rouca parecendo querer ensinar muito mais que apenas o negócio. Contornando a mesa de ferro, Jared pousou seu café antes de espreitá-la, lentamente indo atrás dela, até finalmente prender seu corpo junto à caçamba aberta da caminhonete surrada, com sua forma física bem maior e musculosa.

Mara sentiu a respiração prender, quando inalou seu cheiro másculo, sentindo-se inebriada pela proximidade. Ele pôs as duas mãos em seus joelhos e foi subindo, lentamente, pela pele sensível do interior de suas coxas, com o polegar, afagando até chegar ao topo da coxa. Ao chegar ali, ele a segurou pelas laterais dos quadris e puxou-a à frente, trazendo-a para junto dele, encostando-a à sua ereção petrificada.

Mara estremeceu, seu corpo se derretendo junto ao de Jared, quando ela olhou acima, para ele. Ele tinha uma expressão faminta, como um predador que finalmente encontrou sua caça. – E o que você ganha? – perguntou ela, com a voz trêmula, com os nervos à flor da pele, de tentar fingir que não estava prestes a colar naquele corpo musculoso e implorar que ele saciasse aquela dor pulsante em todo o seu ser.

- Satisfação – respondeu ele, com uma voz embargada, antes que seus lábios cobrissem os dela.

Ele engoliu o gemido ansioso que ela deu, e mergulhou em sua boca com um domínio que virou Mara do avesso. Incapaz de fazer qualquer outra coisa, ela passou os braços em volta do pescoço dele, passando as mãos em seus cabelos, deleitando-se da sensação de Jared se apossando completamente dela. Ele exigia. Ela dava. Ele inclinou-lhe a cabeça, agarrando-lhe os cabelos para posicionar sua cabeça, exigindo melhor acesso aos seus lábios. E mergulhou a língua em sua boca, dando pequenas mordiscadas no lábio inferior, em meio às investidas ousadas. As mãos fortes deslizavam por suas costas e pousaram em suas nádegas, que ele segurava como se o pertencessem. Ele não foi delicado ao puxá-la para frente, grudando-a inteira nele, esfregando em seu pau imenso e duro, por dentro da roupa.

Ele tinha um abraço audacioso e ela reagia igualmente excitada. Ansiando. Saboreando. Tocando. Todas as coisas que ela quisera fazer com Jared Sinclair em suas fantasias.

Por alguns momentos, Mara se soltou, esquecendo-se de tudo e de todos, submergindo na sensação da boca de Jared e de seu corpo rijo junto ao dela. No fundo da consciência, ela sabia que provavelmente havia gente na feira observando curiosamente, mas o corpo de Jared estava impedindo a visão dela dos outros, e agora todos os stands estavam atrás dele.

O corpo dela quase implodiu, enquanto ele apertava suas nádegas, recuou de sua boca e começou a passar a língua na pele sensível de seu pescoço. Sua respiração ofegante, a sensação dos bafejos de ar em sua pele, quase a desmancharam.

- Jared. Nós temos que parar – ela dizia, ofegante, com pouca convicção. As mãos dela estavam afagando a cabeça dele, segurando seus cabelos e puxando, para trazer-lhe a boca para junto da dela, mesmo ao dizer as palavras. – As pessoas vão falar.

- Deixe que falem – Jared disse, rouco, junto à sua pele aquecida. – Não dou a mínima. Contanto que não possam ver você, não ligo. Eu quero que saibam que você é minha, Mara.

Mara inclinou a cabeça para trás e passou as pernas em volta da cintura dele. – Ai, Deus. Jared. Por favor. – O fato de que ele estava alegando seu domínio a deixou com mais tesão ainda, mais desesperada.

A mente dela revolvia, enquanto ela tentava compreender o fato de que Jared realmente a queria. Seu toque ardente, a ereção dura entre as pernas, a expressão séria nos olhos dele, tudo dizia que ele estava fazendo mais que apenas provocando. Ela queria mais... e esse tesão era mútuo.

Ele mordiscou o lóbulo de sua orelha, depois lambeu. – O que você quer? Quer sentir meu pau dentro de você? Você me quer tanto quanto eu quero estar enterrado em você, bem lá no fundo?

- Sim – ela disse ofegante, apertando as pernas em volta dele, para sentir sua excitação. – Por favor.

- Jesus, eu adoro ouvi-la pedir. Você sabe o que faz comigo, quando reage assim, como fico em saber que você me quer tanto quanto eu quero você? – As mãos dele apertaram-lhe as nádegas com força, de maneira possessiva. – Tudo que eu quero, nesse momento, é deitá-la na caçamba dessa picape, arrancar esse seu short e mergulhar meu rosto no meio das suas pernas, Mara. Preciso sentir seu gosto. Sentir você inteira. Seu gosto será tão viciante que eu vou continuar te lambendo muito tempo depois que você gozar gritando meu nome, mais de uma vez.

Os mamilos de Mara, já totalmente rijos, roçavam no peito dele. Meu bom Deus, ela estava quase gozando, só em ouvi-lo falar, sentindo seu corpo e boca assumindo o controle dela. – Jared – ela choramingava, com o corpo inteiro em fogo, retraído, cheio de tesão. Ela soltou os cabelos dele e começou a percorrer seu corpo. Maldizendo o tecido da camisa, ela deslizava pelas costas fortes e bíceps musculosos, se remexendo junto a ele, sentindo seu corpo totalmente definido. – Eu quero sentir a sua pele – disse ela, baixinho, com a voz vibrando de paixão.

- Meu benzinho, você vai me sentir inteiro, se não parar de esfregar esse sexo quente no meu pau – ele alertou, finalmente parando e encostando a testa no ombro dela. – Porra. A feira deve estar aberta. – Ele estava com a respiração ofegante, mas passou as mãos das nádegas dela para seus quadris.

Com a respiração acelerada, Mara lentamente foi recobrando os sentidos, ao ouvir o volume das vozes no campo lentamente aumentando, muitos seguindo diretamente na direção deles. – Está aberta. – Ela baixou as pernas da cintura dele.

Mara deu uma olhada no rosto de Jared, enquanto ele se endireitava, relutante. Ele parecia tão tenso e devastado quanto ela. Ela podia sentir o esforço que ele estava fazendo para recuar, seu corpo inteiro retesado sob os dedos dela, quando ele se afastou. Ele respirou fundo, depois exalou, e um dos músculos de seu maxilar pulsou, quando ele olhou pra ela. – Para você, agora está fechado. Eu vou comprar todo seu estoque e você vai passar o dia comigo.

Ela sabia que devia argumentar, mas seria em vão. – não posso impedir que você compre tudo – ela disse a ele, com mais calma do que estava sentindo, no momento. Pousando as mãos trêmulas nas coxas, ela olhou para os olhos dele em brasa. – E eu só vou passar o dia com você se você realmente me convidar. – A personalidade dominante dele podia deixá-la de sangue quente, mas ela não deixaria que ele mandasse nela. Dizer a ela como ia passar o dia estava fora dos limites.

- Eu perguntei – ele argumentou, numa voz rouca.

Mara sacudiu a cabeça. Ele era um bilionário e ela estava bem certa de que as pessoas pulavam, quando ele mandava. Mas isso não era pedir. E ela não ia pular. Ela cruzou os braços, obstinada, e o informou. – Você me *disse*. Não pode apenas convidar?

- Bem, você pode? – ele resmungou hesitante, como se temesse que ela talvez dissesse não.

Ela abriu um sorriso radiante. Não era exatamente um convite educado, segundo um padrão convencional, mas, para ele, provavelmente era. – Eu adoraria, Jared. Obrigada. – Como se houvesse algum questionamento. Não era sempre que ela tinha uma manhã de folga, e ela gostaria de passá-la com ele. Na verdade, gostar de Jared Sinclair era perigoso, e desejá-lo, ainda mais. Mas ela queria examinar as possibilidades de um novo negócio.

E eu quero pesquisar Jared Sinclair... de todos os modos possíveis.

A respiração de Mara prendeu nos pulmões, quando Jared deu um sorriso verdadeiro, quando ela aceitou seu convite. Ele era habitualmente bonito, mas quando sorria daquele jeito, curvando os lábios e deixando a expressão feliz chegar aos olhos deslumbrantes, ela estava frita.

Ela exalou trêmula e ele desviou o olhar, começando avidamente a juntar os potes e colocar em caixas, levando-os para a caçamba da caminhonete dela.

- Eu posso empacotar as coisas e deixar na minha casa – Jared disse, com a fala arrastada, ao erguer várias caixas e facilmente coloca na traseira da caminhonete dela.

- Você quer dizer que vai realmente andar no meu pobre e velho veículo? – a picape era mais que velha, e já deveria ter ido para o ferro velho, anos atrás. Mas andava e a levava até onde ela quisesse ir. No entanto, ela não conseguia enxergar Jared, extraordinário bilionário da família Sinclair, da elite de Boston, andando em sua picape surrada.

- Eu vou até dirigir – ele concordou prontamente. – Você está querendo dizer que eu sou um esnobe? Acredite ou não, logo que eu saí da faculdade, eu tive uma caminhonete de construção bem parecida com essa. Acho que sinto até falta.

- Mas seu outro carro era um Maserati? – ela provocou, brincando. – Esse é meu veículo principal.

- Na verdade, era um Bugatti – ele respondeu. – E mais alguns.

- Quantos veículos um cara pode ter?

Ele sacudiu os ombros. – Mais do que ele pode contar. Eu tenho pelo menos um, em cada residência que tenho. Mas nem todos são absurdamente caros – acrescentou ele, na defensiva. – Eu tenho um carro que não é caro, aqui em Amesport.

Mara mordeu o lábio para evitar sorrir. Como é que se diz a um bilionário que uma caminhonete Mercedes não é exatamente um carro econômico? Ela não tivera a intenção de insinuar que ele era esnobe, de jeito nenhum. Ele só estava vivendo a vida que lhe tinha sido passada e a forma como passou a adquirir coisas extravagantes era algo normal pra ele. Na verdade, ela nunca vira Jared como sendo alguém convencido ou todo cheio de si, embora ele tivesse nascido rico e se tornado mais rico ainda. Na verdade, por baixo da fachada do controle comedido que ele sempre demonstrava ao mundo, ela tinha a impressão de que havia ali um âmago afetuoso.

Não se esqueça de que ele descarta as mulheres com a mesma rapidez que as pega.

Ignorando seus pensamentos negativos, Mara lembrou a si mesma que tudo que ouvira sobre Jared era fofoca. Ela nunca tinha visto algo que o depreciasse e sua mãe sempre lhe ensinara a julgar as pessoas, por si mesma, ao invés de ouvir o que outros estavam dizendo.

- Não – ela finalmente disse. – Eu não acho que você tenha nada de esnobe. Mas você está bem bonitinho para a minha caminhonete velha – ela lhe disse, alegremente, olhando seu relógio de ouro, suas roupas de marca, e seus sapatos de couro agora molhados.

Dando uma risadinha de seu visual incompatível, ela se abaixou para pegar a garrafa térmica de café.

Paft!

Mara deu um gritinho e deixou a garrafa cair, quando a mão atingiu seu traseiro, e ele não foi nada delicado. – Ai. O que foi isso?

Jared aproximou-se do ouvido dela. – Esse alvo estava bem bonitinho, meu bem, e isso foi uma forra por ter ofendido minha hombridade. – Ele afagou discretamente o local onde deu um peteleco, antes de tirar a mão.

Como se alguém pudesse negar que ele era totalmente másculo.

Certo, talvez ela tivesse, sim, merecido alguma retaliação. Jared Sinclair era masculino demais para deixar que ela se safasse depois de chamá-lo de bonitinho. Ela lhe deu um sorriso malicioso e procurou a chave no bolso, tirando e balançando no ar.

Jared pegou da mão dela. – Você também tem um desses? – Ele estava olhando estranhamente para o chaveiro.

- A pedra da lágrima Apache? Foi a Beatriz que me deu.

Jared remexeu dentro do bolso e balançou um chaveiro vazio, igual ao dela. – Para mim também – ele confessou.

Mara suspirou. – Ela me deu, depois que a minha mãe morreu.

- Ajudou?

Ela sacudiu os ombros. – Eu sobrevivi. Imaginei que não faria mal. – Na verdade, ela não acreditava na cura de Beatrice, mas, por algum motivo, sempre encontrava consolo na pedra.

- Exatamente o que eu pensei – Jared respondeu, enfiando o chaveiro de volta no bolso. Depois de dobrar a mesa pesada que ela usava para mostrar seus produtos e colocar na traseira da picape, ele bateu a tampa da caçamba e pegou a garrafa térmica e um bolsão que estavam no chão. Ao entregar-lhe as coisas, ele perguntou – Pronta?

Essa palavrinha tocou os sentimentos de Mara, em muitos níveis. Será que ela estava pronta? Sua vida inteira estava mudando nesse momento, e ela teria muitos desafios que nunca havia enfrentado. Será que ela terminara seu pesar pela perda da mãe e as gerações de tradição? Talvez não, mas ela tinha de prosseguir com sua vida. Jared estava certo. Sua mãe iria querer que ela progredisse e teria ficado decepcionada se Mara mantivesse um negócio que dava prejuízo, se tivesse oportunidades melhores. Ainda assim, ela gostaria que não doesse tanto em ter de abrir mão.

Jared Sinclair inspirava sentimentos bem diferentes e ela estava bem certa de que eles eram perigosos.

Em algum momento, eu preciso começar a viver a minha vida, assumir alguns riscos.

Ela tinha passado toda a vida adulta cuidando da mãe e jamais se arrependeria, mas a mãe iria querer que ela fosse feliz, que experimentasse a vida. Jared estava certo sobre o que sua mãe iria desejar para a filha única. Ela tinha lembranças da mãe e da avó, que tinha morrido quando Mara ainda estava no Ensino Fundamental. Ela guardaria essas lembranças no fundo do peito e agora começaria a viver para si. Ela tinha de fazê-lo, se quisesse seguir em frente e sobreviver.

Ela assentiu para Jared. – Eu estou pronta.

Surgiu um lampejo de compreensão entre eles quando os olhares se fixaram. Mara estremeceu quando sentiu algum tipo de ligação se consolidando.

Talvez ele fosse perigoso para ela.

Talvez ele estivesse preocupado.

Talvez ele tivesse alguns dos mesmos problemas que ela para resolver. Ela havia começado a desconfiar que ele tinha, sim, mesmo antes da estranha coincidência de Beatrice ter dado a mesma pedra aos dois.

Quando Jared abriu a porta do passageiro para ela, Mara ficou imaginando se, apenas talvez, eles não poderiam ajudar a curar um ao outro.

Capítulo 5

Mas que diabo há de errado comigo?

Jared tentava focar na direção, sem conseguir esquecer, nem por dois segundos, de seu encontro fervoroso com Mara. Ele se lembraria de seus pequenos gemidos por muito tempo, e eles ficariam ecoando em sua cabeça, mesmo depois que ele tentasse aliviar, sozinho, a dor latejante que sentia.

Perdi completamente o controle. Eu não perco mais o controle. Jamais.

Beijar Mara havia sido a primeira vez que ele perdera a prudência, em anos. Enquanto a devorava, ele não estava nem ligando se o mundo acabasse, contanto que ele pudesse ficar mais próximo dela, mais fundo em sua boca.

Minha.

Essa palavra ficava ressoando em sua mente, levando-o cada vez mais perto a conseguir o que queria e às malditas consequências de seus atos.

Ela queria a mesma coisa.

Baboseira! Ele estava querendo enganar-se, se, por um instante, achasse que Mara realmente o queria. Ela não tinha ideia no que estava se envolvendo, que tipo de homem ele realmente era. Mara

Ross também era excessivamente franca, meiga demais para perceber o que ela precisava, e certamente não era ele. No entanto, isso não o impedia de querê-la com uma intensidade que o fazia esquecer de pensar com sensatez.

- O Sullivan's é melhor que o Tony's. – A voz de Mara rompeu o silêncio.

Jared voltou à realidade, quando ela falou do banco do passageiro da caminhonete. E, droga, ele precisava conversar com ela sobre esse maldito veículo. Ele não ligava para a aparência. Não estava brincando, quando disse que tivera uma caminhonete de trabalho como essa. Mas sempre esteve em bom estado. O que importava era que os freios estavam falhando, o motor engasgava e os pneus estavam quase que totalmente carecas. – Sullivan's? – Jared nunca tinha ouvido falar no lugar. Ele sempre comia no Tony's. O ambiente era bom e a comida era decente.

- Vire à direita, no cruzamento – ela instruiu. – O Sullivan's é o melhor em frutos do mar, na cidade. É mais frequentado por locais. O Tony's é mais elegante, então, eu acho que os visitantes imaginam que a comida seja melhor. Não é.

Jared virou, deixando que ela o guiasse a um lugar diferente para comer. Depois de terem deixado os vidros de puxa-puxa e a geleia que ele comprou de Mara na casa dele e acertarem a conta, ele estava faminto. Ele não tinha tomado café da manhã, exceto pela amostra dos produtos caseiros incríveis, e estava mais que pronto para o almoço. – E agora? – perguntou ele, com um tom impaciente. Não tinha nenhum restaurante à vista.

- Encontre um lugar pra estacionar na rua sem saída. Nós vamos ter que caminhar até o final do calçadão – ela disse a ele, calmamente.

Jared entrou num estacionamento de terra, no fim da rua, e manobrou para estacionar numa vaga. – A cabana? – ele tinha visto a edificação rústica, no fim do calçadão, perto do velho píer, que conduzia até o farol, mas não prestara muita atenção. Nunca nem pareceu habitável.

- Sullivan's, Filé e Frutos do Mar. Está ali desde sempre. Tem os melhores pãezinhos de lagosta da região. – Mara destravou o cinto de segurança e sorriu para Jared.

- Parece uma espelunca – resmungou Jared.

- E é – Mara concordou. – Mas a comida é a melhor da cidade. E eu não preciso me preocupar por estar mal vestida.

Ora, ele queria que ela estivesse mal vestida, preferencialmente, vestindo nada, nua, embaixo dele, agora mesmo. Ele alegremente trocaria o almoço por ela. Jared desconfiava que seu humor irritadiço fosse mais originado pelo desejo por Mara do que por comida. Infelizmente, ela ainda estava com aquele short justinho na bunda que era como um objeto de tortura, se ele caminhasse atrás dela, e a camiseta que vestira no mercado. Ele pulou da caminhonete e enfiou a chave no bolso, enquanto dava uma corrida até o lado dela, para abrir a porta, antes que ela pudesse abrir. Ele havia notado que a porta estava emperrada, quando teve praticamente que abrir com um pé de cabra, em sua casa. – Estou faminto – ele disse a ela, quando abriu a porta, depois de fazer uma força considerável.

- Você não vai ficar. – Ela deu uma risada e pegou a mão dele, forçando-o a fechar rapidamente a porta e segui-la. Por um instante, ele pensou se deveria ou não trancar a picape, mas descartou a ideia. Alguém estaria fazendo um favor se a roubasse, e ele teria uma desculpa para substituí-la.

Eles passaram pelo Lighthouse Inn, uma estalagem que ficava no fim da rua, com a qual ele se tornara bem familiar, quando estava supervisionando a construção das casas na Península, para ele e os irmãos. Ele desenhou e ajudou a construir cada uma daquelas casas, exceto a de Grady, que construiu a sua própria, bem no final da Península, antes que Jared sequer tivesse pisado em Amesport. Depois de visitar Grady, Jared soube que cada um deles precisava de uma casa ali. Havia algo especial sobre essa cidadezinha costeira, algo curador e Deus sabia que todos os Sinclair precisavam de um lugar assim como refúgio.

Jared deixou que ela o conduzisse até que eles chegassem ao calçadão, então eles passaram a caminhar lado a lado. Ela puxou a mão para soltar a dele, mas ele entrelaçou os dedos aos dela e segurou firme, gostando da sensação da palma da mão dela, estando ligado a ela, de alguma forma. Era um toque simples que ele não sentia há muito tempo e ele havia se esquecido como era boa a sensação. Honestamente, ele achava que nunca tinha sentido o coração mais leve, só em tocar uma mulher, de maneira tão simples. Mas, com Mara ele sentia. – Está chovendo – ele comentou, sentindo algumas gotas caindo em sua testa.

- Foi por isso que eu quis vender rapidamente minhas coisas na feira, hoje. Deve chegar mais tempestade, essa tarde.

Já tinha esquentado consideravelmente, desde seu despertar excepcionalmente cedo, essa manhã, mas Jared via as nuvens começando a se aproximar. Ainda bem que eles chegaram à cabana, e Mara o levou até a entrada da frente, uma porta que não era visível, a menos que a pessoa entrasse pelo farol, o que poucas pessoas faziam, ao chegarem ao final do calçadão. O píer que levava ao grande farol para os pescadores não era exatamente pitoresco e nem o velho farol, que parecia desgastado e necessitando de reparos.

Sullivan's, Filé e Frutos do Mar.

O nome do lugar estava gravado num pedaço de madeira velha pendurada torta, ao lado da entrada. – De primeira – ele murmurou, agora ouvindo vozes que vinham lá de dentro da choupana. Ele tirou os óculos de Mara de seu rosto e enxugou com a camisa, tirando as gotas de chuva, antes de recolocá-lo em seu rosto.

- Obrigada. – Ela arrumou os óculos ligeiramente. – Por que você fica fazendo isso?

- Eu já usei óculos. É irritante ficar olhando com as gotas.

- Você não precisa mais? – perguntou ela, curiosa.

- Não. Eu fiz uma cirurgia a laser. – Ele olhou a placa na porta, duvidoso. – Você tem certeza de que é seguro comer aqui?

- Não julgue. As aparências podem enganar. A comida é incrível.

- Espero que sim. – Ele estendeu a mão e abriu a porta pra ela, acenando para que ela entrasse primeiro.

Surpreendentemente, o local não era tão ruim quanto Jared imaginara, ao julgar pela aparência externa. Havia uma caixa registradora do lado de dentro da porta e um bar com quatro cadeiras, onde clientes sozinhos podiam sentar e comer. As mesas não eram exatamente elegantes, mas eram úteis e a maioria estava ocupada.

- Mara – disse uma voz feminina e ruidosa, da janela de serviço atrás do bar.

Jared olhou para Mara, enquanto ela acenava para uma bela moça loura, da mesma idade que ela, perto da janela. – Aquela é Tessa Sullivan. Nós frequentamos o Ensino Médio juntas. Ela virá dar um oi. Tessa é surda, mas ela lê lábios muito bem – ela disse a ele, baixinho.

A loura veio correndo, passou pelas portas vai e vem da cozinha, numa linha reta até Mara, agarrando-a num abraço forte. – Eu não a veja há tanto tempo – Tessa repreendeu Mara, enquanto abraçava.

Mara recuou, para que Tessa pudesse ler seus lábios. – Eu tenho andado ocupada, ou teria vindo aqui antes. Você sabe o quanto eu adoro a sua comida.

- Tanto quanto eu adoro a sua – Tessa respondeu, com a voz ligeiramente fanhosa, por sua incapacidade de ouvir as próprias palavras. – Você me trouxe alguma coisa?

- Vendi tudo na feira – Mara respondeu, parecendo arrependida. Virando-se para Jared, ela rapidamente explicou – Eles usam alguns dos meus produtos, quando eu tenho extra.

Olhando diretamente para Tessa, Jared perguntou – Você usaria os produtos sempre, se tivesse um fornecimento farto?

Tessa olhou para Mara interrogativa, como se estivesse imaginando por que deveria responder às perguntas de um estranho.

- Desculpe. Tessa, esse é meu amigo, Jared Sinclair. Jared, essa é Tessa Sullivan, sócia do Sullivan's. Tessa e seu irmão, Liam, administram o restaurante – Mara explicou.

Jared teve que soltar a mão de Mara para estendê-la a Tessa. – É um prazer – ele disse, afetuosamente, já gostando da moça animada que não parecia nem um pouco abalada por não conseguir ouvir.

- Igualmente – Tessa respondeu, apertando firmemente a mão dele, e sacudindo. – E, sim, eu usaria os produtos o tempo todo, se conseguisse pôr minhas mãos neles. As geleias e molhos são incríveis.

Eu adoraria tê-los sempre. Eu baseei algumas das minhas receitas nos molhos dela, portanto, só posso fazê-las quando ela me fornece. E os clientes adoram as geleias.

Jared sorriu para a loura atraente, ao baixar o braço e pegar novamente a mão de Mara. – Eu estou tentando convencê-la em transformar os produtos num negócio de verdade. Então, ela sempre poderia ter disponível.

A moça loura pulou animada, batendo palmas. – Isso seria fantástico. Mas, e quanto à sua loja de bonecas? – Ela olhou para Mara, franzindo o rosto.

Mara sacudiu a cabeça. – O dono está vendendo a casa. Eu tenho que encontrar outro lugar. De qualquer forma, a loja não está dando dinheiro, então, não faz sentido encontrar outro ponto.

A loura ficou séria. – Eu lamento muito, Mara. Mas você vai se dar muito bem com seu novo negócio. Seus comestíveis são únicos e maravilhosos. Se eu puder estocar seu puxa-puxa e suas geleias perto do caixa, vou vender tudo, num só dia.

- Isso que eu fico dizendo a ela – Jared concordou com os incentivos da mulher, quando Tessa olhou em sua direção.

- Obrigada, Tessa – Mara respondeu, sorrindo.

- Deixe-me lhe arranjar uma mesa. – Tessa foi limpar uma mesa que desocupara para sentá-los.

- Você não me disse que já tinha clientes da cidade clamando por seus produtos. – Jared lançou um olhar irritado para Mara. Ora, seus produtos culinários obviamente já tinham uma grande demanda em Amesport. – Há pedidos?

Mara sacudiu os ombros. – Algumas lojas da cidade gostariam de tê-los sempre. Mas eu nunca consigo fazer o suficiente para distribuir.

- Isso não será mais problema – ele lhe disse.

- Falaremos sobre isso. A oferta que você está fazendo não é aceitável para mim. Você tem que ficar com pelo menos metade do lucro.

Ora, se ele estivesse pensando com a cabeça acima do pescoço, ele ficaria com mais da metade, para ter o controle. Infelizmente, a cabeça abaixo de sua cintura não dava a mínima para a percentagem do negócio dela. O único lugar onde ele queria ter controle dela era no quarto. Ou contra uma parede. Ou em qualquer lugar onde eles pudessem ter alguma privacidade. – Nós certamente falaremos a respeito – ele resmungou, de dentes cerrados. De alguma forma, ele a convenceria a ver as coisas do seu jeito.

Mara abriu a boca para dizer algo, mas fechou novamente, quando Tessa voltou para levá-los à mesa.

Jared estava agitado e ele se perguntava o motivo para que fosse tão importante que ele fizesse Mara ver o sentido. Era um negócio pequeno. Não deveria ter qualquer importância para ele. No entanto, por alguma razão, fazer com que Mara concordasse tinha se tornado a coisa mais importante que ele faria na vida. O futuro dela dependia disso.

Mara deu uma olhada ao redor do restaurante, depois para Jared, enquanto ele olhava o cardápio. Ela nem precisava olhar. Ela conhecia o cardápio do Sullivan's de cor.

Talvez eu devesse ter levado o Jared para o restaurante Tony's. Ele decididamente não parece pertencer numa mesa com uma porção de cadeiras que não combinam e fotos, por todo lado, de homens segurando peixes enormes.

Deus, como Jared Sinclair era lindo. Ele exalava poder e confiança, mesmo quando estava olhando uma porcaria de cardápio. As mechas claras em seus cabelos castanhos pareciam quase reluzir sob a luz fraca do restaurante informal, e ele parecia tão... polido. Independentemente de estar vestido de forma relativamente casual. Ele irradiava controle, sofisticação e domínio, onde quer que estivesse, de qualquer maneira que estivesse vestido. Isso parecia tão natural pra ele, quanto respirar, e aquela aura de força era quase impossível de ignorar.

Um garçom adolescente anotou o pedido deles e Jared recostou em sua cadeira, com os cotovelos na mesa, observando-a. – Eu gostaria de tirar esse negócio do caminho. – Ele respirou profundamente.

– Você está certa em dizer que eu não estou fazendo pelo dinheiro. Obviamente, eu não preciso de mais dinheiro. Quero fazer para levar seus produtos às massas. Eles são bem incríveis e será um desafio, e algo diferente para mim. Eu não sei muito sobre ter êxito em negócios de consumo, mas vou aprender. E posso ajudá-la com o processo de marketing e a parte de negociação.

Mara o observava, notando que os olhos dele se iluminaram com a possibilidade de um desafio. – Por que eu? Há um monte de pequenos negócios tentando conseguir apoio. – *E qualquer um deles mataria para ter o respaldo de um Sinclair.*

Jared sacudiu os ombros. – Eu gosto de você. E, acredite, isso é uma novidade para mim. Eu não gosto de muita gente, além da minha família.

- Por quê?

- Porque a maioria quer alguma coisa de mim. Você não e isso me fascina.

Mara olhava boquiaberta, imaginando em que tipo de mundo ele vivia, onde ele não tinha ninguém que se importasse com ele, como pessoa. – Você não tem amigos? Gente em quem confia, fora os seus irmãos?

A expressão de Jared ficou sombria. – Depois da faculdade, não. Eu aprendi com aqueles erros.

- Você confiou em alguém que o decepcionou – Mara arriscou. Alguém havia magoado Jared Sinclair... muito. Ela se retraiu por dentro, pensando na forma como alguém devia tê-lo traído. Era óbvio que ele nunca mais tinha confiado em ninguém, exceto sua família. – Eu lamento. – Ela queria perguntar quem foi, e o que haviam feito pra ele, mas não o conhecia bem o suficiente para forçar. Era óbvio que ele nunca tinha sarado direito dessa traição.

Os olhos dele ardiam, quando se fixaram aos dela. – Por quê? Você não fez nada.

Ainda.

Mara quase podia ouvir a palavra pendurada, no fim da frase. – Ninguém merece ter a confiança que tem em outra pessoa destruída. Isso dói.

- Eu superei há muito tempo – Jared estrilou.

Mara sacudiu a cabeça lentamente, sem desviar dos olhos dele. – Eu acho que não. – Na verdade, ela estava bem certa de que ele ainda estava bem amargo. Isso transparecia em sua falta de confiança, sua relutância em deixar as pessoas entrarem em seu mundinho controlado.

Jared deu um sorriso cínico. – Você está tentando ser minha amiga, Mara?

- E se eu estiver? – Ela não tinha certeza do que estava fazendo. Só sentia a urgência de garantir que Jared Sinclair pudesse voltar a confiar em alguém, fora sua família. Havia uma tristeza escondida dentro dele. Dava pra sentir e isso a estava devorando.

Jared desviou o olhar. – Eu receio que isso seria impossível.

- Você quer fazer um negócio junto comigo. Como podemos fazer isso, se você não conseguir aprender a confiar em mim? – ela perguntou ofegante.

- Para isso que existem contratos.

- Você está pretendendo que seus advogados elaborem um?

- Não – disse ele, num tom áspero, parecendo aliviado, quando o almoço chegou.

Mara esperou até que o garçom tivesse deixado os pãezinhos de lagosta na frente de Jared, e peixe do dia para ela. Depois de assegurar ao adolescente amistoso de que eles não precisavam de mais nada, ele foi embora.

Ela deu uma garfada no peixe, depois experimentou a batata frita, desesperadamente imaginando o que dizer a Jared. – Você precisa de um contrato – ela finalmente lhe disse. – E eu não vejo motivo para que nós não possamos ser amigos. – Pelo amor de Deus, ele estava com a língua em sua boca, pouco tempo atrás. Ela detestava pensar que ele não era nem um amigo.

Ele começou a devorar um dos pãezinhos de lagosta que havia pedido, esperando até terminar, antes de comentar. – Acho que seria muito difícil ser amigo de uma mulher que me deixa de pau duro, o tempo todo, quando estou em sua companhia. Também acho que eu não ficaria imaginando uma *amiga* nua e me implorando para transar com ela, toda vez que a olho.

Mara quase engasgou com um gole de água. Ela engoliu – mal engoliu – e tossiu algumas vezes, depois de beber o líquido. – Não posso acreditar que você tenha acabado de dizer isso – ela disse a ele, num sussurro áspero, mais aborrecida por sua própria reação, no meio do restaurante, do que pelo fato de que ele não tinha qualquer problema em lhe falar essas sacanagens.

Ele parou e lançou um olhar sensual que a fez sentir contrair por dentro, obrigando-a a ficar com as coxas fechadas com força.

- Por que não? É a verdade. – Ele olhou em volta. – Até parece que alguém pode nos ouvir.

Mara ficou vermelha, com o rosto tão quente que ela começou a suar. Embora fosse verdade que não havia ninguém muito perto deles, ela estava inquieta por ele simplesmente declarar, bem à vontade, que estava tendo esses pensamentos carnais em relação a ela. E Jared não tinha problema quanto a fazer com que ela soubesse... de maneira bem ousada. – Eu ouvi – ela disse.

- Eu sei. – Jared lançou um olhar maldoso e pegou seu segundo sanduíche.

- Até parece que eu estou tentando fazer com que você pense... nisso. – Deus, ela estava ainda mais excitada, só de ouvir a provocação dele, olhar seu sorriso sexy.

- Eu também sei disso – ele admitiu. – Não importa. Eu penso, de qualquer jeito.

Mara comia seu peixe com batatas, tentando desesperadamente não deixar que Jared Sinclair a desconcertasse. – Eu não terei essa conversa com você, no meio de um restaurante.

- Então, nós podemos falar assim que sairmos – ele respondeu.

- Negócio e prazer não se misturam. – Ela ia, sim, deixar que ele a ajudasse a iniciar um novo negócio. Não que ela tivesse muitas escolhas, mas ela queria fazer algo de sua vida. O negócio que havia sido de sua mãe e avó estava acabado e parte de seu raciocínio de negócios sabia que ela poderia ter um sucesso modesto com seus produtos. Por mais que ela não quisesse se aproveitar da generosidade de Jared, ela deixaria que ele fosse seu sócio. Ela seria bem sucedida; faria tudo para não decepcioná-lo. Duvidava que seu negócio irrisório algum dia acrescentasse algo ao patrimônio dele, mas ela o tornaria um negócio próspero.

- Não se misturam – concordou Jared. – O negócio é seu. O prazer será nosso. – Ele limpou a boca com o guardanapo e soltou no prato vazio. – Você já conheceu prazer verdadeiro, Mara? Algum homem já fez com que você gozasse até sentir-se tão satisfeita, a ponto de não conseguir se mexer?

Ela ainda estava olhando o próprio prato e respondeu – Eu não sou virgem, se é isso que você está perguntando. – Ela sentia o calor do olhar dele ao encará-la, mas não conseguia erguer os olhos. – Tive um namorado firme, quando estava fora, na faculdade.

- O que aconteceu? – ele perguntou, num tom cauteloso e prudente.

- Ele me dispensou, assim que descobriu que eu ia sair da faculdade para cuidar da minha mãe doente – Mara lhe disse. Ela nem pensava mais nesse único relacionamento sexual. Ela ainda era muito jovem e nem se lembrava de como ele era.

- Cretino - disse Jared.

Mara sacudiu os ombros. – Era faculdade. Nós éramos jovens. Honestamente, eu nem senti falta dele. Estava ocupada demais cuidando da minha mãe. Obviamente, não era amor verdadeiro. – Não tinha nem sido atração. Mara estava bem certa de arranjou um garoto na faculdade só porque se sentia solitária e isso não ajudou.

- E existe tal coisa, como o amor verdadeiro? – Jared pensou, cético.

Ela finalmente ergueu a cabeça, num estalo, pra olhar pra ele. – Como você pode perguntar isso, quando vê Grady e Emily juntos, todos os dias? E Dante e Sarah. Eu tampouco duvido que a sua irmã ame o marido, do mesmo jeito, ou mais que Grade e Dante amem as esposas. Você tem alguns exemplos maravilhosos de amor, mas não acredita?

Ele estava tirando a carteira do bolso, quando respondeu, num tom sinistro – Acho todos eles malucos. Mas dá certo para eles, eu acho. – Jared soltou algumas notas na mesa e pegou a nota que o garçom tinha deixado, enquanto eles estavam conversando.

- Você paga no caixa, ali – ela apontou, distraída. – Então, você nunca se apaixonou?

Seus belos olhos se fixaram nela, com uma expressão sombria.

– Assim como foi com você... eu achei que talvez estivesse, uma vez. Se quer mesmo saber, eu também achei que tivesse um melhor amigo, à época.

- O que aconteceu? – ela perguntou ofegante.

- Eu descobri que meu suposto melhor amigo estava transando com minha suposta namorada. – A expressão de Jared ficou mais sinistra, com seus olhos verdes repletos de emoção.

Ai, meu bom Deus. Não se admira que ele seja tão cínico, tão incrédulo. Ela nem podia imaginar a dor de ver duas pessoas que você gostasse tanto o traindo, juntas, descobrindo que ambas eram indignas de confiança. Obviamente, depois disso, ninguém havia endireitado as coisas, nem o ensinara nada diferente da traição que ele havia vivenciado. Talvez fosse por ele jamais ter deixado ninguém voltado a entrar.

- O que você fez? – O coração de Mara estava apertado, quando ela perguntou, ansiosamente.

- Matei os dois – ele disse, secamente, desviando o olhar e bruscamente levantando para seguir até o caixa e pagar a conta, sem dar mais nenhuma palavra.

Capítulo 6

Ele estava quase anestesiado, no enterro, recuado da aglomeração de pessoas pesarosas que cercavam o caixão prestes a ser baixado na terra. Como era o responsável pela morte da mulher que estava prestes a ser sepultada, ele não tinha certeza se precisava estar ali. Por algum motivo, ele havia precisado estar presente, o ímpeto de estar ali tinha sido forte demais para ignorar.

Era o segundo enterro que ele ia, em dois dias.

Ele ouviu o choro gemido de tristeza vindo da mãe da jovem morta, e fechou os punhos, quando o caixão desapareceu no chão e um padre abençoou a mulher que morrera dias antes.

Flores foram jogadas sobre o caixão e ele deu um suspiro de alívio por estar tudo terminado.

- Eu sinto muito. – Ele sussurrou as mesmas palavras que dissera no funeral da véspera. E estava dizendo pra valer, embora ele tivesse sido responsável pelo falecimento dela.

Mal tendo assimilado o fato de que ela se fora, que ela nunca mais daria outro suspiro nessa terra, ele deu meia volta, pronto para sair dali. Uma única lágrima escapou de seus olhos, e ele limpou zangado. Ele não podia demonstrar qualquer sentimento. Aqui, não. Agora não.

- Você!

Ele parou e ficou imóvel, quando ouviu a voz da mãe da moça falecida. Imobilizado, ele deixou que ela batesse em suas costas, enquanto chorava e gritava – Você matou a minha filha. Eu espero que você apodreça no inferno, pelo que fez.

Ele virou lentamente, deixando que ela batesse os punhos em seu peito. Não doía. Nada que ela pudesse dizer era páreo para a angústia que ele havia sofrido emocionalmente, nos últimos dias. – Desculpe – ele disse para a mulher enlouquecida pelo pesar, à sua frente, antes que ela soltasse a mão e lhe desse uma bofetada com tanta força que virou sua cabeça à direita.

- Suas desculpas não vão trazer a minha filha de volta. Você a matou. Você a matou. Seu cretino egoísta. – A voz dela se elevava a cada palavra que ela gritava, histericamente.

As palavras ecoavam em sua cabeça, a verdade era inegável. Seu peito arfava de remorso, enquanto ele deixava que ela descarregasse toda sua raiva em cima dele. Ele merecia. A escuridão começava a enevoar sua visão, enquanto ele arfava, sem conseguir respirar, imaginando a jovem no caixão, embaixo da terra.

- Eu matei os dois – ele admitiu arrasado, com a voz repleta de pavor, enquanto tentava alcançar o espaço vazio para manter-se de pé e consciente.

Jared acordou sentado, com as mãos agarradas aos lençóis da cama, tragando profundamente o ar. Trêmulo, ele tentou desacelerar a respiração, enquanto limpava o suor da testa.

De novo, não!

Cristo! Ele achou que tivesse superado os pesadelos. Já fazia alguns anos que ele não tinha um pesadelo sequer com os enterros e achara que finalmente teria um alívio permanente daquela merda toda que o torturava, enquanto ele dormia.

Ele não falava a respeito.

Ele não sonhava mais com aquilo.

Ele tinha parado de se importar – ou, pelo menos, era o que ele achava.

Eu não deveria ter falado nisso hoje.

Jared se amaldiçoou por fazer besteira, enquanto recostava novamente em seus travesseiros, imaginando o motivo pelo qual ele tivesse soltado seus segredos sórdidos para Mara Ross. Ainda bem que ela não fez mais perguntas.

Ela o deixara em seu carro, no lugar onde ele havia estacionado na feira pela manhã, e educadamente se despediu dele, quando ele desceu da caminhonete, constrangido por ter despejado suas intimidades para ela. Claro que seu humor sinistro não inspirou mais nenhuma conversa, mas ele estava bem certo de que provavelmente a teria deixado morta de medo, a julgar por seu silêncio.

Por que diabo ele lhe dissera? Eu tinha encontrado a paz, sem pesadelos e retomara meu controle, droga. Estou no controle há anos.

Ele rolou na cama e socou o travesseiro, tentando aliviar seus pensamentos embaralhados, para que pudesse voltar a dormir. Mesmo tendo falado de seu passado sinistro para Mara, ele ainda pretendia ajudá-la, quisesse ela, ou não. Ela provavelmente teria medo dele agora – que mulher não teria, se ele disparou para ela que era um assassino?

Isso não vai me impedir de ajudá-la, mesmo que eu tenha de fazê-lo anonimamente, de alguma forma, porque fui abrir minha boca grande e dizer a verdade.

Caindo novamente de costas, ele fez uma cara feia no escuro, quando um trovão estrondou lá fora e o vento ia ganhando força, enquanto a chuva começava a cair. Jared ouvia os pingos gordos batendo no vidro da janela de seu quarto.

Será que o telhado dela está pingando? Será que ela está bem?

Ele se pegou contando os dias para tirar Mara daquela casa, uma armadilha mortal disfarçada de casa negligenciada. Infelizmente, eles não tinham conseguido discutir mais o negócio, porque ele ficara constrangido para falar de qualquer coisa, depois de sua confissão, mas ele pretendia ir atrás dela, logo cedo, de manhã. Ele iria espreitá-la, até que ela concordasse com suas condições. Sua capacidade de ter um meio de vida dependia disso.

- Porra – disse ele, quando a casa vibrou com o trovão seguinte, o raio iluminando momentaneamente seu quarto imenso. A tempestade só estava piorando, a chuva batendo nas janelas, enquanto o vento uivante fazia as gotas caírem em ângulo. – Ela provavelmente está se afogando, naquela casa velha maldita.

Jared sentou novamente na cama, frustrado. Nem tão cedo, ele conseguiria pegar novamente no sono. Ele virou pro lado e acendeu o abajur ao lado da cama, levantou completamente nu e caminhou até a janela. A única coisa que dava para ver era a luz do farol, no final do píer de Amesport. Incrivelmente, a cidade costeira tinha um farol em funcionamento. Numa época de GPS, radares e tecnologia, tantos faróis não funcionavam mais. Ele torceu pra que não houvesse nenhum barco lá fora, em meio a essa tempestade furiosa, focou o olhar na direção da área onde sabia que ficava a casa de Mara.

Nada além de escuridão.

Já passava de meia noite e a maioria das pessoas da cidade estava dormindo. Mesmo que eles não estivessem, era improvável que ele conseguisse enxergar as luzes que eram bem mais fracas que o farol reluzente, a essa distância. Embora ele tivesse construído sua casa do lado da Península que ficava mais perto de Amesport, e seu quarto ficasse de frente pra a cidade e o Atlântico, o centro da cidade de Amesport ainda estava a algumas milhas de distância.

Voltando da janela, ainda mais aflito, Jared procurou sua calça no chão e revirou os bolsos, até encontrar seu celular. Ele voltou para cama e ficou segurando o aparelho, forçando-se a não ligar para ela.

Ela está dormindo. Você não vai ligar pra ela agora.

Mas, e se ela não estivesse? E se a casa estivesse com goteiras tão ruins que ela não estivesse dormindo? E se ela precisasse de ajuda e ninguém estivesse lá para ajudá-la?

Jared acabou ligando para o número dela, na informação de contato que ela lhe dera, lá atrás, quando ele estivera pesquisando a história de sua família. Pensando nisso, ele realmente precisava falar com ela a respeito de sair dando seu número assim, para qualquer pessoa que precisasse de informação. Mas, nesse momento, ele torcia para que esse fosse, sim, o seu telefone de casa, assim como era o da loja.

- Alô?

A voz sonolenta e rouca de Mara deixou o pau de Jared imediatamente atento. Visões eróticas preencheram sua mente. Todas elas incluíam Mara na cama com ele, em várias posições, e sempre gozando com força.

Ele segurava o telefone com força, sabendo que seu maior prazer em ter Mara em sua cama seria por saber que ela estaria segura, longe de uma casa com um telhado vazando e outras possibilidades de perigo.

- Sou eu. – Resposta imbecil, mas foi tudo que ele teve coragem de dizer, quando estava imaginando-a em sua cama, nua, tendo orgasmos múltiplos.

- Olá, você.

Jared ouvia atentamente, notando, por sua voz ofegante, que ela estava sentada na cama, prestando atenção aos arredores. – Seu telhado está vazando? – ele bruscamente perguntou, sentindo-se um idiota agora, porque cedera ao ímpeto de ligar. Ela obviamente estava dormindo, confortavelmente. A última coisa que ela precisava era um telefonema no meio da noite, de um conhecido quase espreitador, que, mais cedo, naquele dia, simplesmente admitiu ter matado duas pessoas.

- Está vazando muito. Que bom que você ligou. Eu preciso trocar os baldes.

O coração dele estava disparado no peito, batendo tão forte quanto a chuva que caía em sua casa, e ele foi tomado de alívio, ao perceber que não a teria amedrontado por ter aberto sua boca enorme, mais cedo. Ela não parecia ter nem um pingo de medo dele.

Que bom que você ligou. Que bom que você ligou. Jared nem ligava por que motivo era bom, só era importante que ela não se importasse.

Ela precisava trocar os baldes – mais de um? Jared ficou imaginando a que horas ela teria ido pra cama. Como esses vazamentos podiam encher um maldito balde, tão depressa? – Você precisa sair dessa casa – ele rugiu, sentindo-se ainda mais protetor dela, por ela não estar desconfortável com ele. Obviamente, ela não tinha o menor instinto de auto-preservação.

- Eu sei – ela concordou, lastimosa. – Mas eu só tenho mais um tempinho pra morar aqui e esse foi meu lar, desde o dia em que eu nasci. E eu ainda não tenho outro lugar pra ir.

Você pode ficar comigo. Quero que você fique comigo.

Jared fechou os olhos, quase capaz de sentir a dor dela. Sua casa de infância havia sido uma prisão e ele ficara contando os dias para fugir e ir embora para a faculdade. A situação de Mara era completamente diferente. Ela amava a mãe e deixar sua casa tinha de ser difícil. Ele não compreendia inteiramente essa tristeza, mas conseguia assimilar. E, por algum motivo maluco, ele conseguia senti-la, embora ele nunca mais tivesse deixado que seus sentimentos o comovessem. – Vai dar tudo certo. Nós não tivemos a chance de discutir negócios hoje, mas eu tenho uma casa de hóspedes e você pode ocupar, e pode usar a casa para começar a fabricação dos seus produtos. Contrate a ajuda necessária. Compre os equipamentos que precisar.

- Você quer que eu more com você? Comece meu negócio aí?

Porra, sim.

- Você não estaria exatamente morando comigo. A casa de hóspedes fica separada da minha residência. Depois nós vamos acabar encontrando a propriedade certa, comprar uma loja pra você. Mas isso vai levar algum tempo. Você não tem tempo. – Ela precisava sair daquela casa dilapidada o mais depressa possível.

- Primeiro eu vou ter que lhe mostrar que posso gerar lucro, antes de você despejar seu dinheiro numa loja – ela respondeu. – Eu entendo isso.

Jared abriu os olhos e sacudiu a cabeça, embora ela não pudesse vê-lo. – Não é isso. Vai levar um tempo para encontrar o lugar certo, a locação. Como você não tem o luxo do tempo, nós podemos usar a minha casa, por enquanto.

- Mas você não fica sempre em Amesport...

- Eu vou ficar aqui, por um tempo – ele a cortou bruscamente. Ir embora não era uma opção, nesse momento. Ele tinha o casamento de Dante se aproximando e não estava com a menor vontade de deixar Mara, no meio da montagem de um negócio. Ele hesitou, antes de dizer, num tom sério – Por que você não me perguntou sobre o que eu disse, mais cedo? – Ela não tinha feito uma única pergunta. Nem agora, quando ela poderia facilmente interrogá-lo, a uma distância segura, ao telefone, ela não mencionou sua história, ou os segredos que ele havia revelado. Obviamente, ele poderia evitar o assunto, fingir que nunca tinha mencionado. Ela permitiria. Mas ele precisava saber.

Mara suspirou. – O que aconteceu no seu passado não é da minha conta. Eu lamento pela sua dor e não quero forçá-lo para falar sobre algo que causa ainda mais mágoa. Você não me deve uma explicação.

Ele franziu o rosto. – Eu matei duas pessoas. Isso não a preocupa, nem um pouquinho?

- Não. Seja o que for, que tenha acontecido, eu sei que você não os assassinou.

- Mas que diabo, como você sabe o que aconteceu?

- Eu não sei o que aconteceu, mas se algum dia você quiser falar a respeito, eu vou ouvir – ela respondeu baixinho.

Jared sentiu-se como se ela o tivesse arrancado as vísceras. – Você confia em mim? – A determinação na voz dela, ao dizer que sabia que ele não tinha assassinado ninguém lhe deu um aperto no coração e o injuriou, ao mesmo tempo. Que diabo ela estava pensando? Até onde ela sabia, ele poderia ser um serial killer. Ainda assim, saber que ela confiava nele o bastante para não precisar de nenhuma explicação sobre sua confissão o deixou completamente arrebatado.

- Sim. Eu confio em você – ela respondeu, simplesmente.

- Por quê? – ele disse, com a voz rouca.

- Confio na minha intuição.

- Eu sou um babaca. – Ele ouvia isso dos irmãos, quase que diariamente.

- Concordo. Às vezes, eu acho que você age assim para esconder a sua dor. Mas você não é só assim, Jared. Você é muito mais – ela disse, hesitante.

- Se você estiver tentando olhar mais fundo, em minha alma, ou algo assim, pode esquecer. Não tem muito mais. O babaca é praticamente o que você vai ter.

De todas as reações que Jared podia esperar a esse comentário, a última coisa que ele esperava era que Mara... risse.

Mas ela riu.

Sem parar.

Ela riu tanto e isso realmente o irritou, mas, embora ela estivesse rindo dele, ele adorava o som de seu riso.

- Assassinos geralmente não gostam de se depreciar – disse ela, ainda meio rindo.

- Podem gostar – ele resmungou, ao telefone.

Ela fungou. – Você está tentando me fazer ter medo de você?

Sim.

Não.

Talvez.

- Não – ele finalmente decidiu. – Eu só quero que você saiba no que está se metendo. Eu sou, sim, um babaca e não estou a fim de ficar olhando a porcaria da minha alma. – Jared estremeceu diante da ideia. Sua alma era vazia como o restante dele. Nem fazia sentido procurar em lugares vazios.

- Acho que posso lidar com isso – ela respondeu um pouquinho mais séria. – Posso trabalhar para um chefe rabugento. E eu ainda acho que você não é um babaca o tempo todo. Acho que você está se protegendo.

Jared ficava inquieto com os comentários dela, então, ele tentou ignorá-los. – Não quero ser seu chefe em lugar nenhum, exceto no quarto. – Olhando abaixo, para sua ereção vigorosa, Jared tinha de admitir que ele queria tê-la sob controle em qualquer lugar: lá fora, junto a uma parede, no chão, no chuveiro... a lista podia ser interminável. No entanto, isso não tinha nada a ver com o negócio dela. Com isso, ele não tinha dúvida de que ela saberia lidar por conta própria. Ela tinha mantido uma loja em dificuldades, durante anos. Trabalhar num negócio que prosperasse seria moleza pra ela.

- Jared, eu não posso... – a voz dela parou, num resfolego horrorizado.
- O que aconteceu? – Com o coração disparado, Jared pulou da cama.
- Fumaça. Muita fumaça. Ai, Deus, a casa deve estar pegando fogo. – Mara pareceu em pânico. – Tenho que ligar para a emergência. Para o pavor absoluto de Jared, Mara desligou o telefone.
- Merda. Mara? Mara? Porra, fale comigo. – Ele correu até a janela e dava pra ver o fogo, à distância, um leve brilho no céu escuro. Ele desligou o telefone e tentou ligar novamente pra ela.

Não atende. Será que ela estava falando com os bombeiros, ou não estava atendendo por outros motivos?
- Porra. Não. – Ele vestiu um jeans e uma camiseta da gaveta, e estava pronto em menos de um minuto. Enfiando o telefone no bolso, ele saiu correndo pelo corredor e desceu a escada, de dois em dois degraus.

Está chovendo. As chamas logo vão se apagar. *Ela vai ficar bem. Ela vai ficar bem.*

Depois de enfiar os pés descalços nos sapatos de couro, ele saiu e percebeu que a chuva tinha parado. Seu coração apertou e começou a bater disparado, totalmente apavorado.

Saia dessa porra dessa casa, Mara. Saia daí.

Ele pulou pra dentro da caminhonete e foi dirigindo feito um louco, na direção de Amesport. Novamente tentou ligar pra ela, enquanto corria pra sua casa, torcendo, como nunca torcera por nada na vida, pra que ele não chegasse lá tarde demais.

Depois de avisar à telefonista do serviço de emergência que havia fumaça em seu quarto e, possivelmente, a casa estaria pegando fogo, Mara hesitou, com a mente ainda tentando assimilar o que estava acontecendo. Ela pegou a aliança de casamento da mãe, na caixa de jóias e um fichário, na gaveta de calcinhas, com papeis importante, como sua certidão de nascimento e algumas fotos, só pra garantir. Ela tinha virado para fugir de seu quarto, lá de cima, e tentar descobrir de onde, exatamente, vinha o fogo, e estava a caminho da saída quando veio o pior.

A fumaça já estava espessa, mas ela tinha certeza que teria tempo de fugir. Ela não tinha visto as chamas, mas agora via, com as vigas desmoronando num estrondo ensurdecedor, impedindo que ela pudesse sair da casa, já que aparentemente um pedaço do telhado veio a baixo, bloqueando a porta do quarto.

Encurralada! Puta merda. Esse não é apenas um pequeno foco de incêndio, ou um curto num fio velho, como eu tinha achado que fosse.

A gravidade da situação foi como uma pedrada, fazendo-a automaticamente entrar em modo de sobrevivência. Ela caiu de joelhos, ficando onde a fumaça não estava tão pesada, e foi rastejando na direção da porta, com o coração disparado no peito, enquanto sentia o calor das chamas. Vendo as suas opções e tentando não asfixiar, ela percebeu que não havia uma maneira de sair, a não ser passando pelo fogo. Seus olhos irritados pela fumaça se fixaram no vão da porta, vendo que a única rota de fuga era por ali, um vão grande o suficiente para que seu corpo passasse. Que quantidade do telhado teria caído? Será que ela iria pular direto pra dentro de mais chamas? Estaria ela pulando para a própria morte?

Não entre em pânico. Os bombeiros estão chegando.

Infelizmente, pela maneira como as labaredas agora consumiam vorazmente a casa, ela sabia que não teria tempo de esperar por eles. O relógio de sua vida estava andando e ela sentia isso, a cada batida frenética de seu coração. Mara foi engatinhando até a cama e arrancou o edredom, ficando de pé, quando ele finamente estava fora da cama. Não havia nenhuma fonte de água onde ela pudesse umedecer o tecido pesado. A casa era antiga, não tinha um banheiro ligado ao quarto principal.

Ela já sabia que a janela não era uma possibilidade. Era muito alta. Se a queda não a matasse, ela certamente teria alguns ossos quebrados e outros ferimentos. Não havia absolutamente nada em que se agarrar, na lateral da casa. Seria uma queda livre.

Eu tenho que sair daqui. Eu tenho que sair daqui.

Ela tinha cometido um erro crucial, em não sair imediatamente, mas, como não tinha visto as chamas, ela achou que o fogo ou a fumasse estivessem restritos a uma área do andar de cima. Aparentemente... não estavam. Aqueles momentos a mais que ela usou para avisar a telefonista a teriam salvado. Ou, talvez não, e o telhado teria caído em cima dela, se estivesse tentando escapar. Sua mente estava obscura pelo choque e seu corpo inteiro tremia, enquanto ela considerava as suas opções, o olhar horrorizado e fixado em seu único meio de fuga, quando ela deixou a pasta cair e parou para pegar a aliança da mãe, enfiando-a no bolsinho do seu pijama.

Agora não importa. Apenas dê o fora daqui, ou você não ficará viva para precisar de nada disso.

Com o telhado parcialmente desabado, Mara sabia que agora qualquer coisa poderia acontecer, num piscar de olhos. O resto do teto podia ruir, impedindo a única maneira de fugir e ferindo-a gravemente.

Vá. Apenas vá. Você tem que correr o risco, ou vai morrer.

Usando o edredom como proteção, ela embrulhou o corpo e cobriu a maior parte da cabeça, saltando pra dentro do fogo da porta do quarto, torcendo para estar segura do outro lado.

Capítulo 7

S e havia uma coisa que Evan Sinclair detestava era incompetência. Enquanto caminhava pelas ruas escuras de Amesport, ele amaldiçoava a inabilidade da empresa de transportes que deveria ter despachado seu veículo para o aeroporto de Amesport. Ele havia chegado dentro do horário, em um jato particular, para descobrir que seu veículo ainda não havia chegado ao destino. Droga, ele não tinha tempo para a inaptidão de outras empresas. Ele administrava seu próprio negócio como uma máquina bem azeitada e esperava o mesmo de todas as outras empresas.

E também essa praga desse seu irmão caçula, o Dante, com essa urgência estranha de entrar em estado de êxtase matrimonial, em algumas semanas. Evan realmente não conseguia entender o entusiasmo de Dante, em fazer esse evento com tanta rapidez. Ele já estava vivendo com a mulher, por que tinha que se casar com ela com tanta pressa? Esse era o verdadeiro motivo para que Evan não estivesse com seu carro e seu sempre presente motorista, o Stokes, que jamais se separava do veículo. O próprio jato de Evan tinha ficado ocupado, por um favor para um cliente muito importante, e indisponível, porque Evan não sabia que iria precisar. Ele tinha prometido meses antes e havia programado de acordo. Ele não gostava de mudar a programação e, uma vez que concordasse com algo, jamais descumpria uma promessa. Portanto, ele tinha sido forçado a usar uma porcaria de empresa de transportes que obviamente não conseguia entregar, embora eles fossem os mais caros e supostamente a melhor empresa do ramo.

- Amadores – ele rugiu zangado, consigo mesmo.

Não que ele ignorasse que Dante fosse acabar se casando com Sarah... Afinal, ele fazia questão de saber o que estivesse acontecendo com seus irmãos. Ou, pelo menos, com os irmãos homens. Ele tinha se desentendido com a irmã, Hope, descobrindo sobre suas aventuras tarde demais, para evitar que ela sofresse as consequências de seus atos precipitados.

Culpa minha. Eu deveria saber melhor, em lugar de achar que Hope estaria vivendo uma vida tranquila em Aspen. As mulheres são problemas, todas elas, incluindo sua irmã. Evan sabia que ele era o único ciente de tudo que ela tinha passado e não por ela ter lhe contado. Não. Ela havia escondido tudo de seus próprios irmãos. O único motivo para que ele agora soubesse era por ter recebido uma ligação de Grady, dizendo que ela tinha desaparecido no Colorado. Ele envolveu um investigador e depois que ela foi encontrada por Jason Sutherland, hoje seu marido, e o agente em seguida encobriu o fato de que Hope vinha levando uma vida completamente diferente das ilusões que ela mantinha para todos os seus irmãos. Supostamente, seu marido conhecia a verdadeira Hope e o trauma que ela havia sofrido, mas isso não impediu Evan de se arrepender de não ter verificado como ela estava com mais frequência, e descoberto a verdade mais cedo. Ela tinha sofrido e Evan se odiava por isso.

Hope era muito mais importante que os negócios.

Ele tentava não pensar no horror da vida de Hope, tentava tirar isso da cabeça, já que agora ela estava feliz. E ela continuaria assim. Ele se asseguraria disso.

A caminhada do aeroporto até a cidade o havia acalmado um pouco, mas ele ainda estava irritado pelo tempo desperdiçado caminhando do aeroporto, até sua casa na Península de Amesport, que ficava fora da cidade. Sim, ele poderia ter ligado para Grady, Dante ou Jared, mas estava tarde e ele era o mais velho dos Sinclair. Ele não iria tirar um de seus irmãos da cama para ir buscá-lo. Teria que ouvir a ladainha pra sempre, se eles tivessem que lhe dar uma carona, no meio da noite, porque seu carro não havia chegado ao aeroporto antes dele. Coisas assim simplesmente não aconteciam com ele.

Evan, o mais velho e muito analítico irmão Sinclair.

Evan, o irmão que administra tudo, em detalhes.

Evan, o meticuloso planejador que nunca perde nada programado, pequeno ou grande, tinha ficado preso no aeroporto sem um carro?

Ah, porra nenhuma. Ele iria andando até sua casa, mesmo que isso representasse uma caminhada de várias milhas, no meio da noite e, possivelmente, a destruição de um de seus ternos sob medida prediletos e de sapatos de couro. A chuva tinha caído e o deixara molhado, injuriado, e pronto para estrangular a equipe de entrega, no segundo que eles chegassem com seu carro. Ele não podia culpar o Stokes. O motorista idoso nunca deixara o veículo e ele não podia controlar a incapacidade de uma empresa de entrega.

- Eu nunca deveria ter confiado em outra empresa para fazer a entrega – ele resmungava consigo mesmo, com as mãos nos bolsos da calça, sacudindo a cabeça irritado, enquanto seguia pelo calçadão deserto de Amesport. Ele podia não querer ligar para os irmãos, mas não tinha o menor problema em acordar o assistente e verificar que tudo havia sido confirmado. É claro... que tinha. Seu assistente sabia que se ele falhasse numa única tarefa, perderia o emprego. O erro tinha sido da empresa de transportes. Evan lidaria com eles logo pela manhã e acabaria com os cretinos que o deixaram ali, a pé, na porra da chuva. Se o presidente da empresa não conseguia fazer uma simples entrega ao lugar e no tempo certo, sua empresa não merecia estar em funcionamento. Havia sido um serviço bem caro e Evan Sinclair podia promover ou falir uma empresa, com a mesma facilidade. Quando uma empresa não tinha desempenho, ele não tinha problemas em fazer o último.

Evan estava prestes a sair do calçadão e virar na rua que conduzia à Península de Amesport, quando viu uma explosão, numa das casas do fim da Main Street.

Seria um ponto comercial ou uma residência?

Evan só tinha estado em Amesport algumas vezes, mas, até onde se lembrava – e ele se lembrava de quase tudo, com detalhes – a Main Street era toda de pontos comerciais.

Ele atravessou a rua correndo e parou diante da velha casa, que obviamente tinha sido transformada numa loja. Olhou a vitrine, depois acima, para as labaredas que pareciam consumir o telhado da edificação.

Bonecas e etc?

Certamente era uma loja e altamente improvável que alguém estivesse lá dentro, a essa hora da noite. Ele enfiou a mão no bolso do paletó e tirou o telefone, para relatar o incêndio, bem na hora em que ouviu as sirenes.

- Já avisaram – ele murmurou consigo mesmo, pronto para virar e seguir seu caminho à Península. Não havia mais nada que ele pudesse fazer. Os bombeiros obviamente haviam sido avisados e estavam a caminho.

Só quando ele virou que ouviu um grito, um uivo aterrorizado, que lhe arrepiou a espinha. Então, ele virou de volta e percebeu que havia, sim, alguém dentro do prédio, e ele empurrou a porta com seu físico considerável.

Mara arrancou o cobertor de cima dela com um grito de pavor.

Eu estou viva, mas o edredom está pegando fogo. Tudo está pegando fogo. Preciso sair.

Espanando freneticamente as mãos em sua roupa, de sua localização no chão de madeira, do lado de fora do quarto, ela rapidamente verificou que nada em seu corpo estava em chamas – seu pijama e roupa de baixo.

Cambaleante, ela ficou de pé e tentou se situar, em meio à fumaça espessa e cinzenta. Tossindo muito, ela apalpou em busca do corrimão da escada, bem na hora em que percebeu que não conseguia apoiar o peso na perna direita. Mara baixou novamente ao chão, choramingando de dor no tornozelo, enquanto se arrastava à sua direita, e pelo corredor, com a mão estendida, freneticamente buscando pela escada.

Os degraus deveriam estar... bem... aqui!

Seus dedos encontraram o primeiro degrau, bem na hora em que ela foi erguida pelos braços de uma silhueta masculina muito alta e muito, muito forte, que ela não conseguiu reconhecer na névoa causada pelo fogo.

- Geralmente, quando uma casa está pegando fogo, a pessoa se sente obrigada a sair – disse uma voz baixa e arrogante, como se estivesse se dirigindo a alguém de inteligência questionável.

Mara tremia pelo choque, quando se deixou ser carregada escada abaixo, até o andar térreo. O homem misterioso não perdeu tempo para levá-la lá para fora e só a pôs no chão, quando eles chegaram a um pequeno gramado, na frente do Shamrock's Pub, do outro lado da rua.

- Eu estava tentando sair – ela finalmente respondeu, com a voz rouca por ter inalado a fumaça. Ela estava com a respiração acelerada, tragando o ar limpo nos pulmões. Olhando acima, para seu salvador, ela não o reconheceu. Estava escuro e só dava para identificar que os cabelos eram pretos e ele era gigantesco. Estreitando os olhos com seus óculos sujos, enquanto respirava ofegante, ela pôde ver que ele estava vestindo... terno e gravata. Mas que diabos?

Ele ajoelhou ao lado dela e a segurou pelos ombros. – Obviamente, você não estava tentando com muita rapidez, ou sucesso – ele disse. – Um incêndio geralmente exige uma reação um pouquinho mais rápida.

Mara ficou boquiaberta, quando ele se abaixou ao seu lado. Agora, ele podia vê-lo; a luz fraca do fogo e as luzes que ficavam acesas, à noite, no Shamrock's , iluminavam seu rosto, quando ele se posicionou ao lado dela. Seus cabelos negros estavam molhados e pra trás de seu rosto, e seus olhos azuis espantosos percorriam-na meticulosamente, como se ele estivesse tentando saber se ela estava ou não machucada.

- Q-quem é você? – Ela nunca o vira e, se tivesse visto, certamente se lembraria dele.

- Evan Sinclair – ele disse. – Você se machucou?

- Evan? Irmão de Jared? – Enquanto ele a olhava carrancudo e sacudia levemente, ela respondeu a pergunta. – Meu tornozelo. Eu não conseguia andar. Eu estava tentando encontrar a escada para poder rastejar para baixo.

Ela se encolheu, quando sua casa começou a rachar e um som ensurdecedor estrondou, quando o telhado caiu completamente, sobre o primeiro andar da casa. Caminhões dos bombeiros encostaram, bem na hora em que o andar de cima veio a baixo e os bombeiros, policiais e uma ambulância pararam junto a casa, imediatamente examinando a residência.

Os olhos aguçados de Evan olharam os pés dela, e ele foi apalpar seus tornozelos. – O direito está inchado. Eu vou deixar que os médicos lhe dêem uma olhada. Não sou muito versado em medicina de emergência – disse ele, como se estivesse irritado por haver algo que ele não soubesse.

- Mara! – uma voz masculina aflita ecoou da frente da casa.

- Jared – ela disse, rouca, com a garganta ainda sensível pela inalação da fumaça.

- Ah, sim – Evan reconheceu, ao levantar-se. – Eu reconheceria o berro do meu irmão mais novo em qualquer lugar. Você dois são conhecidos, eu imagino.

- Amigos – ela disse, trêmula. – Ele está preocupado.

- Surpreendentemente, eu acho que você está absolutamente correta. Ele parece, mesmo, um tanto desesperado – Evan respondeu, calmamente, atravessando a rua e indo diretamente até um dos paramédicos, para indicar onde ela estava. Conforme ele seguiu na direção da casa, sua silhueta imensa desapareceu numa nuvem de fumaça.

Mara balançou a cabeça vendo Evan sumir. Meu bom Jesus... e ela tinha achado que Jared era frio e arrogante. Evan Sinclair fazia com que Jared parecesse um anjo de candura. Ela ficou pensando que Evan provavelmente era um dos poucos homens que podiam fazer os outros irmãos Sinclair parecerem simplesmente... grandes. O mais velho dos Sinclair parecia um mamute, com seu terno caro e ele parecia não ter um grama de gordura no corpo. Ele era simplesmente... enorme, com ombros largos que pareciam tão grandes quanto os de Atlas, o Titã primordial que conseguia carregar as esferas celestiais.

Evan Sinclair tinha acabado de invadir sua residência, depois a carregara para fora de uma casa em chamas, onde os dois poderiam facilmente ter se machucado, quando o telhado cedeu, se ele tivesse entrado apenas alguns instantes depois. *Tudo isso, sem pestanejar.* Mara não vira uma única emoção refletida no rosto de Evan, sua postura altiva mantida.

O corpo inteiro de Mara estava tremendo de pavor, quando um dos membros da equipe de emergência veio examiná-la. Ela respondeu às perguntas trêmula, olhando desesperada, enquanto seu lar de infância era comido pelas chamas. As lágrimas corriam por seu rosto, enquanto ela via cada um de seus mirrados pertences serem destruídos. Os bombeiros estavam trabalhando furiosamente para apagar as chamas e residentes preocupados foram lentamente se aglomerando na rua, a maioria deles eram donos de negócios próximos.

- Mara! Porra, graças a deus! – Jared exclamou, ao se abaixar ao lado dela, na grama, com o peito arfando.

- Seu irmão salvou a minha vida – ela disse a ele, lacrimosa, finalmente começando a assimilar o que tinha acontecido.

- Ele me disse – Jared falou, embrulhando o corpo dela com uma coberta que deve ter vindo do veículo dele.

- Tudo se foi – ela dizia, aos prantos, cobrindo o rosto com as mãos, para evitar ver o restante da casa sendo destruída.

- Você está viva. É tudo que importa agora, Mara – Jared disse, pegando-a nos braços, e pousando-a em seu ombro.

Ela deixou que Jared a abraçasse, segurando o tecido da camisa dele, para se certificar de que ele estava, mesmo, ali, e que ela ainda estava viva. Naquele momento, ele era sua âncora, em meio a esse pesadelo surreal, de partir o coração.

Virando o rosto para o peito dele, ela finalmente cedeu à tristeza e chorou pra valer.

Horas mais tarde, Mara estava deitada na cama de um dos muitos quartos de hóspedes da casa de Jared, sem conseguir dormir. A fadiga a oprimia, mas toda vez que ela fechava os olhos, ela só conseguia ver tudo que possuía, todas as suas lembranças de uma vida inteira ardendo em chamas.

No fim, ela deixou a casa levando somente a aliança de casamento da mãe, dentro do bolso.

O vazio ameaçava engoli-la inteira, e ela tremia embaixo dos cobertores, embora o quarto estivesse aquecido.

- É como se eu não existisse mais – ela sussurrou no escuro. O dia tinha amanhecido horas antes, mas Jared tinha fechado as cortinas pesadas para que ela pudesse dormir.

Jared.

Ele não saiu de seu lado, depois que eles a encontraram, esperando na emergência, enquanto radiografaram seu tornozelo e tiraram sangue para terem certeza de que ela não tinha absorvido uma quantidade excessiva de monóxido de carbono, no incêndio. Ele ficou sentado junto a ela, pacientemente, sem sair até que pôde levá-la embora do hospital, trazendo-a para sua casa, com ele, como se estivesse fora de questão, o local para onde ela iria. Fisicamente, fora o tornozelo torcido, ela estava bem e o inchaço já estava passando, tornando a dor suportável. Mesmo assim, Jared tomou conta dela, como se ela estivesse frágil, encontrando uma camiseta velha para que ela vestisse para deitar, depois que ela tomou banho, insistindo que ela dormisse.

O incêndio foi contido, sem causar nenhum dano a outras lojas, exceto a dela. Deus, como ela estava grata por ninguém mais ter perdido nada, mas mesmo sabendo disso, a dor não diminuía.

- Agora eu não tenho mais nada – ela sussurrou, baixinho, encolhida de lado, na cama. Se antes ela tinha bem pouco, todos os seus pertences viraram pó, se resumiram a zero. Até o pijama que ela estava usando precisou ser jogado fora.

- Você tem a sua vida – disse uma voz grave, por trás dela. – Você deveria estar dormindo.

- Não consigo – respondeu ela, trêmula.

A cama afundou pesadamente, quando Jared deitou atrás dela e passou os braços em volta de sua cintura. – Nada naquela casa importava, só você. – Ele respirou contente, ao abraçá-la. – Eu também não consegui dormir. Eu só conseguia pensar no quão perto você chegou de morrer, naquela porcaria daquela casa.

Mara sacudiu a cabeça, mas o abraço de Jared aquecia. – As coisas da minha mãe, minhas fotografias – tudo se foi. Nem tenho mais a minha carteira de motorista, ou minha identidade. – O calor de seu corpo forte e musculoso a acalmava e ela se permitiu relaxar junto a ele. Dava para sentir que ele estava inteiramente vestido, pois ela sentia o brim de seu jeans junto às suas pernas e a camiseta em seu pescoço. – Eu nem entendo como isso aconteceu.

- Eu sei o que aconteceu – Jared disse, em seu ouvido. – Os investigadores do incêndio vão rever o local, mas eu estou bem certo de que eles irão descobrir que a fiação do local era ruim e devia subir ao sótão. A água do vazamento do telhado provavelmente deu a centelha nos fios ruins. Aquela casa deveria ter sido renovada anos atrás. Casas antigas assim pode se tornar um perigo, se não forem bem mantidas.

- Imagino que seja possível. – Mara suspirou.

- Provável – Jared corrigiu.

- Eu me sinto... perdida – ela admitiu, detestando sua própria fraqueza, nesse momento. Ela acabaria tendo que se mudar, mas, por hora, ela ainda estava lamentando. – Vazia – ela acrescentou, triste.

Jared passou a mão em sua barriga, tranquilizando-a. – Shhh... eu vou ajudá-la. Eu juro que vou. O que você precisar para reviver, eu vou arranjar para você.

Eu preciso de você.

Sua voz tranquila e masculina a tirava da névoa da solidão, as mãos dele em seu corpo faziam com que ela voltasse a sentir. Recostando a cabeça no ombro dele, ela pediu bem baixinho – Você faria amor comigo? – ela precisava dele, queria que ele a fizesse reviver. A adrenalina ainda pulsava em seu corpo e ela precisava... de algo... algo que fizesse isso parar.

Não uma coisa qualquer. Eu preciso de Jared.

Ele gemeu no ouvido dela. — Desse jeito, não. Porra, eu te quero tanto que nem consigo pensar direito, mas não posso fazer desse jeito.

- Por quê? — ela choramingava dolorosamente, seu âmago se contraindo, enquanto ele acariciava lentamente a sua barriga.

- Você passou um inferno nas últimos oito horas. Eu posso ser um babaca, mas não posso me aproveitar do fato de que você está em choque, quase morreu e, nesse momento, acha que perdeu tudo – ele disse, com sua voz grave reverberando nas costas dela.

- Mas eu perdi tudo mesmo – ela murmurou.

- Não perdeu, não. Você ainda tem a mim – ele respondeu.

- Então, me mostre. Eu preciso de algo a que me agarrar. – Ela mexia os quadris para trás, esfregando na ereção voraz, prova de que ele a queria tanto quanto ela a ele.

- Mara. – A voz dele era baixa, num tom de alerta.

- Por favor, Jared. – A voz dela estava carente, suplicante. O cheiro dele, masculino e limpo, a envolvia, e ela só pensava em ter toda aquela rigidez que sentia por trás, dentro dela, até que ela não pudesse pensar em mais nada, só nele. Seria exatamente assim, com Jared. Ele dominaria seus sentidos, tiraria todo o restante de sua cabeça, até que ela não precisasse mais pensar.

- Porra – ele explodiu.

Mara gemeu de satisfação, quando ele facilmente a virou de barriga pra cima, e cobriu com seu corpo musculoso. – Sim – ela pedia.

- Seu tornozelo – ele disse.

- Está bom – ela falou. – Por favor. – A pontada de dor no tornozelo não era nada, comparada ao desejo que a tomava, impiedosamente.

Ele respondeu ao pedido prendendo as mãos dela acima de sua cabeça e cobrindo-lhe a boca com um gemido torturado e agitado.

Capítulo 8

Sim. Sim. Sim.

Jared estava fazendo exatamente o que Mara queria: eliminando sua habilidade de pensar em algo, exceto nele. Ele tomou-lhe de assalto os sentidos, com seu beijo devorador, tomando o que queria, mas dando a ela o que ela também queria.

A invasão total de sua boca deixou-a gemendo sob ele, inclinando a cabeça para lhe dar total acesso com a língua, que passava por seus lábios, mergulhando profundamente, apossando-se dela, sem dar uma palavra.

Todas as terminações nervosas no corpo dela vibravam de tensão, enquanto ele esfregava o pau duro. Ela se remexia tentando soltar os punhos, precisando tocá-lo. Virando a cabeça violentamente, ela se soltou do abraço que lentamente a consumia. – Por favor, Jared – dizia ela, ofegante. – Eu preciso tocar você.

- Se você me tocar, eu vou perder o controle – ele gemeu, rouco, junto ao ouvido dela.

- Eu não me importo.

- Eu me importo, droga. Eu me importo. – Jared soltou os punhos dela e pousou a testa junto ao ombro dela.

O tom de desespero na voz dele quase fez Mara perder a cabeça. Ele parecia tão... derrotado. Percebendo que seu corpo imenso estremeceu acima, ela deslizou as mãos e mergulhou nos cabelos fartos dele, fazendo carinho. – Pode ser só essa vez, Jared. Não estou esperando que seja para sempre, ou nem mesmo amanhã. Só quero você agora. A última coisa que ela queria era que ele achasse que a estava ferindo. Na realidade, ele estaria lhe fazendo um favor, dando a ela um alívio temporário de suas visões e emoções negativas que fluíam em sua mente.

- Você acha que será o bastante? – Jared disse, rouco, perto do ouvido dela.

- Terá de ser. Eu não me importo com o futuro. Só quero passar por hoje.

Mara gemeu em protesto, enquanto Jared ergueu o corpo de cima do dela. – Por favor, não me deixe agora – ela implorou descaradamente, precisando da presença dele, nesse momento.

- Eu não vou a lugar nenhum.

Ela ouviu o ruído da roupa e estava tão silencioso no quarto que ela ouviu o zíper de seu jeans sendo aberto, seguido por mais barulho de roupa sendo descartada.

- Claro ou escuro? – ele perguntou baixinho.

- O quê? – ela perguntou, hesitante.

Ele estava nu. Ela sabia disso, assim como sabia que ele não a deixaria agora, apesar de seus temores. Só por um momento, ela desejou seus óculos, que tinham sido bem avariados durante a fuga do incêndio. Mara queria ver Jared da forma mais clara possível. Mas sua visão não era tão ruim sem eles. Ela usava mais porque fazia trabalhos complexos e tinha um ligeiro astigmatismo, num dos olhos. Sua visão ficava perfeita com os óculos. Naquele momento, ela queria a visão mais nítida, mas lidaria com o que tinha.

- Claro. – Ela queria vê-lo tão urgentemente que nem ligava se ele visse seu corpo nada perfeito.

Ela se encolheu, quando ele abriu uma das cortinas e o quarto foi banhado pela luz do sol, e finalmente estava diante da visão completa de Jared Sinclair. Piscando depressa, enquanto as pupilas se adaptavam à claridade, ela encarava sem pudor, conforme ele caminhava de volta até a cama, nu em pelo. Ela sentou, agora com a boca seca como o deserto, seu olhar adorando aquele corpo esculpido e másculo. Seus bíceps e abdômen eram feitos de músculos sólidos, e era óbvio que ele se exercitava regularmente. Seu peito forte tinha uma leve penugem castanha, exatamente da mesma cor que as mechas de seus cabelos. Ela foi descendo os olhos e lambeu os lábios quando viu a trilha de pelos que desciam pela barriga definida, deixando-a morrendo de vontade de tracejar todos os músculos dali. Finalmente, seu olhar curioso pousou em seu sexo e ela sentiu uma contração por dentro, ao tentar encontrar as palavras certas para aquele pau voraz. – Que imenso – ela disse, perplexa. Ela só tinha visto um outro homem nu em sua vida, e seu porte nem de longe parecia com o de Jared. Em nenhum lugar.

- Já terminou de olhar? – Jared perguntou, rouco.

- Não – ela respondeu, honestamente. Na verdade, ela poderia ficar olhando para ele para sempre, sem jamais se cansar de seu corpo delicioso. Ela finalmente fixou o olhar no rosto dele e se derreteu quando viu seus olhos faiscando de desejo.

Ele se inclinou abaixo, e pegou a bainha da camiseta dele, que ela estava vestindo, e puxou para cima. – Se eu tenho que ficar nu, você também tem.

- Eu não sou nem de longe, bonita como você – ela disse, relutante, mas ergueu os braços para que ele pudesse tirar sua única peça de roupa. Ela ficou sentada no meio da cama, silenciosamente, enquanto Jared tinha uma expressão cada vez mais faminta e fogosa, os olhos acariciando seus seios, como se ele quisesse devorá-los.

- Meu benzinho, você parece um sonho sensual pra mim, nesse momento. – Um músculo de seu maxilar se retraiu, enquanto seu olhar a percorria, possessivamente. Ele cruzou com os olhos dela com uma expressão turbulenta, enquanto estendeu a mão. – Aqui. Você vai precisar disso.

Mara pegou o preservativo e o viu se mover com a graça de um predador, ao subir na cama. Ela esperou, enquanto a respiração falhava de expectativa, mas ele a surpreendeu ao deitar de barriga pra cima, ao lado dela, chutando as cobertas pra fora da cama, e enlaçando as mãos atrás da cabeça. – Se você quiser isso, pode pegar.

Minha nossa, ele parecia um macho ofertado em sacrifício para o prazer dela, que ansiava por lamber cada pedacinho de seu corpo rijo. Mas, no último minuto, ela parou.

Algo estava errado. Ela duvidava que Jared Sinclair abrisse mão do controle e seu comportamento simplesmente parecia... errado.

Se você quiser isso?

O desejo dele estava evidente, mas ele parecia quase zangado... e ligeiramente... ferido? Depois de sua demonstração de paixão de macho alfa, minutos antes, algo em suas atitudes estava estranho.

Se você quiser isso.

Então, o reconhecimento do que ele estava pensando caiu sobre ela, como um raio. – você acha que eu estou te usando. – Ele podia estar mais que desejoso, mas não estava gostando do fato de que ela fosse aceitar um homem – qualquer homem – naquele momento, só para distraí-la.

Se tivesse piscado, Mara teria perdido a constatação de sua suspeita, enevoando o rosto dele, por um instante. Veio e passou, substituído por um olhar impassível. Não que ela desconhecesse que Jared tivesse inseguranças profundas no peito, mas o egoísmo dela foi como uma tijolada. As pessoas sempre queriam algo dele, o usavam. Ela não tinha agido melhor que nenhuma outra mulher em sua vida, ao tentar racionalizar o que estava fazendo, ao dizer que precisava de uma distração. Ela precisava... mas só Jared poderia lhe dar isso. Ela precisava... dele. De alguma forma, ela tinha que fazê-lo entender.

Ele sacudiu os ombros. – Não que eu não queira. Na verdade mais que quero.

Jared Sinclair estava fazendo algo que Mara achava que ele raramente fazia, porque ele sabia que ela estava vulnerável. Ele estava deixando que ela assumisse o controle, deixando que ela o usasse para fugir da própria dor.

Eu não quero qualquer um. Eu preciso dele. Jared. Eu não estaria reagindo assim com nenhuma outra pessoa.

Deixando o preservativo que estava segurando no travesseiro, ao lado da cabeça dele, ela sentou sobre ele, mordendo o lábio pra conter um gemido, conforme seu sexo molhado pousou no abdômen rijo e definido. Ela não era nenhuma sedutora, mas essa fração de segundo da insegurança dele a fez ousada. – Eu não quero isso, Jared. Eu quero você. – Mergulhando as mãos nos cabelos dele, ela se inclinou abaixo, roçando os mamilos arrepiados nos pelos do peito dele. – Só você. Eu não teria pedido isso a nenhum outro homem. – Ela desceu dando beijos em seu pescoço e queixo. Esfregando o sexo em sua barriga, ela deixou que ele sentisse como ela estava molhada e quente, deslizando por cima de sua ereção pulsante.

- Jesus, Mara – ele disse. – Como você está molhada. Eu não vou conseguir me controlar por muito tempo.

- Nada de controle – ela insistiu, atiçada pela reação dele. – Eu preciso de você agora, Jared. De você.

Os braços de Jared se enlaçaram em volta dela, como se ele finalmente tivesse despertado, e suas mãos deslizaram avidamente por suas costas, até as nádegas. Como você é macia. E tão gostosa.

Mara sabia que ela era macia demais. Estava com peso acima do que deveria, sua bunda era grande demais. Mas do jeito que Jared a apertava, louvando seu corpo, ele fazia com que ela se sentisse uma deusa.

Sem conseguir se conter, querendo ficar mais ligada a ele, ela olhou em seus olhos e pousou a boca sobre a dele. Mara saboreava o gosto dele e seu cheiro másculo delicioso, enquanto ele reagia, assumindo o controle das línguas apaixonadas, conforme eles devoravam um ao outro. A respiração dela estava ofegante, quando ela abriu os lábios e finalmente ergueu a cabeça.

Os dedos dele desceram até o meio dos corpos dos dois, por trás, encontrando seu fogo molhado com um gemido baixinho. – Você já teve um homem do meu tamanho, Mara?

Não. Mas ela queria ter. Ela precisava dele tão desesperadamente que estava pronta para começar a implorar de novo. – Não – ela admitiu, ofegante.

- Então, assim não. – Ele a pegou pela cintura e lentamente inverteu a posição dos dois, tomando cuidado para não machucar seu tornozelo. – Não quero machucar você.

Mara sentiu um aperto no coração ao passar as pernas em volta da cintura dele, seu tornozelo dando uma pontada em protesto, mas ela ignorou. – Eu já estou doendo, ansiando por você, Jared. – Tudo que ela queria era sentir os dois corpos unidos, aquele pau deslumbrante preenchendo-a, até que ela não se sentisse mais vazia.

- Não vai doer – ele prometeu, com a voz embargada de desejo, ao se posicionar ajoelhando entre as pernas dela, fazendo com que os pés dela caíssem na cama, abrindo bem as coxas dela para recebê-lo. – Você não vai sentir nada, além de mim. – Ele deslizou as mãos pelo abdômen dela, segurou seus seios e abaixou a cabeça até um dos mamilos rijos e sensíveis.

- Sim – disse ela, segurando os cabelos dele com os punhos fechados, para mantê-lo ali. – Por favor.

Ele mordiscava e chupava, torturava e lambia, até que Mara estava erguendo os quadris, implorando para ter seu pau dentro dela. Sem deixar seus seios, uma das mãos dele deslizou abaixo e no meio das coxas dela, afagando os lábios de seu sexo. Ela estremeceu, quando os dedos dele roçaram em seu clitóris, disparando uma pulsação que estimulava todos os nervos de seu corpo. Lentamente, ele foi colocando dois dedos dentro dela. – Cristo, como você é apertada – ele rugiu junto ao seio dela, enquanto flexionava os dedos e encontrava um ponto sensível dentro dela, um lugar que ela sabia existir.

- Transe comigo, Jared – ela se contorcia, erguendo os quadris, com um desejo tão intenso por ele que estava quase chorando.

Ele se apoiou nos joelhos, mergulhando os dedos dentro dela, passando o polegar em seu clitóris. – Preciso ver você gozando pra mim.

Os olhos de Mara encontraram os dele, a expressão feroz no rosto dele despertou um lado selvagem dentro dela. Ela tentava continuar olhando pra ele, enquanto segurava os lençóis da cama, desesperada para se segurar em alguma coisa, antes de sair voando pelo espaço. Enquanto ele acariciava por dentro, mais forte, mais fundo, a expressão dele foi ficando ainda mais intensa e focada no prazer dela. Ela fechou os olhos e arqueou as costas, conforme pulsações insanas fluíam por todo o seu corpo. Ela sentiu que se apertava em volta dos dedos dele, gozando, tendo um orgasmo e apertando firmemente os dedos dele.

Agitando a cabeça pelo prazer raro e as sensações de libertação em seu corpo, ela gemeu – Ai, Deus. Jared.

Enquanto seu corpo foi relaxando e ela foi voltando à terra, ela viu Jared rasgando a embalagem do preservativo com os dentes, colocando e descendo sobre ela. – Ver você gozando foi a coisa mais excitante que eu já vi na vida – ele disse a ela, com a voz rouca, enquanto lentamente mergulhava sua ereção imensa dentro dela. – Mal posso esperar para sentir você apertando meu pau – ele disse, desesperado, com os lábios junto aos dela.

- Não tente ser gentil. Eu preciso muito de você – ela murmurou, junto a ele, antes que ele a beijasse. O pau de Jared podia até ser maior que o tamanho comum, mas era dela, por esse momento, e ela queria senti-lo, possuí-lo.

Enquanto ele a devorava com os lábios, Mara enlaçou as pernas em volta da cintura dele, erguendo os quadris, querendo que ele a tomasse completamente. Sentindo o corpo dele inteiro estremecer, ela agarrava as nádegas rijas dele, tentava puxá-lo ainda mais fundo, sentindo que ele finalmente estava se entregando à paixão ardente que atingia os dois, exigindo ser saciada.

Ela resfolegou ao sentir que ele havia entrado inteiro nela, sentiu que seu interior o acomodava lentamente, apertando-o. A dor momentânea não se comparava à sensação de tê-lo dentro dela, preenchendo-a completamente. – Sim – ela incentivava, passando os braços firmemente ao redor dele, os corpos deslizando juntos, ambos cobertos por uma fina camada de suor.

- Como você é gostosa. Mais que eu jamais imaginei – Jared admitiu, com a voz embargada, recuando e mergulhando outra vez, enterrando o pau dentro dela. – Não. Consigo. Mais. Segurar – ele gemeu.

- Então, não segure – ela se remexeu, erguendo os quadris.

Jared pôs a mão por baixo deles, segurando-a pelas nádegas, começando um ritmo impiedoso de investidas, erguendo-a toda vez que entrava, furiosamente. – Mara, goza pra mim, meu benzinho – ele gemia.

Segundos depois, ela implodiu, gritando seu nome. – Jared! – Ela mergulhava as unhas curtas nas costas dele, tentando encontrar um ponto de apoio, enquanto começava a entrar em espiral.

Jared mergulhou mais uma vez, com um gemido torturado, deixando que ela lhe absorvesse, numa explosão de gozo.

Tentando recuperar o fôlego, Mara protestou quando Jared começou a erguer o corpo acima do dela. – Fique – ela disse baixinho, sem ar. Ela queria sentir seu corpo rijo e másculo por mais alguns minutos, então, ela apertou os braços e pernas em volta dele. – Está tão gostoso. – Ela não estava pronta para abrir mão dessa ligação tão deliciosa. Jared a beijou no pescoço e na lateral do rosto, chegando aos seus lábios. Ele a beijou lenta e profundamente, como se estivesse se deleitando com a sensação de pele com pele. – Volto já – ele disse baixinho.

Ele se soltou dela e foi tirar a camisinha, puxando a cortina pesada de volta ao lugar, antes de deitar novamente na cama. Deitado de lado, ele a puxou para perto, encostando-a em sua frente, num gesto protetor. – Agora durma – ele insistiu, mergulhando o rosto nos cabelos dela. – Nós vamos arranjar tudo, depois que acordarmos.

Com o corpo saciado, Mara agora percebia como estava exausta e conteve um bocejo. – Obrigada.

- Pelo quê?

Ela suspirou relaxando, em seu abraço protetor, se aninhou junto a ele, deleitando-se na sensação de veio em seguida a ser tão saciada. – Por isso.

Ele beijou sua têmpora e riu. – O prazer foi meu, benzinho. Literalmente.

Os olhos de Mara começaram a fechar e a fadiga foi se apossando dela. – Meu também – ela disse baixinho, sentindo a mão dele acariciando seu quadril, possessivamente, acalmando-a, fazendo-a dormir.

Capítulo 9

Os dias que se seguiram foram como um borrão para Mara. Vários dias depois do incêndio, ela finalmente se mudou para a casa de hóspedes de Jared, que, na verdade, ficava ao lado da mansão e poderia até ser considerada parte da residência gigantesca. Só que não tinha uma parede de compartilhamento com a casa principal e a habitação separada tinha sua própria entrada. A tal casa de hóspedes era ridiculamente grande, com três quartos inteiramente mobiliados, incluindo uma excelente cozinha, com todos os acessórios que ela precisava para fazer seus produtos em maiores quantidades do que vinha fazendo. Olhando a área da cozinha, Mara ficou quase rindo à toa de tanta empolgação.

Ela tinha tentado começar a adquirir os suprimentos, realmente querendo fazer algumas geleias e puxa-puxa para a próxima feira, no sábado. Jared cortara essa ideia com uma terrível cara feia, quando olhou seu tornozelo, na noite seguinte ao encontro de paixão dos dois. Ela havia acordado sozinha, tarde, naquela noite, após o incêndio, e foi mancando até lá embaixo, o que deixou Jared totalmente irritado. Ele a pegara no colo e pusera no sofá, alertando que ela não se mexesse até que o inchaço em seu tornozelo diminuísse. Ela estava bem certa de que ele tinha se repreendido por deixar que ela tivesse tanto esforço físico com ele, achando que isso teria piorado seu tornozelo.

Talvez tivesse piorado... mas Mara não podia reclamar. Ela faria tudo outra vez, se pudesse. Nada jamais poderia ser comparado a uma noite tão trágica se transformando numa jornada de tal descoberta para ela. Descobrir que seu corpo podia queimar com tanta intensidade havia sido algo divino, e ela jamais voltaria a achar que o sexo era algo superestimado. Ele provavelmente poderia ser altamente viciante. Ter Jared junto a ela, tão perto quanto ela pudesse tê-lo, tinha eliminado todo o vazio devastador que aquela noite lhe causara. Honestamente, havia eliminado toda a sua solidão.

Embora fosse apenas por um breve tempo. Eu jamais irei me arrepender.

Nenhum dos dois havia tocado no assunto das loucuras sexuais daquela noite. Jared parecia mais determinado a protegê-la do que a transar com ela, desde aquele dia incrível. Obviamente, aquilo não se repetiria e Mara não tinha certeza se ficar junto com ele, daquele jeito, seria sábio, agora que ela estava com a cabeça mais no lugar novamente. Quanto mais tempo ela passava com Jared, mais ela começava a entendê-lo e a gostar dele, descobrindo novas coisas sobre ele, todos os dias. Ficar perto demais dele, estar com ele novamente, como naquele dia, poderia ser desastroso. Ela poderia facilmente se apaixonar por ele e Jared não era o tipo de homem que quisesse se apegar.

Mara riu baixinho, ao se familiarizar com sua nova casa temporária, pensando numa das coisas mais engraçadas que ela tinha descoberto sobre Jared, nos últimos dias que passara com ele, na casa grande. O cara era completamente viciado em doce e café. Ele não funcionava bem sem seu café e comia doce como se fosse uma experiência orgástica. Ela tinha rido muito, quando leu as instruções de sua cafeteira, rapidamente descobrindo que Jared arrancava a tampa das pequenas embalagens de café, em lugar de colocá-las intactas, dentro do dispositivo. O eletrodoméstico fazia uma bebida perfeita; Jared não fizera. Ela riu dele, quando ele a olhou como se ela fosse uma deusa, por conseguir fazer uma xícara de café perfeito. Desde então, ele obtivera o domínio perfeito da simples tarefa e ria de si mesmo, pelo erro tão bobo. É claro que ele tinha resmungado, quando ela o provocou sobre estar tudo no manual de instruções do aparelho.

O puxa-puxa que ele tinha comprado dela havia acabado no primeiro dia e seu estoque de geleia estava acabando, já que ele parecia colocar uma montanha na torrada, ou no pãozinho, de manhã. Ele geralmente preferia assistir filmes, em lugar de programas de televisão, e tinha uma preferência por música clássica. Ele de fato se exercitava todo santo dia, seguindo à sua academia no subsolo, depois de acordar e tomar pelo menos duas canecas de café com torrada, forrada com a geleia dela.

No entanto, sua maior descoberta de todas foi o fato de que ele se importava com as pessoas, independente de querer ou não mostrar esse seu lado. Ele a mimou durante dias, ajudando-a a preencher os formulários para obter a substituição de seus documentos importantes. Uma das coisas que havia sido resgatado fora sua bolsa, toda chamuscada e coberta de fuligem. Ela estava na cozinha e ela conseguiu salvar seus cartões, talão de cheques e carteira de motorista, diminuindo a quantidade de documentos a serem refeitos. Porém, com o andamento da investigação do incêndio, e todas as coisas que ela tinha que fazer para se preparar para assumir o lugar de Kristin, no casamento de Sarah, ela ficaria bem ocupada.

Ela e Jared vasculharam a internet, em busca de desenho de website, logos, equipamentos, e todas as outras coisas e detalhes que precisavam ser discutidos, se o negócio seria primordialmente na rede.

Mara queria que "Sinclair" entrasse no nome do negócio. Afinal, Jared estava financiando. Ele havia insistido que o negócio era dela, que ele não sabia cozinhar nada e que "Sinclair" seria um endosso ruim, e ele queria que o nome fosse Mara's Kitchen. Depois de uma tarde de debate furioso, o nome Mara's Kitchen tinha pegado e ele havia vencido, dando a ela uma lista de motivos sensatos afirmando que o nome seria melhor e mais focado em clientes alvo – as mulheres. O negócio teria seu nome e seu empenho seria um sucesso ou um fracasso. Por sorte, ela não tinha a menor intenção de fracassar.

Terá meu nome. Minha reputação estará em jogo.

Era assustador e empolgante, ao mesmo tempo.

Agora, três dias após o incêndio, o inchaço já tinha diminuído em seu tornozelo e ela podia se movimentar confortavelmente, o que a levou a procurar seu próprio espaço. Bem... tudo bem... talvez ainda fosse, sim, o espaço de Jared, mas isso a tiraria do pescoço dele, em sua própria casa.

Ficar imobilizada tinha sido difícil para ela e Jared insistira em carregá-la para todo lado, até para o banheiro, como se ela fosse completamente incapaz de andar sozinha.

Ajoelhada na cozinha da casa de hóspedes, ela abriu os imensos armários embaixo das bancadas da cozinha, sorrindo contente, ao ver as panelas que estavam guardadas ali. Não eram de tamanho comercial, mas dariam para fazer duas vezes mais – ou mais – do que ela fazia em casa. E ela podia fazer uma fornada atrás da outra, porque agora ela tinha tempo. Tirando as panelas das prateleiras, seu coração novamente doeu, porque ela realmente não tinha mais um lar seu. Ela as colocou sobre o fogão, preparando-se para começar a cozinhar as misturas que precisaria. Independente de Jared se opor, ela iria, sim, à feira, em alguns dias, e ela queria o máximo possível de produtos para injetar seu próprio dinheiro no negócio. Ela ficara tonta, ao olhar os custos do equipamento comercial e todas as outras despesas que eram necessárias para começar até um negócio pequeno, como o dela. Ela se encolhia, vendo Jared encomendar mais e mais coisas para o seu negócio, sem sequer pestanejar. Claro... ele era um bilionário e esse capital inicial era trocado para ele, mas gastar todo esse dinheiro, a deixara bem assustada. Seu negócio ficaria devedor a Jared até que ela conseguisse pagar tudo de volta. Então eles poderiam dividir os lucros. Mara não ligava se o dinheiro não significava nada para ele. Significava algo para ela, que nunca se sentiria bem pegando os lucros sem que ele fosse reembolsado de tudo que estava investindo agora. Eles fariam, sim, um contrato, e ela trabalharia arduamente para cumprir as condições. Essa era uma batalha que ela pretendia ganhar.

Eu tornarei o negócio bem sucedido. Eu vou pagá-lo de volta. Isso é apenas um empréstimo comercial. Uma parceria.

Tudo bem, era uma oportunidade de ouro, para qualquer pessoa focada num negócio, mas Jared oferecera isso a ela, e seria uma tolice não fazer o melhor.

Quantas pessoas têm a oportunidade de fazer negócio com um dos Sinclair bilionários?

Ela projetou o queixo, seguindo até o quarto e abriu o armário, resfolegando. Sarah lhe dissera, ao telefone, que havia escolhido algumas roupas para ela e deixado na casa de hóspedes, junto com outros itens, para substituir o que ela havia perdido no incêndio. Segundo ela, um presente para agradecer Mara por substituir Kristin em seu casamento. Sarah contara-lhe que Dante uma vez também lhe deu um novo guarda-roupa, quando suas roupas foram destruídas, e que ele se recusou a ser pago por isso. Ela ainda disse como havia se sentido perdida, sem seus pertences, e torcia para que as roupas que ela, Emily e Randi haviam escolhido pudessem ajudá-la a sentir-se um pouquinho melhor.

Mara quase ficou sem ar, quando viu a quantidade de roupas no armário. Estava cheio de jeans, shorts, saias, blusas, vestidos, sapatos, jaquetas e acessórios. Quando Mara foi ao outro lado do quarto e abriu as gavetas da cômoda, ela descobriu que estavam cheias de roupa íntima, lingerie, tudo que Mara podia imaginar.

- Ela não deveria ter feito isso – ansiosa, ela murmurou baixinho. Não eram roupas baratas e o presente era excessivo. Para ela, alguns jeans e camisetas teriam sido suficiente.

Fechando a primeira gaveta da cômoda, Mara suspirou. Será que nenhum Sinclair, mesmo os que ingressaram na família pelo casamento, nunca faziam nada de um modo pequeno? Ter alguém se preocupando com ela já adulta era estranho. A maior parte de sua vida adulta tinha sido passada cuidando da mãe doente. Além de Kristin, Mara nem conseguia se lembrar de ninguém a quem pudesse chamar de verdadeira amiga, desde que a mãe começara a ser acometida pela doença que a lentamente a debilitou. Depois que a mãe faleceu, ela tinha ficado de luto, vivendo numa bolha de desânimo, enquanto tentava manter a loja viva. Agora, ela não tinha certeza de como se sentir.

Triste?

Desconectada?

Amedrontada?

Empolgada?

Ou livre?

Sentindo-se um tanto culpada, por ter todos esses sentimentos, Mara percebeu que, por obra do destino, ela tinha sido desincumbida e podia buscar algo para si mesma. Ela não estava mais atada a um negócio falido que se sentia obrigada a manter. Era assustador e empolgante que agora ela pudesse trilhar seu próprio caminho no mundo, em vez de seguir a tradição.

Olhando para trás, ela estava bem certa de que sua mãe iria querer algo melhor para ela, motivo para que a tivesse mandado para a faculdade. – Talvez ela não quisesse que eu seguisse a tradição da família. Ela sabia que a loja não estava fazendo dinheiro. Talvez tenha sido eu que simplesmente quis me agarrar a uma parte da minha mãe – murmurou ela, saindo do quarto.

Depois de rapidamente vestir um dos trajes que Sarah lhe comprara, para não ter mais que usar as camisetas de Jared, ela deixou a casa e foi lá para fora, mancando um pouquinho, seguindo em direção à praia. Agora, a sua lesão estava quase indolor e o gelo que Jared havia aplicado no músculo de seu tornozelo, mantendo-o elevado, tinha tirado totalmente o inchaço. Agora não era nada além de um incômodo e Mara estava feliz de poder voltar a andar.

O clima estava quente e ensolarado e ela tirou as sandálias e caminhou até o mar, suspirando, quando a água fresca lavou seus pés.

Eu adoro Amesport. Sou muito grata de não ter que me mudar.

Seu coração ainda doía pelas perdas que ela tivera com o incêndio, mas Jared estava certo... ela tinha sua vida. A experiência de quase morte foi como um tranco de volta à realidade de como a vida pode ser frágil e passageira, e agora ela estava determinada a apreciar cada dia.

Eu tornarei esse negócio bem sucedido. Mara's Kitchen vai vender alguns dos melhores produtos da Costa Leste. Jared me deu essa chance e eu vou agarrá-la, fazer o melhor que eu puder.

Sentando-se numa das cadeiras baixas de madeira, na beirada da água, Mara esticou as pernas à frente. O short vermelho que Sarah tinha escolhido para ela era um pouquinho mais curto do que ela geralmente usava, mas a camiseta listrada em vermelho e branco era confortável. A água parecia chamá-la, mas, por um tempo, ela precisava tratar seu tornozelo com cautela, dar ao músculo distendido a chance de sarar por completo. O trabalho vinha em primeiro lugar e ela tinha que poder se deslocar sem restrições. Voltar a machucar-se atrasaria todos os planos ambiciosos que se formavam em sua cabeça. Parecia muito estranho estar planejando um negócio próprio, algo que seria inteiramente novo para ela. Embora ela gostasse de usar as habilidades que a mãe lhe ensinara, para costurar e fazer as bonecas, a culinária era realmente o seu primeiro amor. Ela nunca se sentia mais à vontade do que quando estava na cozinha, tentando aprimorar as já incríveis receitas que tinham sido passadas de geração para geração.

Ela só estava imaginando a que horas Jared voltaria da cidade, quando viu uma silhueta solitária caminhando pela praia, em sua direção. Estreitando os olhos e protegendo-os com a mão, ela reparou na silhueta que vinha ao seu encontro. Boquiaberta, ela viu que o homem imenso estava de terno e gravata. Quem nesse mundo estaria de terno, nesse calor, e na praia?

Jared, não. Esse cara era ainda maior que Jared, o que já era um fato e tanto, pois Jared fazia homens normais parecerem anões.

A Península era privativa, assim como as praias ali, portanto, tinha de ser um Sinclair, um convidado da família ou um invasor.

Evan Sinclair.

Ela reconheceu o mais velho dos irmãos Sinclair por seu passo determinado e seus cabelos negros, antes mesmo que conseguisse ver suas feições. Mara quisera agradecê-lo desde que ele a salvara e, aparentemente, esse seria a sua chance.

- Srta. Ross — ele disse, com a voz arrastada, parando a alguns palmos da cadeira dela.

- Evan. — Ela ergueu os olhos para ele, ainda com a mão protegendo-os da claridade. Ergueu bem. Uma das primeiras coisas que Jared havia providenciado para ela havia sido novos óculos, mas

Mara não estava usando, nesse momento. Isso não era problema, já que ele era grande o suficiente para ser visto claramente. A única coisa que atrapalhava sua visão era a o sol escaldante. Mara recusava-se a chamá-lo de sr. Sinclair. Nesse momento certamente havia homens demais chamados Sinclair em Amesport, e esse homem, particularmente, salvara sua vida. – Não gostaria de se sentar? – Ela gesticulou para a cadeira ao seu lado. – Por que você está de terno, na praia? – Ela conteve uma risada, ao notar que ele estava carregando um par de sapatos que obviamente combinavam com a sua roupa, e meias enfiadas dentro. As pernas das calças estavam enroladas, arregaçadas, só o suficiente para evitar que molhassem. Ele estava uma figura. O restante estava absolutamente impecável e bem mais adequado para estar numa reunião de diretoria do que na praia.

Sentando seu corpão na cadeira de madeira, ele respondeu irritado – Esse, por acaso, é o meu traje cotidiano, srta. Ross. Eu trabalho. Não dou passeios pela praia. É um desperdício de tempo.

- Pode me chamar de Mara, por favor. – Pelo amor de deus, o homem era irritadiço e ela torcia para que ele estivesse brincando.

Evan assentiu. – Tudo bem. Imagino que, já que você é amiga da família e no grupo do casamento, é apropriado que usemos os primeiros nomes.

Para crédito dele, pelo menos Evan tinha sido esperto o suficiente para estar de óculos escuros para proteger seus olhos. Mara não conseguia identificar sua expressão, mas ela não via nenhuma nota de humor em seu tom. Ele estava completamente sério. – Você é sempre assim, irritável? – ela perguntou curiosa, olhando novamente para a água.

- Eu não sou irritável – ele discordou, inflexível. – E, sim, essa é a minha personalidade habitual. Eu tenho responsabilidades. Muitas. Não sobra tempo nem inclinação para ser jovial. – Ele mudou de assunto. – Eu não sabia que você agora estava morando com meu irmão. – Ele pareceu descontente de haver algo que ele não soubesse.

Mara sacudiu os ombros. – Não estou. Estou usando a casa de hóspedes. Não tenho muita escolha, nesse momento. Minha melhor amiga está de cama, com uma lesão, e seu apartamento é muito pequeno. Não posso ir para lá, agora. Estou meio que sem teto.

- Você morava na sua loja?

- Sim.

- E como, exatamente, você conheceu o Jared? – Evan perguntou num tom direto, com a cabeça virada para ela.

Ele a encarava e só em imaginar o olhar gélido por trás daqueles óculos já dava vontade de se contorcer. Ela imaginava que Evan fosse desconfiado de qualquer pessoa com quem seus irmãos bilionários andassem, a menos que fossem igualmente abastados, mas ela estava bem insultada. Jared era um homem feito e ela não precisava explicar seus relacionamentos a um quase estranho. Porém, por ele ser irmão de Jared, ela respondeu – Nós somos amigos. Ele está me ajudando a começar outro negócio, portanto, acho que posso dizer que também somos parceiros de negócios. – Exceto pelo fato de que Jared estivesse absolutamente inflexível quanto a tirar a menor porção possível do lucro – nem um centavo, se ela deixasse. Mas ela cuidaria disso. – Pareço não estar conseguindo convencê-lo de tirar algo do negócio. – Ela disse, torcendo para que Evan talvez pusesse dar algum bom conselho ao irmão. Ele obviamente era um homem de negócios e Mara duvidava que Evan quisesse que o irmão fizesse algum acordo comercial ruim, por menor que fosse. Talvez ele pudesse ajudar.

- Por quê? – Evan parecia intrigado.

Mara começou a explicar para Evan sobre o negócio, seus planos, e exatamente como Jared havia descoberto seus produtos. Ela também admitiu as condições em que o irmão mais novo de Evan estava insistindo.

- Isso tudo é bem frustrante – ela disse, francamente. – Eu não posso me aproveitar dele, desse jeito.

- A maioria das pessoas o faria – comentou Evan. – Jared pode não ser tão bom quanto eu sou, nos negócios, mas ele é implacável, quando tem de ser. Infelizmente, parece que ele ainda está misturando relacionamentos pessoais com negócios. Isso não combina. – Ele expirou ruidosamente.

- Jared tem um negócio imobiliário que vale bilhões. Ele até podia ser rico antes de começar, mas ele fez tudo sozinho – Mara respondeu, vorazmente. – Ele é brilhante.

- Foi seu plano b – Evan estrilou com ela. – Ele nunca planejou lidar com o mercado imobiliário. Ele foi sacaneado por um suposto amigo, de várias maneiras.

- Um daqueles que morreram? – Mara perguntou baixinho.

- Como é que você sabe disso? – a voz dele estava mais calma, mas ele pareceu surpreso.

- Jared me contou. Eu sei que ele foi traído por um amigo e pela namorada. E sei que eles morreram. Ele não explicou inteiramente.

– Sem dúvida, o Evan sabia de toda verdade, o que Mara achava interessante.

Evan deu um suspiro exasperado, impaciente. – Jared é uma pessoa diferente, desde que isso aconteceu. Ele e o amigo iam começar um negócio juntos, depois da faculdade, uma empresa de arquitetura especializada em remodelar casas antigas. Meu irmão tinha o capital, claro, e podia fazer sozinho, mas ele quis que seu amigo e colega de faculdade, o Alan, fosse seu sócio. Jared já era rico e isso era sua paixão. Ele queria compartilhar isso com seu melhor amigo. Ele não precisava do dinheiro, então, era livre para seguir quaisquer sonhos que tivesse. Infelizmente, seu amigo queria mais que apenas o negócio de Jared.

- Ele queria a namorada de Jared – Mara disse, secamente, sentindo um aperto no coração pelo então jovem Jared, que havia sido traído.

- Selena era completamente errada para Jared – Evan afirmou, arrogante.

- Ele se culpa pelas mortes dos dois – Mara disse ao Evan, ao virar para olhar pra ele, surpreendentemente destemida de suas palavras impetuosas e sua indiferença aparentemente esnobe. Ele se preocupava com a família, então, o cara não podia ser totalmente ruim. Fascinada, ela observou o rosto de Evan e viu seu maxilar se retrair, um músculo se contrair de frustração. – Ele agora parece com você – ela acrescentou, subitamente vendo as semelhanças entre os dois irmãos. Jared queria ser como Evan, isento de emoções, tornando altamente improvável que ele voltasse a se ferir.

- Meus irmãos não têm nada de parecido comigo – Evan respondeu, com um tom genioso. – E o Jared não nenhuma culpa das mortes.

- Eu sei. Ele não seria capaz disso.

Então, surgiu um silêncio, nada além do som das ondas batendo na areia. Evan estava pensando, mas Mara achava o homem desconcertante. Ela não fazia ideia do que se passava em sua cabeça, mas ele obviamente tinha um cérebro bem aguçado.

Finalmente, ele falou. – O Jared teve uma bebedeira que durou seis meses, depois que Selena e Alan morreram. Ele nunca foi de beber, mas eu o encontrei num teor alcoólico que quase o matou. Eu o coloquei sóbrio e ele pode não demonstrar mais seu sentimentos tão abertamente, mas, por dentro, ele ainda é a mesma pessoa. Então, como você pode ver, ele não é nada como eu. – A voz de Evan era impassível.

Mara olhava boquiaberta, tentando assimilar inteiramente essa informação de que Jared quase se matara por negligencia, por conta das duas pessoas que ele amava e morreram. – Ai, Deus. Meu doce Jared – ela sussurrou baixinho.

Evan sacudiu os ombros. – Acho que você é a única que ainda o acha doce. Ele já superou tudo. Eu tinha torcido para que ele tivesse aprendido a não misturar mais negócios com amizade. Ele abriu mão de fazer o que queria, porque associava isso à morte de seus... amigos. – Ele engasgou na última palavra, como se fosse difícil dizer.

- E você acha que eu vou sacanear com ele. – Mara já tinha notado a desconfiança de Evan. Para um irmão que supostamente não dava a mínima para a nada, ele parecia bem tenaz em relação às intenções dela.

- Você vai? – ele perguntou, insolente.

- Não. Nós constantemente discutimos sobre os termos do negócio. Ele está sendo teimoso. Eu pretendia dar a ele mais que metade dos lucros.

- Ah... então, isso faz de você tão ignorante nos negócios quanto o meu irmão está fingindo ser. Vocês dois estão colocando a emoção no negócio. E lá não é o lugar. – Ele virou para olhar pra ela.

- E-eu imagino que não – ela gaguejou. Ela sabia que agora estava pensando com as emoções e dar a Jared mais que sua porção era mau negócio. – Mas eu devo a ele, por me ajudar.

- Emoção de novo – Evan resmungou, impaciente.

- Para ele, isso não é negócio. Ele está me ajudando.

Evan sacudiu os ombros. – Então, deixe-o entrar. Até parece que ele não pode custear.

- Não posso – ela admitiu. – Nunca me sinto bem a respeito de algo que realizo, se eu não estiver fazendo de maneira justa, sendo Jared rico ou não.

- Admirável – ele respondeu rabugento, tamborilando os dedos na madeira do braço da cadeira. – Então, faça de forma apropriada. Você já administrou um negócio. Seria um contrato bem simples e uma incorporação.

Seria, se Jared simplesmente concordasse. Será que o Evan não estava ouvindo o que ela estava dizendo? Jared recusara e esse não era um problema pequeno. – Ele quer do jeito dele e eu devo ao Jared pelo que ele está fazendo por mim.

Que homem frustrante! Mas fazia muito pouco sentido discutir com Evan Sinclair. Sem dúvida, ele já havia superado muita gente com mais conhecimento que ela. Ele estava brincando com ela, e ela só não sabia o motivo. Obviamente, uma de suas melhores armas era fazer negócio sem emoção. Ela o olhou fixamente e cruzou os braços, embora não conseguisse ver os olhos dele através dos óculos escuros.

- Você não deve a ninguém se está dando lucro a eles – Evan comentou, calmamente.

- Eu vou dar lucro – Mara respondeu com uma confiança que ela não sentia... ainda.

- Muito bem – disse Evan, rapidamente. – Então, eu vou fazer os contratos e você pode me colocar de sócio nesse empreendimento.

O cérebro de Mara trabalhava furiosamente, enquanto ela franzia o rosto para Evan. – Você está oferecendo isso para evitar que seu irmão misture negócio e emoções pessoais?

– Meus motivos são meus. Sim ou não?

Poderia funcionar. Isso tiraria o Jared de cena. Ele era generoso demais e ele estava decidido a deixar que ela se aproveitasse, só para ajudá-la. Ela não temia que Evan fizesse algo que não o favorecesse.

– Tudo bem. Eu aceito. – Ela encarou Evan. Embora ela admirasse seu senso de negócio, ela não gostava de suas táticas intrometidas, quando se tratava de sua família. Evan não tinha mais interesse nesse negócio do que Jared, mas ele faria um negócio com ela, para evitar que o irmão cometesse um erro. Contudo, ele a estaria fazendo um favor, em todos os sentidos, exceto um. – Você sabe que o Jared vai ficar magoado. – Mara detestava isso. Era o único ponto ruim do acordo.

– Ele ficará furioso – Evan concordou. – Talvez seja melhor, se você simplesmente disser ao Jared que você vai aceitar minha proposta, se ele não receber uma fração justa. Isso resolverá o seu dilema.

Mara olhou para Evan desconfiada. – Você estava me testando?

Ele virou a cabeça e levantou. – Não, exatamente. Mas se fosse um teste, você teria passado.

Ela levantou rapidamente, tão depressa que se esqueceu do tornozelo machucado. – Ai! – Ela exclamou alto, esquecendo-se totalmente de que ia lhe dar um fora.

– Cuidado. – Evan pôs seus braços fortes em volta dela, para ampará-la.

Mara segurou no paletó que ele estava usando. – Que diabos você está fazendo de terno? – Evan tinha um cheiro de ar fresco e goma de passar roupa, um aroma estranhamente agradável. Para um homem enorme, sua pegada era bem delicada.

– Foi ideia do Grady – Evan resmungou. – Ele me chamou de babaca irritado, porque eu interrompi uma conversa com Emily para atender a um telefonema de negócios. Ele sugeriu que eu desse uma boa caminhada pela praia, para me curar. Não vejo como pode ter adiantado ficar com os pés molhados e todo suado, desse ar úmido.

Mara sorriu pra ele. – Ajuda, se você usar algo mais confortável.

Ele olhou-a, abaixo, de cara feia. – Esse é meu terno mais confortável.

- Eu quis dizer um short, talvez uma camiseta – ela sugeriu, dando uma risadinha. – Algo que você usaria quando não está trabalhando.

- Eu estou sempre trabalhando – ele estrilou.

Ele não tem nada além de ternos? Meu bom deus... Grady provavelmente estava certo. Será que o Evan nunca para de trabalhar?

- Você pode cortar caminho para a sua casa, pegando a entrada de veículos do Jared e atravessando a estrada que desce a Península.

- Excelente – ele respondeu, parecendo aliviado. Evan a soltou, por um momento, e abaixou para pegar seus sapatos.

Para o pavor de Mara, ele ousadamente a pegou nos braços e carregou até que eles chegassem ao gramado. – O que você está fazendo? – ela perguntou.

- Garantindo que você não machuque seu tornozelo. Você realmente não deveria estar andando na areia fofa com o tornozelo ruim. É um tanto negligente, levando-se em conta que você ainda não está completamente curada – ele informou, casualmente. – Parece que está virando um hábito, esse negócio de ficar te carregando.

Igualzinho ao Jared, só que seu irmão a carregara para todo lado, por vários dias.

- Obrigada por salvar a minha vida – ela disse a ele, grata, quando ele a pôs no chão, subitamente lembrando-se de que não dissera uma palavra sobre o incêndio e o seu papel de seu salvador. Mais uma vez, Evan a pegara e carregara como se ela não pesasse nada, exatamente como na noite em que ele havia salvado a sua vida. Ela pousou as mãos em seus ombros imensos, ao olhar para ele, acima. Jesus, ele era bonito. Podia ser gélido como um iceberg da Groenlândia, mas era um naco de gelo de tirar o fôlego.

- Só um pequeno conselho, se me permite – Evan disse, altivo. Sem esperar por sua permissão, ele acrescentou – Da próxima vez é bom que você saia logo de uma casa em chamas.

- Muito obrigada por sua sabedoria profunda. – Ela imitou seu tom arrogante. Mara ficou observando sua expressão, por um momento, vendo os cantos de sua boca se curvarem, como se ele quisesse sorrir, mas não o fez. – Você não é o babacão que quer que todos achem que é. Você quer manipular as coisas do jeito que as quer, mas eu acho que as suas intenções são boas, apesar de baseadas equivocadamente – disse ela, observando-o, enquanto tirava as mãos de seus ombros.

- Você está errada, Mara – ele respondeu friamente. – Eu sou exatamente o que você vê diante de seus olhos... um absoluto babaca. – Ele virou e saiu andando, deixando sua confissão pairando no ar.

Depois de alguns passos, ele hesitou e virou de volta pra ela. – Mara?

- Sim?

- Eu prefiro nunca mais voltar a ver o Jared naquele estado em que ele ficou, quando teve seus tempos de bebedeira.

Ela sentia seus olhos, embora não pudesse vê-los. Suas palavras seriam um alerta, ou apenas uma afirmação? Mara duvidava muito que Evan dissesse qualquer coisa à toa. – Eu nunca quero ver isso – ela respondeu, honestamente.

- Que bom. – ele virou sem mais nenhuma palavra e seguiu seu caminho.

Mara pousou as mãos nos quadris e ficou olhando Evan seguindo entre a mansão e a casa de hóspedes, sumindo, na direção da entrada de veículos de Jared.

Ela sacudiu a cabeça e caminhou até sua casa temporária, ainda sem ter certeza do que achar sobre toda essa conversa com Evan Sinclair.

Capítulo 10

─ **E**la não é para o seu bico ─ Jared rugiu. Ele pegou bruscamente o braço de Evan, quando o irmão caminhou até a frente da casa, já fora da visão de Mara.

Eu não estou com ciúmes. Não estou com ciúmes.

Jared deixou que o mantra penetrasse em sua mente, enquanto ele confrontava o irmão mais velho. Ele tinha acabado de levar as compras do mercado até a cozinha, quando viu Evan e Mara, na praia. Ele ficou boquiaberto, quando Mara pulou da cadeira e Evan passou os braços em volta da *sua* mulher, segurando-a por tempo demais, para o gosto de Jared. Ele viu que Mara cambaleou, por causa do tornozelo, mas isso não significava que Evan tivesse que segurá-la por tanto tempo, e ele certamente não precisava se aconchegar a ela e carregá-la, depois que ela já estava equilibrada. Jared lembrou a si mesmo que ele tinha carregado Mara pra todo lado, pelos últimos dias. Mas *aquilo* tinha sido diferente. Evan era um estranho para Mara e ela pra ele. Que direito o irmão tinha de sequer tocá-la?

- Ela disse que vocês eram apenas amigos ─ Evan disse, num tom de desprezo. ─ Eu não vi nenhuma indicação que você tivesse qualquer direito sobre ela. Isso não é meio primitivo?

Jared cerrou os dentes e largou Evan, quando este sacudiu o braço para soltar-se. – Nós somos, sim, amigos. – E também somos amantes. *Tudo bem... talvez, amantes só uma vez, mas eu estou obcecado com isso, noite e dia.* – Ela passou por muita coisa. A última coisa que ela precisa é de um homem como você.

Evan cruzou os braços, graciosamente. – O que isso significa, exatamente? Eu certamente tenho os recursos para dar a ela qualquer coisa que ela precisar.

- Ela não precisa de recursos – Jared disse, tentando segurar seu temperamento. Mara teria êxito com a Mara's Kitchen, e ele pretendia garantir que isso acontecesse. Jared sabia que devia muito a Evan, mas ele não iria sentar e ficar olhando Mara escapar.

- O que ela precisa?

- Ela precisa de alguém que se importe com ela. Depois de passar toda sua vida adulta cuidando da mãe doente, depois perder tudo num incêndio, talvez seja legal que alguém cuide das necessidades *dela*, por um tempo.

- E se eu estiver disposto a fazer isso? – Evan perguntou.

- Simplesmente. Não. – Jared sabia que estava sendo possessivo e uma mulher seria a última coisa que causaria uma briga entre ele e os irmãos. Mas era da Mara que eles estavam falando e Jared brigaria, sim, com o próprio irmão, se fosse necessário. – E não a toque novamente.

Evan foi faceiro até um banco na frente da casa de Jared e sentou para pôr as meias e calçar os sapatos. – Você está sendo irracional.

- Não estou nem aí, se pareço uma porra de um doido. Deixe-a em paz.

Evan espanou o pé, antes de pôr a meia. – Então, você está dizendo que está com ela?

Ele estava tentando dizer a Evan que queria Mara, exclusivamente? Seu pau certamente queria, o maldito parecia preferir somente ela. – Nós não conversamos sobre isso – ele admitiu, relutante.

Já calçado e com as pernas das calças esticadas no lugar, Evan levantou. – Então, não tem nada certo – ele comentou. – Para dizer a verdade, eu gosto dela e não posso dizer que falo isso sobre muitas mulheres, em minha vida. Ela é inteligente, ética e não tem medo de mim.

Jared fechou os punhos para evitar socar o irritante e arrogante irmão mais velho. – Ela também é meiga, afetuosa e forte. E me pertence. – Porra! Sem chance que ele deixaria Evan tirá-la dele. Ele precisava dela, porra. E ela precisava de alguém que realmente se importasse com ela.

- Então, eu sugiro que você assuma – disse Evan, num tom sensato. – Ou outra pessoa o fará. – Ele virou sem dizer mais nada e foi descendo pela entrada de veículos.

Jared ficou furioso, imaginando o que esse comentário queria dizer. Será que Evan estava tentando dizer a ele que também queria Mara? Ele ficou olhando a silhueta do irmão ir diminuindo, conforme ele se afastava.

Irritado por não saber em que pé ele e Mara estavam, ele entrou em casa, pisando duro.

Ele levou menos de cinco minutos para perceber que Mara não estava na casa dele. Ele deu uma olhada lá fora e ela também não estava. Depois de procurar e berrar o nome dela até ficar rouco, Jared foi até sua imensa varanda dos fundos, subiu dois degraus de cada vez, e caminhou determinado, na direção da casa de hóspedes, e o cheiro de comida o atraiu quase que imediatamente à casinha menor.

Ela está lá. Ela está na casa de hóspedes.

Mas que diabos ela está fazendo lá? Sim, ele lhe dissera que ela podia usar a casa de hóspedes, mas ele não a queria lá, de fato. Nos últimos dias, ele se acostumara a ouvir sempre a voz dela, e o seu riso, um som que o deixava instantaneamente de pau duro. Ele a queria em sua casa, na sua cama, porra.

Depois da primeira noite que eles passaram juntos, uma noite que só deveria ter acontecido depois que ela tivesse ficado boa, ele sempre fantasiava em estar dentro dela outra vez. E outra. Agora, era praticamente só nisso que ele conseguia pensar. Ela foi tão apertadinha, molhada, perfeita. Ele era um homem bem dotado e sabia que provavelmente a teria machucado. Ela não chegou a reclamar, exatamente, mas, no dia seguinte, quando ele viu o inchaço imenso no tornozelo dela, ele ficou injuriado consigo mesmo. O que havia acontecido com seu controle, cuidadosamente cultivado? Ele certamente o perdera, com Mara.

Não. Vai. Acontecer. Novamente.

A última coisa que ele queria era magoar uma mulher que já tinha sofrido tanta dor, tanta mágoa.

O que vai acontecer, quando eu me cansar dela?

Um rugido baixinho reverberou em sua garganta, conforme ele se aproximou da porta da casa de hóspedes. Ele nunca se cansaria dela. Geralmente, depois que transava com uma mulher, ele se fartava. Por algum motivo, ele sabia que podia ter Mara de todas as maneiras imagináveis e ainda ansiaria por ela, como se fosse uma droga viciante.

Porque ela também me quer.

Uma mulher não podia fingir uma reação como a de Mara. O corpo dela havia tremido, quando ele a tocou, ela tinha um desejo tão voraz quanto o seu.

Ela estava vulnerável. Ela precisava de mim, naquele momento.

Ao virar a maçaneta, ele reconheceu que talvez ele que acabaria magoado, por sua obsessão com Mara, e ficou novamente zangado, quando viu que a porta estava destrancada.

Farei que ela precise de mim, tanto quanto preciso dela.

- Mara – ele chamou, irritado.

- Aqui dentro. – A voz feminina vinha da cozinha, que ficava à esquerda.

- A porta estava destrancada – num tom irritado, ele disse a ela, ao entrar na cozinha.

- Eu morei em Amesport a minha vida inteira e nunca tranquei as minhas portas, exceto à noite. A Península é privativa. Ninguém virá aqui, exceto a família.

Jared abriu a boca para dizer a ela que qualquer turista ou transeunte poderia entrar na propriedade. Ou um repórter enxerido, em busca de fofoca, poderia encontrá-la, se estivesse tentando sondar a vida pessoal dele. Só o fato da ligação dela com ele já fazia com que ela fosse alvo de qualquer maluco e isso era algo que ele tinha de fazer com que ela entendesse. Mas ele parou perto da entrada e subitamente ficou mudo, fascinado ao observá-la se movendo graciosamente, de um lugar para o outro, embora seu tornozelo estivesse machucado. O rosto dela estava corado pelo calor da cozinha, mas ela flutuava de um lugar para o outro, com uma confiança que fez evaporar qualquer outro pensamento da cabeça dele. Tudo que ele queria fazer era observá-la.

Como ela é linda.

Só foi preciso que ela erguesse os olhos e sorrisse pra ele, para que o seu pau entrasse em alerta e ficasse todo entusiasmado. Seu coração começou a disparar com um anseio profundamente submerso, algo que ele nunca tinha sentido na vida.

Jesus. Eu estou totalmente ferrado.

- O que você está fazendo? – ele perguntou, rouco, enfiando as mãos nos bolsos da frente do jeans. Ele recostou um ombro no portal, tentando parecer mais casual do que se sentia.

- Cozinhando – ela respondeu, alegremente. – Ensopado de lagosta, pão de milho e bolo de mirtilo. Eu percebi que a Sarah estocou muito mais que roupas. Ela também encheu a geladeira, o freezer, e os armários, com comida.

Jared sacudiu os ombros. – Ela te deve. Você será substituta no casamento dela.

Mara olhou-o de cara feia. – Eu estou fazendo um favor pra Kristin e para ela. Sarah não me deve nada e eu me sinto culpada, porque sei que custou muito dinheiro, tudo que ela comprou.

Jared deu um sorrisinho. – Eu posso lhe garantir que o futuro marido dela é mais que abastado.

- Você está bem indiferente por Sarah ter feito tudo isso – disse ela, desconfiada. – Você pagou a ela?

- Infelizmente, não, não paguei – ele respondeu, com uma voz descontente. – Eu tentei, mas ela não quis aceitar. Ela queria fazer isso com a Emily e a Randi, como um presente pra você. Algo de passar adiante, algo que havia sido feito pra ela, e ela gosta de você. Acredite, se eu tivesse providenciado isso, as suas roupas estariam na minha casa. Por que você se mudou pra cá? – Ele não ia mencionar o fato de que havia oferecido dinheiro pelas roupas de Mara ao Dante também, e o irmão fora irredutível, ao recusar. Sarah havia usado seu cartão de crédito, mas Dante dissera, rindo, que pagaria, no minuto que ela terminasse de comprar tudo para Mara e não sentiria falta de um centavo. Dante podia ser absurdamente abastado, e não deveria incomodá-lo, que o irmão quisesse ajudar Mara, mas ainda o irritava. Jared só havia fechado a boca sobre o assunto, quando Dante perguntou por que isso importava. Jared não tivera resposta.

- Aqui é onde eu devo estar. Foi o que nós combinamos. Eu não vou ficar no seu caminho.

Eu quero você no meu caminho e quero estar dentro de você. Você deveria estar na minha cama.

Não importava o que ele havia dito antes, ele a queria com ele.

– Não foi inconveniente pra mim – ele disse, tentando não parecer tão desesperado.

- Isso não importa – ela ralhou, olhando de volta para a sua panela, no fogão, e dando uma mexida.

Importava, sim, mas, pelo menos, ela estava logo ao lado. – Que cheiro bom. – O aroma na cozinha era mais que bom; era provocante e o estava deixando de água na boca. – Eu não sabia que se fazia ensopado de lagosta.

- Você vai adorar – ela respondeu, sem olhar pra ele.

- Então, eu estou convidado para o jantar? – os lábios de Jared começaram a se curvar num sorriso.

- Você está sempre convidado. Agora que eu posso me mexer, vou cozinhar para nós dois.

Que bom. Então, ele estaria mais vivendo aqui, do que em sua casa enorme. Ele não estava contente por ela não estar com ele, mas, se podia mantê-la ao lado, com um convite aberto, ele aproveitaria. Todo. Santo. Dia. – Eu a vi na praia, com o Evan. Você realmente acha que já deve estar andando por aí? – *Você gosta do meu irmão?* Ele deixou passar a pergunta, mas estava morto de vontade de perguntar o que ela tinha achado de Evan, ou se ela se sentia atraída por ele.

O riso feminino de Mara fluiu até Jared e foi como um bálsamo para sua alma.

Ela fungou e disse – Eu queria ainda ter o meu telefone. Eu teria tirado uma foto. Nunca vi um cara tão irritadiço como seu irmão. Acho que nunca vou me esquecer de vê-lo caminhando pela praia, de terno e uma expressão descontente. Ele é hilário. Hilário? Evan? Jared ficou imaginando como seu irmão mais velho se sentiria quanto a essa descrição dele. Ele podia garantir que as palavras "hilário" e "Evan Sinclair" nunca tinham sido usadas na mesma conversa. – Então, você gostou dele? Mara olhou-o, observando, com uma colher na mão. – Ele é... complicado, eu acho.

Na verdade, todos, exceto seus irmãos, achavam Evan Sinclair aterrorizante, irritantemente frio e um filho da puta explícito. Jared nunca tinha ouvido o irmão ser descrito como "complicado". Só Mara tentaria enxergar mais do que o Evan cretino era para quase todos em sua vida. – Por que você diz isso? – Ele se aproximou até ela e tirou seus óculos, e os limpou no tecido macio da bainha de sua camisa de manga curta. Os óculos estavam embaçados pela umidade da cozinha e ele via pontinhos de líquido que haviam secado nas lentes. Ele os colocou de volta no rosto dela, depois de limpos.

- Você algum dia vai parar de fazer isso? – ela perguntou, hesitante.

- Limpar seus óculos?

- Sim.

- Provavelmente, não. Eu disse a você, eu também já precisei de óculos. – Ele sacudiu os ombros. – Usei óculos por um bom tempo, desde a infância. Eu ficava maluco, quando tinha manchas. Finalmente fiz a cirurgia para corrigir a minha visão, depois que fiquei adulto. Você é míope?

- Tenho astigmatismo. Não é tão ruim. Minha visão só é ruim para me irritar e fazer com que eu precise de óculos quando estou trabalhando.

- Então, poderia ser corrigida – Jared pensou.

- Poderia. Mas essa não tem sido uma prioridade. Os óculos funcionam para mim e o procedimento é caro.

- Óculos não funcionam bem, se você nunca limpa. – Jared sorriu, adorando a expressão indignada e teimosa que ela tinha, quando estava sendo prática.

- Eu limpo – ela disse, na defensiva. – Só olho com os ciscos, até ter tempo de limpar.

Ele mandaria corrigir seus olhos, para que ela pudesse ver bem, o tempo todo, porra. Ela só não sabia ainda. Mara era teimosa, porém, aos pouquinhos, ele faria questão que ela tivesse tudo que merecia e precisava. Quando Mara foi até a geladeira, ele agarrou-a pelo braço e girou lentamente, prendendo seu corpo junto ao aparelho, antes que ela pudesse abrir a porta. – Então, você pôde me ver bem, na outra noite, sem os seus óculos.

Ela nem fingiu não saber do que ele estava falando. – Sim. – Ela lambeu os lábios, ao olhá-lo, acima.

- Eu sou grande e não fui delicado. Diga a verdade. Eu machuquei você? – Jared não tinha certeza se queria ouvir a resposta, mas ele tinha que saber. Ele tinha perdido o controle, algo que ele nunca fazia com uma mulher.

Seu coração começou a desacelerar quando ela balançou a cabeça. – Não. E você me deu exatamente o que eu precisava, Jared. Eu precisava esquecer e esqueci. Precisava me sentir próxima de você e me senti. Eu nunca vou me esquecer daquela noite, porque finalmente sei como o sexo pode ser prazeroso. Você me mostrou isso.

Ele detestava quando ela se referia a eles no passado. Jesus. Ele tinha a sensação de que sempre precisaria dela e havia muita coisa que ele ainda nem lhe mostrara.

- Nenhuma dor? – ele perguntou, com a voz rouca.

- Só senti me esticar um pouco, por ter um homem do seu tamanho dentro de mim. Depois disso, foi incrível. E você não foi rude. Você foi perfeito. – Mara suspirou.

Jared estremeceu, quando ela passou os braços em volta de seu pescoço, colando seus seios fartos no peito dele e pousando a cabeça em seu ombro, num gesto de total confiança. – Eu quero aquilo de novo, Mara. Quero você de novo – ele disse, nos cabelos dela, inalando seu cheiro limpo, inebriante. – Mas quero que seja diferente, dessa vez. Eu quero que você só esteja comigo porque me quer. Quero lamber cada pedacinho de sua pele macia, mergulhar minha língua no seu sexo até você gozar gritando meu nome. Quero saborear cada momento de seu corpo trêmulo, quando você gozar.

Ela ficou tensa, mas não se mexeu – Eu não... nunca...

- Nenhum homem nunca a satisfez com a língua – ele arriscou dizer, agora com seu instinto primitivo pulsando, por ele ser o primeiro.

- Não – ele sussurrou. – Mas nós não podemos fazer isso outra vez, Jared. Foi uma noite e eu nunca vou me arrepender. Foi uma das experiências mais prazerosas da minha vida. Mas eu não posso.

- Por quê? – Se ela tinha gostado tanto, por que não poderia acontecer de novo? Porra nenhuma. *Tinha* que acontecer de novo. E de novo. Ele ficaria maluco, se não acontecesse.

- Ao contrário do que você possa ter imaginado naquela noite, eu realmente não transo com qualquer um. Você é e foi especial. Eu me senti atraída por você, desde o instante em que o conheci.

- Eu sei que você não faz isso – ele rugiu, mergulhando uma das mãos em seus cabelos sedosos, e pousando a outra em sua bunda arredondada e deliciosa.

- Acho que não consigo ser sua companheira de transa – ela murmurou. – Acho que isso me magoaria muito. Você não tem relacionamentos, Jared. Você tem encontros sexuais. E eu sabia disso, quando aconteceu. Mas eu estou recomeçando a minha vida e eu quero que tudo tenha um significado pra mim. Eu me apegaria.

As palavras dela foram como uma faca nas vísceras de Jared. A verdade era que ele queria significar algo pra ela. Ele a queria atraída por ele, mais do que jamais quisera qualquer coisa. Ele queria ser muito além de um companheiro de transa pra ela. O problema era que ele não sabia exatamente o que queria dela. Mas que droga, ele já estava obcecado por ela, e queria ligá-la a ele.

Não seja um babaca egoísta.

Segurando-lhe a nádega, ele pôs uma das coxas no meio das pernas dela e chiou baixinho, quando sentiu o calor dela, sobre o jeans dele.

Mesmo através do tecido dava para sentir que ela estava úmida. –
Você está molhada.

– Sempre que estou perto de você – ela admitiu, trêmula, erguendo
a cabeça do peito dele, para olhar em seu rosto.

Você tem de satisfazê-la!

O instinto primitivo se apossou dele e seu único desejo era ver
seu lindo rosto contorcido de prazer, a tensão crescendo e deixando
seu corpo em espasmos do seu clímax. – Então, nada de transar. Mas
me dê seu corpo. Deixe-me ensiná-la como pode ser gostoso ter a
minha língua exatamente onde você quer. – Ele capturou sua boca,
com o coração triunfante e disparado, conforme ele gemeu junto aos
seus lábios. Jared saboreava sua boca, mergulhava a língua, querendo
fartar-se dele, duvidando algum dia conseguir.

Capítulo 11

ara estava perdida, emaranhada no ataque sensual de Jared. Ele era conquistador. Cativante. Dominador.

Ela não conseguia evitar o movimento instintivo de seus lábios, esfregando seu sexo na coxa dele, enquanto Jared a segurava firme. Seus mamilos roçavam sensualmente no dorso forte e ela se contorcia, enquanto ele mordiscava eroticamente o seu lábio inferior, depois passava a língua.

- Jared. Por favor. – Mara não sabia se estava implorando por piedade, ou por mais daquela tortura deliciosa que ele estava fazendo. Ela se remexia junto a ele, que passava a boca em seu pescoço, a língua deixava um rastro de fogo na pele sensível.

- Diga-me que você precisa de mim, Mara – ele sussurrava junto ao ouvido dela, com a mão ainda entranhada em seus cabelos, manipulando-a do jeito que ele queria.

- Eu preciso. Você sabe que eu preciso – murmurou ela, fechando os olhos.

- Assim? – ele apertou sua nádega, puxando-a mais para perto, esfregando seu sexo na coxa rija.

- Sim – ela admitiu, sem pudor. – Mais.

- Então, imagine a minha língua lambendo você todinha, seu sexo quente, você inteira, seu clítoris – ele disse, com a voz falhando. – Talvez você não esteja pronta para isso agora, então, imagine.

Mara não tinha ideia de como seria a sensação, mas, em sua mente, ela podia imaginar.

O lindo rosto de Jared mergulhado no meio de suas coxas. A língua de Jared lambendo seu clítoris pulsante. Jared lambendo seu ponto mais sensível.

- Ai, Deus. Seria tão bom – ela gemeu, se esfregando na perna de Jared, num movimento frenético e sensual. – Tão bom.

- É bom, sim, meu benzinho. Meu único objetivo seria fazer você gozar – ele disse a ela, numa voz sussurrada, segurando seus cabelos com mais força, puxando sua cabeça para trás, para passar a língua na pele sensível de seu pescoço.

As lambidas dele fizeram com que ela começasse a perder o controle, esfregando-se em sua coxa, a sensação se espalhando por ela, desde as pontas dos dedos até que seu sexo começou a pulsar violentamente.

– Jared. – Seu folego transformou-se num longo gemido.

Ele cobriu-lhe a boca com os lábios, capturando seu prazer com a boca. Segurando os cabelos dele, Mara se agarrava a ele, enquanto seu clímax vibrava por todo seu corpo.

Ele terminou o beijo com um gemido contido, mergulhando o rosto nos cabelos dela. Deslizando a perna para fora do meio das coxas dela, ele segurou seu corpo junto a ele, acolhendo-a, pousando a cabeça dela em seu peito. – Você está bem?

- Eu estou muito bem para uma mulher que acabou de ter um orgasmo sem sequer tirar a roupa. – Ela respirava ofegante, o coração batendo tão forte que parecia querer pular para fora de seu peito.

Jared riu e apertou-a com mais força. – Eu ficaria feliz em fazer isso de novo, com você sem roupa.

- Você é perigoso – ela murmurou, ainda com o cérebro confuso. Ela sentia a ereção persistente junto à sua barriga, e sentiu-se culpada por ele não ter gozado também. – Isso não foi exatamente prazer mútuo.

- Pra mim, foi – Jared respondeu, calmamente. – Não há coisa melhor que vê-la gozar, Mara. E eu não vou forçar para que você me dê mais do que quiser, nesse momento.

O coração dela derreteu. Se Jared soubesse que ela queria lhe dar tudo, deixá-lo maluco, como ele havia acabado de fazer com ela, só com a voz, seu toque, seu beijo. É provável que se ele a tivesse despido e tomado, ali mesmo, na cozinha, ela não o teria impedido. Ela talvez até tivesse implorado que ele o fizesse. Ela não o fizera porque tinha suas reservas, porque ela talvez acabasse magoada, quando tudo isso terminasse e a atração dele passasse. – Obrigada. Mas eu não acho certo que você ainda não tenha... – A voz dela foi sumindo.

- Que eu não gozei. – Jared recuou e olhou abaixo, nos olhos dela. – Não. Ficar de pau duro não mata. Além disso, eu tenho um bocado de fantasias agora, para quando eu mesmo cuidar desse problema.

Ela mordeu o lábio para evitar gemer, as visões de Jared se masturbando, jogando a cabeça pra trás ao gozar, tudo passava num torpor erótico em sua mente. – Eu gostaria de ver isso – ela disse, antes que pudesse conter-se.

Jared deu um sorriso malicioso. – Eu geralmente não vendo ingressos para esse evento, em particular, mas você é bem-vinda, para uma exibição exclusiva.

Ela recuou dele, relutante. – Isso parece problema – ela respondeu, tentando parecer casual, quando não tinha nada de indiferente.

- É o melhor tipo de problema – ele concordou, numa voz esperançosa.

- Você é um homem danado, Jared Sinclair – ela o repreendeu num tom brincalhão, as mãos ainda não estavam completamente firmes, ao pegar a luva e tirar o pão de milho do forno. A verdade era que ela adorava esse tipo de problema e a voz dele, sexy, dizendo coisas eróticas, a deixava meio maluca.

- Benzinho, você nem começou a me ver mal comportado – ele disse, com a voz arrastada.

Não? Ai, deus, então, eu realmente gostaria de vê-lo complemente devasso.

Seu âmago indócil emanava calor só dela pensar em Jared assim, em total abandono. Algo nessa sensualidade pura evocava seu lado carnal que ela nem sabia existir.

- Hora de comer – ela disse, precisando mudar de assunto.

- Exatamente o que eu estava pensando. – Ele recostou na bancada da cozinha e deu um sorriso malicioso.

Mara mexeu a mistura na panela vorazmente, bem certa de que ele não estava falando do ensopado de lagosta.

- Saíram horríveis – Mara deu uma risadinha, naquela noite, ao olhar a fileira de fotos que tinham sido expelidas pela máquina, na praça de fliperama de Amesport. – Eu pareço uma coruja confusa. Eu deveria ter tirado meus óculos. – Ela tinha se espremido ao lado de Jared, na cabine de fotos instantâneas, rindo das piadas dele, quando as fotos foram tiradas.

- Eu gostei – disse Jared, indignado, pegando a tira de imagens da mão dela.

Mara revirou os olhos, enquanto eles esperavam na fila, para entregar os ingressos. Eles tinham ido até a praça horas antes, quando foram de carro até a cidade. Ela havia finalmente convencido Jared que estava perfeitamente apta a fazer a feira dessa semana, e queria comprar suprimentos. Relutante, ele havia concordado, mas insistiu em levá-la de carro e carregar tudo que ela precisasse.

Ele tinha avistado a pequena galeria aberta ao longo do calçadão, enquanto estava esperando por ela, que estava dentro de uma das lojas da Main Street. Ao sair da loja, ela o vira vir correndo do banco, do outro lado da rua, com as mãos cheias de moedas.

Depois de deixar seus produtos na caminhonete dele, ele quase a arrastou até o fliperama, e eles estavam lá, desde então. Ela havia descoberto que ele era um especialista em Skee-Ball, e ele conseguia arrasá-la em quase todos os videogames. Pegando os tíquetes que nem maluco, ele passou por quase todos os jogos do pequeno fliperama, mais de uma vez.

Comendo um saco de pipoca que ele tinha lhe comprado, ela suspirou. – Adoro aqui. Esse lugar está aqui desde sempre. – A antiga construção até que merecia uma pintura, mas era chamativa, colorida e tão alegre quanto ela se lembrava. – Foi aqui que a minha mãe me ensinou a jogar Pac-Man.

- Ela devia ser boa – disse ele.

- Ela era – Mara respondeu, com um sorriso, adorando o fato de que havia pelo menos um jogo em que ela era melhor que ele. – Onde você aprendeu a jogar tão bem, todos esses jogos antigos?

Jared sorriu pra ela, enquanto cuidadosamente dobrava a cartela de fotografias e colocava no bolso. – Eu tenho três irmãos mais velhos e três primos homens. No verão, nós costumávamos passar um tempo com meus primos, que foram criados perto de Salem. Sempre que podíamos, a gente saía escondido de casa, para jogar no fliperama, às vezes, todos os dias.

- Há mais Sinclair?

- Ãrrã. Eles também se espalharam pelo país, como nós fizemos. São filhos do irmão caçula do meu pai, mas têm idades próximas das nossas.

- Você não os vê mais?

- Acho que todos eles estão vindo para o casamento do Dante. Faz um bom tempo que a gente não se encontra. Muito tempo – Jared respondeu, com a voz pontuada por uma ponta de tristeza.

- Por favor, não me diga que eles também são lindos e abastados – disse Mara.

Jared lançou um olhar intrigado, ao caminhar adiante, na fila. – Cheios de dinheiro. São Sinclair. Mas acho que eles são um bando de horrendos – ele acrescentou rapidamente, como se temesse que ela talvez pudesse se interessar por algum deles.

Mara gemeu. – Rivalidade de primo. O que você realmente quer dizer é que eles são deslumbrantes e ricos como você e seus irmãos.

- Você está interessada? – Jared perguntou, irritadiço.

- Não. Mas Elsie e Beatrice farão a festa. Dá para imaginar... todos esses Sinclair ricos, em Amesport! – ela exclamou. – Por favor, me diga que são todos casados, com um zilhão de filhos.

Jared sorriu e a tensão em seu corpo começou a relaxar. – Solteiros. Todos eles. Micah, Julian e Xander nunca se casaram. Tenho certeza de que eles adorariam conhecer Elsie e Beatrice. – Ele riu com malícia. - Sério? Até os nomes são bonitos – Mara reclamou. – se a Beatrice descobrir, ela terá um par para cada um, antes mesmo que eles cheguem aqui.

Jared abriu ainda mais o sorriso. – Que bom. Acho que vou dar uma passada em sua loja e contar que eles estão vindo. Quero ver todos eles, porque faz muito tempo, mas eu quero vê-los todos se contorcendo. A Beatrice sabe ser uma mulher bem assustadora, se ela quiser.

- Isso é terrível. – Ela lhe deu um tapinha no braço. – Você não faz ideia do que é ser alvo do lado casamenteiro de Beatrice. Ela é persistente. Eu fui seu alvo, anos atrás, quando ela achou que eu e um dos contadores da cidade formávamos um bom par.

Jared franziu o rosto. – O que aconteceu?

- No fim das contas, ele é gay, o pobrezinho, que foi perturbado pela Beatrice, até finalmente ter que contar-lhe a verdade. Ela jura que interpretou mal, o seu guia, e que esse foi um de seus poucos equívocos. – Mara suspirou exasperada.

Mara estremeceu de deleite, quando Jared deu uma gargalhada retumbante. Ele parecia jovem, feliz e tão incrivelmente sexy, quando estava assim; não mais um playboy bilionário, e mais como um cara comum. Claro que ele era de derreter a calcinha, mas parecia tão palpável. – Vá em frente, pode rir. Apenas espere até ela pôr as garras em você. Eu estou surpresa que ela ainda não tenha posto. – Ela adorava Elsie e Beatrice, mas quando uma delas decidia interferir, eram implacáveis.

- Na verdade, ela já encontrou o meu par – Jared disse, brincalhão.

- Quem? – Ela tentou não parecer tão ansiosa e enciumada, mas sentia-se assim.

Ele fixou seus olhos verdes nela e seus lábios se curvaram acima, num sorriso sensual, antes de responder. – Você.

Mara quase deixou cair a pipoca, boquiaberta, olhando Jared, quando ele foi pegar o seu prêmio.

Depois de entregar seus bilhetes, ele a presenteou com um pequeno tigre de pelúcia, um brinquedo adorável que Jared provavelmente poderia ter comprado em qualquer loja de descontos por cinco pratas. Em vez disso, ele provavelmente gastou cinquenta dólares em moedas para ganhá-lo, mas era uma das coisas mais preciosas que ela já tinha recebido, porque ele parecia um rapazinho entregando um prêmio à namorada. Ele o ganhara para ela e isso o tornava especial.

- Obrigada. – Ela lhe deu um beijo no rosto e se encolheu, ao ficar nas pontas dos pés. Maldito tornozelo!

- Está doendo? – Jared notou e perguntou.

- Um pouquinho. Eu me esqueço dele, até pisar errado.

Jared passou os braços em volta da cintura dela e a pegou no colo, carregando-a lá para fora.

- Eu posso andar, Jared. Pode me pôr no chão. Não sou exatamente um peso pena. Estou surpresa que você ainda não tenha dado um jeito nas costas. – Ela deu um tapinha no ombro dele.

- Você está perfeita, meu benzinho, principalmente quando está assim – disse ele.

Exasperada, ela segurou nos ombros dele, para facilitar que ele a carregasse até o carro. A julgar pelo jeito insistente como ele a segurava, ele obviamente não iria soltar e não parecia fazer nenhum esforço em carregar seu peso. – Eu estou bem – ela argumentou, inutilmente. – E, por favor, diga que você está brincando, em dizer que a Beatrice está tentando nos unir.

Ele parou sua caminhonete na Main Street e a pôs delicadamente no chão, ao tirar a chave do bolso e apertar o botão para destravar as portas. – Sem brincadeira. E depois do almoço que você me deu hoje, eu estou seriamente pensando em pedi-la em casamento.

Ela encarou seu comentário como uma piada, pois sabia que era. – Bom assim, é?

- Hmm... sim. Eu estou começando a achar que a Beatrice pode estar certa, dessa vez. – Ele abriu a porta do lado do passageiro para ela.

A luz do carro iluminou seu rosto e Mara sorriu para ele, quando viu um lampejo de provocação nos olhos dele. – Você se casaria comigo pelo meu bolo de mirtilo? – ela provocou também, entrando na onda da brincadeira.

- E o ensopado de lagosta – ele lembrou. – Incrível.
- E o pão de milho?
- Perfeito.
- E o café
- Melhor que o da Brew Magic – disse ele, enfático, pegando-a pela cintura e erguendo, sem esforço, para colocá-la no assento de couro.
- Você é um pervertido por comida – ela caiu na gargalhada.
- Culpado – ele admitiu prontamente, ao travar o cinto de segurança dela. – Não somente foi a melhor comida que já comi, mas foi você que fez pra mim.
- Ninguém nunca cozinhou para você?

Ele sacudiu a cabeça, quando seu olhar cruzou com o dela. – Nós tivemos uma cozinheira, lá em casa, quando éramos pequenos, mas era o trabalho dela. Isso foi diferente. Você fez porque quis.

Não era de se admirar que ele viesse à cidade para comer, toda noite. Jared realmente não sabia cozinhar. Isso era incrivelmente irônico, já que ele certamente era um homem que adorava seu café, doces, e comida. Ela estendeu a mão e afagou o rosto dele. – Eu vou cozinhar tudo que você quiser. – Ela sabia que Jared Sinclair não admitia nenhuma fraqueza e não iria provocá-lo por não saber cozinhar. Deus sabia que ele fazia todo o restante com perfeição. Parecia até maldade que ela tivesse feito algo tão simples para ele, e ela sentiu um aperto no coração, por todas as pequenas coisas que Jared nunca tivera, o vazio em sua vida sem carinho. Tristemente, ela tinha a impressão de que ele estava certo. Nenhuma das mulheres em sua vida estava muito interessada em nada além de seu dinheiro. Talvez, ele mesmo procurasse essas mulheres, mas parecia muito injusto que ele estivesse tão disposto a dar e não recebesse nada além de uma transa relutante como compensação.

- Você pode se arrepender de dizer isso. E se eu exigir tudo?
- Então, você terá – ela disse, inflexível. – Você merece.

Ele mergulhou a mão nos cabelos dela e a puxou para um beijo delicado e emotivo, um beijo devastador que a deixou sem fôlego.

Ele beijou com deleite, profundamente, antes de soltá-la. – Minha pequena tigresa. Tão disposta a me defender, não é?

- Enquanto você merecer – ela respondeu, inclinando a cabeça para olhar para ele.

Uma expressão assombrada surgiu no rosto dele, antes que ele perguntasse – Está com fome?

- Tenho um monte de comida em casa. E toneladas de sobras de bolo de mirtilo.

Ele a beijou na testa e se endireitou. – Então, vamos para casa.

Mara suspirou depois que Jared fechou a porta e foi até o banco do motorista. Não havia nenhum lugar que ela desejasse estar, contanto que fosse com Jared.

Ela segurou o tigrinho de pelúcia no colo, por todo o trajeto de volta até a Península, percebendo que uma coisa tão pequena realmente significava muito.

Capítulo 12

Naquela semana, a feira foi um grande sucesso para Mara. Ela acabou preparando três vezes mais produtos do que geralmente fazia, mesmo com tempo limitado, e vendeu tudo em apenas algumas horas. Jared trabalhou ao seu lado, cuidando de tudo que tinha de ser erguido, ou deslocado, fazendo com que ela ficasse sentada na caçamba, enquanto ele trabalhava. Seu tornozelo estava se fortalecendo, quase voltando ao normal, mas ele ainda insistia que ela poderia se machucar novamente. Ela dava as instruções, enquanto ele trabalhava, e embora ele apenas deixasse que ela fizesse pouco trabalho físico, eles conseguiram trabalhar em equipe.

Os pedidos de lojas da cidade e de restaurantes como o Sullivan's começaram a chegar. Ela e Jared fizeram as entregas depois da feira, os lucros foram bem mais altos do que ela jamais tivera com seus produtos. Não era dinheiro grande, mas era um começo positivo pra ela.

O problema veio no dia seguinte, quando ela tentou dar a Jared metade do lucro.

- Não – ele resmungou. – Os lucros podem voltar para o negócio. Eu não preciso, nem quero o dinheiro. Você precisa se pagar, depois colocar o dinheiro de volta no negócio, para continuar tocando. Em breve, o website estará funcionando.

Mara revirou os olhos, puxando os pontos da bainha do vestido de dama de honra de Kristin, trabalhando nos ajustes que a peça precisava, para se ajustar ao seu corpo que era bem mais cheio. Eles tinham ido pegar na casa de Kristin, a caminho de casa, na volta da feira, e a expressão furtiva no rosto de sua melhor amiga não passou despercebida, quando ela apresentou Jared a Kristin. Graças a Deus que Kristin não disse nada. Ela só deu uma piscada para Mara, quando lhe entregou o vestido.

- Você tem que assumir um acordo justo, Jared. – Já tinha passado da hora que eles discutissem as questões do negócio. Eles precisavam de um contrato logo, um plano de negócios que fosse justo com ele. Ela não dava a mínima se ele não precisava do dinheiro. Para que ela sentisse ter realizado algo grandioso, ela precisava que fosse feito de forma profissional.

- Eu já lhe dei as minhas condições – ele lembrou-a, lançando um olhar teimoso, de onde estava, na poltrona reclinável, de frente pra ela.

Eles tinham acabado de jantar e ele estava trabalhando em seu laptop, enquanto ela fazia as alterações em seu vestido. Jared passava cada vez mais tempo na casa de hóspedes, lentamente levando alguns itens pessoais para a residência, e deixando por lá. Não que ela se importasse. No instante em que ele voltava para a mansão, à noite, ela se sentia solitária. Ela estava ficando acostumada com sua companhia, ansiava para tê-lo perto, quando ele ia embora. Ela tampouco deixara de notar que ele estava lentamente substituindo todos os seus pertences por coisas novas, trazendo um novo computador, dizendo que estava lá de bobeira, sem uso. Nada coincidência, era o fato de estar novinho em folha, na caixa e ser de primeira linha. Ele também parecia tão satisfeito consigo mesmo, toda vez que lhe dava alguma coisa nova, que ela não tinha coragem de recusar. E ela precisava. Mas toda essa atenção a deixava estranhamente chorosa. Nenhum cara jamais quisera fazer coisas para ela, nem tinha antevisto suas necessidades. Isso parecia estranhamente... bom.

No entanto, o negócio era uma coisa totalmente diferente e ela estava disposta a ser linha dura, se fosse preciso. E ela sabia que teria que ser. – Seu irmão me fez uma oferta. – Droga! Ela realmente não queria ter que lançar mão dessa carta, nem jogar joguinhos com Jared, mas o homem era teimoso e não lhe deixava muita opção.

- Ele o quê? – Jared perguntou, cauteloso.

- Ele me fez uma oferta para ser meu sócio. Completo, com um contrato e controle da maioria das ações. Se eu e você não fecharmos um acordo, eu vou aceitar – disse ela, tentando não olhar nos olhos dele.

- Você não vai fazer negócio com o Evan. Ele é um tubarão. Vai comê-la viva, sem pensar duas vezes – Jared disse, rispidamente. – Não importaria para ela, se o dinheiro não fosse nada para ele. Ele é um perfeccionista. Vai passar todos os minutos do dia mandando em você, fazendo-a trabalhar até cair.

- Mas seria um acordo justo. E eu não me importo em trabalhar duro.

- Seria em favor dele. Sempre é.

Mara sacudiu os ombros. – Um investidor majoritário tem o direito de controlar.

- Eu não quero que ele controle você – ele gritou, agora zangado.

- Ele não iria me controlar. Ele estaria no controle do negócio.

- Não.

- Então, elabore um contrato justo – Mara insistiu, finalmente olhando para ele, inflexível. – Isso não é justo, Jared. – Ela tinha de ser forte. Isso era um acordo de negócio.

- A vida não é justa, Mara. É justo que monetariamente eu sempre tenha tido tudo e você não teve nada? É justo que você tenha perdido a sua mãe tão jovem e passado a maior parte da sua vida adulta cuidando dela? É justo que você seja tão talentosa, mas não possa ser dona de seu próprio negócio? Nada dessa merda é justo. Pela primeira vez na minha vida, eu só quero ajudar. Deixe-me fazer isso. – O olhar dele era intenso, seus olhos estavam enevoados de frustração.

Mara quase cedeu. Por baixa da fachada envernizada de sofisticação de Jared havia o coração de um homem generoso. No entanto, ela não podia ceder a isso. Jared falava firme, mas ela estava bem certa de que muita gente já tinha se aproveitado dele, no passado. Ela não seria mais uma mulher a usá-lo. – Faça o contrato, ou eu estou fora. Entendo que o dinheiro não valha nada para você, mas vale algo para mim. Não é ético e eu não posso conviver com isso.

Ele a olhou de cara feia, silencioso, por um bom tempo, antes de responder – Tudo bem. Eu vou fazer o maldito contrato. Contanto que você não faça negócio com meu irmão – ele disse. – Está feliz?

Ela parou com o fingimento de estar trabalhando no vestido e o soltou no colo. – Sim. – Eu estou muito empolgada com esse negócio. A única coisa que me incomoda é que estava injusto com você. Quero que nós sejamos sócios iguais, uma vez que a coisa decole.

- Que mulher se preocupa em ser justa com um bilionário? – Jared resmungou.

- Eu não estou lidando com o negociante bilionário, nesse momento. Estou lidando com alguém importante pra mim – ela lhe disse. Sabendo o quanto era importante que eles tirassem outro fantasma do caminho, ela perguntou, baixinho – Algum dia você vai me contar como os seus amigos morreram?

A expressão dele ficou sombria, conforme ele fechou o laptop e o pôs de lado. – Eu os matei. Eu já lhe disse isso.

- Como? – Jared desesperadamente precisava se livrar de sua culpa e superar a dor, e Mara se sentia bem próxima dele agora, para forçar. Ela faria tudo que pudesse para libertá-lo da prisão que ele construíra para si mesmo. Ela não fazia a menor ideia do que tinha acontecido, mas não tinha dúvidas de que ele não merecia carregar a culpa que carregava há anos. Evan tinha dito que Jared havia mudado depois da morte dos amigos, e ela queria que ele se encontrasse novamente. Por mais que ele dissesse baboseiras de ser um babaca, no fundo, ele não era.

- Sendo jovem, imbecil e imprudente – ele disse, secamente. – Porque eu era um babaca egoísta.

Mara não acreditava nisso, nem por um minuto, mas ela levantou, o vestido em que trabalhava deslizou silenciosamente e caiu no carpete, e ela caminhou até ele, sem conseguir conter-se. Ela rapidamente sentou em seu colo e Jared passou os braços em volta de sua cintura, aninhando-a junto ao peito, enquanto ela pousava a cabeça em seu ombro. – Conte-me.

Por um instante, ele não falou nada. Só ficou abraçado a ela, como se ela fosse a coisa mais preciosa de sua vida. Hesitante, ele começou a falar. – Aconteceu logo depois que Alan e eu nos formamos da faculdade. Ele não era rico e pegou muitos empréstimos estudantis para conseguir se formar. Eu tinha o dinheiro para investir o capital do negócio e ele queria fazer parte. Nós dois adorávamos casas antigas, queríamos restaurá-las, trazendo-as de volta ao seu estado original. Eu não estava brincando, quando disse que já tive uma caminhonete de trabalho como a sua. Eu comprei algumas casas antigas, quando ainda estava na faculdade, e nós passamos muito tempo restaurando-as. Só decidimos tornar isso um negócio de verdade, em nosso último ano de faculdade. A fase de planejamento ainda não tinha terminado, mas nós estávamos trabalhando nisso. Selena e eu namoramos ao longo da faculdade, e ela ainda tinha um ano para se formar. Eu apresentei os dois e eles já se conheciam havia vários anos, quando o Alan e eu nos formamos. Eu não tenho ideia de quanto tempo eles já vinham transando. – Jared parou, um momento, e engoliu em seco. – Nós todos fomos a uma festa de 4 de Julho, no verão após eu e o Alan nos formamos. Praticamente todo mundo estava bêbado, menos eu. Naquela época, eu não era de beber. Meu pai foi um bêbado e a última coisa que eu queria era ser como ele. Então, eu me ofereci para ser o motorista. A festa estava embalada, quando eu percebi que Selena e o Alan tinham sumido. Fui procurá-los e os encontrei transando, no quarto, no andar de cima. – Jared parou de falar, respirando ofegante, como se estivesse revivendo a experiência.

Mara afastou seus cabelos da testa. Os olhos dele estavam fechados. – Não pense nisso. O que aconteceu *depois* que você os encontrou? – Ele parecia tão vulnerável que ela quase quis parar toda a conversa, mas ela precisava que ele falasse a respeito, por mais doloroso que fosse.

- Eu fui embora – ele admitiu, com a voz embargada. – Eu parti e eles acabaram pegando uma carona com um aluno bêbado. Eles bateram logo depois que saíram da festa. O motorista estava correndo demais, saiu da estrada e bateu numa árvore. Todos três morreram na hora. – A voz dele ficou mais forte, mais zangada. – Eu deveria ser o motorista deles. Deveria tê-los levado para casa, em segurança. Eu fiquei injuriado e nem pensei sobre como eles iriam para casa.

Ela sentia um aperto no coração, por ele estar tão disposto a assumir a culpa que não era dele. – Não foi culpa sua, Jared. – Ela puxou a cabeça dele junto ao seu peito e o embalou, como se ele fosse uma criança. – Sua reação não foi diferente da reação de qualquer pessoa que fosse traída. Eles eram adultos. Ninguém os forçou a entrar no carro. Eles poderiam ter chamado um táxi. O que aconteceu foi um acidente trágico, mas nada disso é culpa sua. Eles estavam muito bêbados?

- Pouco acima do limite permitido pela lei, segundo o exame de sangue. O motorista estava completamente embriagado.

- Então, eles ainda poderiam ter tomado a decisão correta, mas não fizeram. Ninguém pode culpá-lo pelo que aconteceu e você não pode se culpar. – A voz de Mara era suplicante. Ela tinha que conseguir fazê-lo assimilar, fazer com que ele realmente acreditasse que não ele não era responsável. Agora, o tormento dele era evidente e vê-lo assim era insuportável para ela.

- A mãe dela me culpou – ele respondeu, sério. – Ela sempre gostou de mim, me achou bom para Selena. Ela era grata porque eu estava ajudando a filha a estudar. Até o enterro. Ele me disse que eu matei sua filha e que torcia pra que eu fosse pro inferno. Ela nunca soube que eu já estava lá.

Ai, meu bom Deus. A mãe de Selena nem soube. – Você não disse a ela o que realmente aconteceu – Mara disse baixinho, com o coração aos pulos, enquanto seu cérebro trabalhava, furiosamente, destrinchando o que havia acontecido.

- Eu não podia dizer a ela. Não podia contar para ninguém – Jared disse. – Ela só sabia que eu tinha ido embora da festa sem a sua filha. Havia amigos de sobra que me viram sair. Só havia três pessoas que sabiam o que realmente aconteceu, por que eu fui embora, quando não deveria, e duas delas estavam mortas – ele disse, com a voz falhando. – Como eu poderia dizer à mãe dela que ela estava transando com outro homem, depois que a Selena já estava morta? Era a filha dela. Eu não poderia deixá-la com essa lembrança da filha. Foi melhor deixar que ela pensasse que eu matei Selena e Alan, sem mais detalhes. Isso realmente não tinha importância.

- Você não os matou – Mara respondeu zangada, na defensiva. Meu Jesus, Jared tinha levado a culpa sozinho, bondoso demais para contar à mãe da namorada, ou a qualquer outra pessoa que ele tivera um motivo legítimo para ir embora, naquela noite. A completa abnegação que foi necessária para que Jared assumisse toda a culpa e fizesse com que todos guardassem boas lembranças de duas pessoas que haviam sido levadas tão jovens, foi algo que quase fez seu coração sair do peito de empatia por ele. Jared era jovem, mas ainda recebeu toda a crítica, toda culpa, para encobrir dois jovens mortos que o haviam traído de todas as formas.

- Eu se tivesse ficado...

- Você não sabe o que teria acontecido. Eles teriam ficado constrangidos. Eles sabiam que você os viu?

Ele assentiu lentamente. – Sim. Selena me viu.

Eles não teriam ido com você, de qualquer jeito, Jared. Por favor, acredite. Jesus, ele tinha sido tão determinado em assumir a culpa e deixar que todos vivessem seus lutos, que realmente se convenceu de que era verdade, de que ele realmente havia sido responsável pelas mortes. Só em pensar na mãe da namorada condenando Jared ao inferno, quando ele estava tentando poupá-la e a outras pessoas próximas de Selena e Alan de mais dor, fez com que lágrimas de fúria brotassem nos olhos de Mara. Parecia que seu coração estava sendo arrancado de seu peito, enquanto ela imaginava o que aquela época deve ter sido pra ele. Ele estava sozinho, sem uma alma viva com quem conversar sobre sua própria tristeza e a traição. Foi por isso que ele caiu na bebedeira, a dor emocional foi tão severa que ele precisou fugir.

- Você realmente acha que eles teriam calmamente ido para casa, com você? – ela finalmente perguntou.

- Eu não sei – ele respondeu. – Eu não sei.

- Você precisa parar de se culpar. Eles fizeram uma série de más escolhas. Nenhum deles merecia morrer. Mas você não sabe se as coisas teriam terminado de outra forma e a sua reação foi perfeitamente normal. Eu teria feito a mesma coisa. Eu teria ficado muito aborrecida e teria ido embora. – Mara respirou fundo, ainda com as lágrimas correndo pelo rosto. Ela achava incrível que mesmo depois de todos esses anos após o acidente, Jared ainda se culpasse. Ele não apenas precisava lidar com a traição e a morte das duas pessoas mais importantes de sua vida, mas ele sentia que precisava assumir a culpa por sua namorada e o amigo terem morrido.

- Eu gostaria de poder acreditar que as coisas não teriam sido diferentes, se eu tivesse ficado e insistido em levá-los de carro.

Que pessoa faz isso? Que cara jovem, tão magoado assim, manteria a cabeça tranquila para calmamente dirigir e levar para casa aqueles que o traíram? – Eles não teriam ido com você. Há quanto tempo você acha que eles estavam envolvidos?

Jared deu um suspiro. – Repensando, eles poderiam estar transando há um bom tempo. Eles não estavam tão bêbados, naquela noite, para que fosse uma ficada de primeira vez e eu os ouvi, antes de vê-los transando. Selena estava dizendo como adorava algumas coisas que Alan fazia com ela. Não era uma coisa nova. – Ele fez uma pausa e respirou fundo, antes de prosseguir. – Eles começaram a fazer coisas juntos, aproximadamente na metade do meu último ano da faculdade. Eu achava que eles eram só amigos e eu estava tentando montar o negócio, portanto, eu estava ocupado. Selena e eu fomos ficando cada vez mais distantes. Eu achei que fosse porque eu estava tão ocupado.

Então, também era culpa de Jared, essa distância entre eles? Ele trabalhava demais, então, a namorada teve que encontrar alguém pra transar?

O incidente todo estava começando a deixar Mara muito injuriada e na defensiva, por Jared. – Por que ela simplesmente não terminou com você?

- A família dela estava feliz por nós estarmos juntos. Ela vinha de uma família que não tinha muito. Depois que nós nos conhecemos, eu ajudei a pagar todas as contas dela, da faculdade. Eles ficaram gratos. Eu acho que a Selena só estava esperando se formar para terminar comigo – Jared disse, secamente. – Ela tinha mais um ano e o Alan não tinha dinheiro para ajudá-la.

Piranha! Mara não sabia se Selena sequer havia gostado de Jared, ou se ele era apenas conveniente para ela, para pagar por sua formação. Mas ela soava como uma aproveitadora. E o assim chamado amigo? Que tipo de cara pega a namorada do melhor amigo, um amigo que estava bancando tudo para iniciar um negócio junto com ele? Certo... nenhum dos dois merecia morrer por ser aproveitador, mas ela gostaria que eles estivessem vivos, para que ela pudesse esbofetear os dois. – Então, essa culpa equivocada fez com que você fosse para o fundo do poço?

O corpo dele ficou tenso. – Que diabo, como você sabe disso?

- O Evan me contou.

- Porra! Ele nunca disse isso para ninguém. Ele me prometeu que não diria. Minha família nunca soube – Jared rugiu. – É, eu caí na bebedeira. Eu só queria esquecer. Porra! Eu só queria me livrar das imagens e dos sons dos dois juntos. Eu queria me esquecer do deboche das famílias deles, dos cochichos por trás das minhas costas. Eu queria me esquecer dos enterros e realmente queria me esquecer que eles tinham partido para sempre, porque eu tinha feito algo estúpido.

- E você se esqueceu?

- Porra, não. E eu odiei o Evan, por um tempo, por me forçar a voltar à realidade.

Ela fazia carinho nele, passando a mão em seu queixo, com a barba por fazer. – Ainda bem que ele fez isso. O que aconteceu?

Mara sabia que tinha parado de lutar contra sua atração por Jared, terminado de tentar se defender para não se magoar. Esse homem havia amado uma vez e tinha sido completamente traído. Desde então, ele só vinha se torturando sobre o que mais poderia ter feito para salvar as vidas das mesmas pessoas que o traíram, e assumiu toda a culpa. Jared podia ter ficado com um monte de mulheres, mas eram mulheres que não ligavam para que demônios se escondiam dentro dele. Ela ligava. E se abrir completamente o seu coração pra ele fosse a única maneira de curar esses ferimentos, ela o faria. Ela não se importava mais em arriscar. Ela só se importava... com ele.

- Eu não me lembro da maior parte daqueles meses – Jared admitiu, numa voz hesitante. – Toda vez que eu acordava, eu começava a pensar, então, eu me embebedava outra vez. Pra mim, foi um tempo perdido, até que o Evan apareceu.

Mara nem precisava perguntar como o Evan tinha ficado sabendo que Jared precisava dele. Embora o irmão mais velho de Jared tentasse agir como se não ligasse para ninguém e para nada, ele parecia ter um modo quase que assustador de saber o que estava acontecendo nas vidas de seus irmãos. – Então, ele chegou e o colocou sóbrio?

- Na marra – Jared resmungou. – Ele me jogou no chuveiro, porque disse que eu estava fedendo. Uma equipe de limpeza apareceu quase que instantaneamente, e começou a fazer uma faxina no meu apartamento, e ele me forçou a beber café e botou comida pela minha goela abaixo. Ele sumiu com tudo, até a última gota de álcool que eu tinha em casa. Acho que o principal que me lembro, foi que ele ficou, embora me atormentasse, dia e noite.

- Amor durão – Mara murmurou.

- Com o Evan, eu acho que não existe outro tipo – Jared resmungou.

- Quanto tempo?

Jared sacudiu os ombros. – Semanas. Ele se apossou do meu escritório e trabalhava, mas nunca me deixava sozinho.

Mara podia imaginar os dois irmãos rabugentos, na companhia um do outro, estrilando entre eles, e se importando, mutuamente. – Seus irmãos o amam, Jared.

- Eles nem me conhecem mais – ele disse. – Não sabem o que aconteceu, nem como eu fui ingênuo e egoísta.

- O Evan sabe e ele ainda se importa. – Mara ainda se lembrava das palavras de Evan, alertando que ele nunca mais gostaria de ver Jared sofrendo como ele havia sofrido depois da morte dos amigos. – Eu não sou um de seus irmãos, mas eu sei e ainda me importo.

Jared passou as mãos nos cabelos dela e inclinou sua cabeça abaixo, para cruzar com seu olhar. – Você se importa? Pode realmente olhar para mim e não enxergar um babaca irresponsável e egoísta, que matou seus amigos?

Mara virou e sentou em cima dele, com uma perna de cada lado da poltrona. – Sim – ela disse, verdadeiramente, olhando nos olhos dele. – Você precisa parar de se torturar. Por favor. O acidente não foi culpa sua. – Mara passou os braços em volta do pescoço dele e afagou os cabelos na nuca. – Eu lamento que eles tenham morrido. Eles eram muito jovens e isso é triste. Mas você não pode ser culpado.

- Você se importa? – ele perguntou, hesitante. – Comigo? Mesmo depois do que eu acabei de lhe contar? – Ele parecia afetuosamente confuso.

- Eu me importo, sim – ela sussurrou baixinho, engolindo um bolo imenso que tinha na garganta. – Não vou tentar mais me proteger para não me magoar, e nunca serei menos que honesta quanto à maneira como me sinto. Eu admiro a forma como você saiu da escuridão e se tornou ainda mais bem sucedido. Sinto por você, porque ter aberto mão da paixão e de seus sonhos de restaurar casas antigas, por lembranças ruins. E o fato de você ter assumido a culpa para que outros pudessem guardar suas lembranças felizes é algo que me mata. – Mara estava bem certa de que não havia muita gente que fazia o que Jared fizera. Honestamente, provavelmente foi a coisa certa a fazer, com uma mãe que havia perdido uma filha, mas ela odiava que ele tivesse sido o bode expiatório. Ela realmente gostaria que a mãe de Selena não tivesse ficado tão desesperada para ter alguém a culpar, a ponto de fazer de Jared o vilão, principalmente depois do que ele fizera por sua filha.

- Foi o Evan que me levantou de novo.

Ela brincava com uma mecha dos cabelos dele. – Foi *você*. Evan acabou o deixando sozinho pra fazer o que quisesse. Você poderia ter voltado a se afogar na bebida. Não o fez. É preciso muita força para escolher mudar sua vida. Você fez isso e construiu um dos mais bem sucedidos negócios do mundo. – Se ela conseguisse fazer somente uma pequena fração do que Jared fez para mudar sua vida, depois da tragédia, ela ficaria grata.

Jared olhou o rosto dela, com uma expressão desesperada, antes de puxá-la para um beijo.

Mara suspirou em seus lábios, se abrindo para ele, retribuindo o beijo e recebendo a língua que mergulhava em sua boca. Ele a beijou ofegante, enquanto ela deslizava as mãos abaixo, para desabotoar sua camisa.

- O que você está fazendo? – ele perguntou, ao recuar de seu abraço voraz, com a voz falhando de desejo.

- Seduzindo você. Na verdade, eu nunca fiz isso, então, seja paciente comigo – ela pediu, numa voz provocante. Ela sentia sua ereção rija como uma rocha, roçando em suas nádegas, querendo se libertar. Mara não estava mentindo. Ela nunca tinha realmente seduzido um cara. Em sua experiência limitada, os dois só tinham se despido e ido direto ao ponto. Francamente, sua experiência sexual antes de Jared tinha sido há tanto tempo e tão pouco memorável que ela nem sabia dizer como começou.

Nesse momento, tudo que ela queria era fazer algo por Jared. Não faria sua dor desaparecer completamente, mas ela esperava poder fazê-lo entender, dessa vez. De forma alguma, ela o deixaria viver dessa maneira. Ele estivera presente para ela. Agora, ela queria estar ali para ele, de qualquer forma que o convencesse de que ele era especial. Especial demais.

Depois de abrir sua camisa desabotoada, ela suspirou desejosa. – Você é tão bonito, Jared. – Ele certamente se exercitava para manter o físico e isso era notório em todos os seus músculos do peito e abdômen. – Tão lindo. – Inclinando-se abaixo, ela mordiscou o mamilo dele e lambeu, ao deslizar entre as pernas dele, no chão. Apalpando-o, por cima do jeans, ela sorriu junto ao peito dele, enquanto ele gemia, adorando a forma como seu corpo reagia ao toque dela.

- Não tenho muito controle agora – Jared alertou, enquanto as mãos dele mergulhavam nos cabelos dela.

Exatamente! Mara queria minar seu controle, fazer com que ele entendesse que não precisava disso. Quando eles estivessem juntos, não. Ela deslizou o dedo pela trilha de pelos que desciam até o que ela sabia ser um pau imenso, e ergueu os olhos para ele, por um instante. – Se isso for como planejado, em alguns minutos, você não terá controle algum.

Capítulo 13

A cabeça de Jared bateu no encosto da poltrona reclinável. Ele fechou os olhos e torceu para não acordar de um sonho fantástico e erótico, antes de ter a chance de transar com a mulher que estava ali, entre as suas coxas. Jesus, como ele precisava dela, precisava de seu calor o envolvendo, nesse momento.

Talvez eu esteja, mesmo, tendo um sonho erótico.

A atenção que Mara estava dando ao seu corpo era intensa demais, surreal demais, era tudo demais para realmente estar acontecendo. A forma como ela o tocava – como se ela realmente não quisesse nada além de acariciá-lo, como se ela precisasse sentir o corpo dele sob seus dedos – isso o deixava completamente maluco. Era real e profundamente viciante.

A confusão e o arrebatamento torturavam seu cérebro. Como ela poderia querê-lo tanto assim, ainda estar disposta a tocá-lo, depois do que acabara de saber? Como ela podia não culpá-lo pelas mortes de seus amigos? Como isso podia estar acontecendo?

Está acontecendo. Parece exatamente como a última vez, só que melhor, porque agora ela está tentando me seduzir com a mente totalmente limpa. Não estava acontecendo por ela estar desesperada para esquecer alguma tragédia, ou porque estava tentando escapar. Ela simplesmente queria... satisfazê-lo, seduzi-lo a um estado de desejo. Como se ele precisasse de algum incentivo. Seu pau estava sempre pronto para Mara, mesmo quando ela não estava fazendo nada para provocá-lo. Tudo que ela precisava fazer era sorrir... ou respirar, porra, e seu pau já ficava duro que nem pedra.

Ele estremeceu quando as palmas da mão dela foram descendo por seu peito e barriga, a sua respiração falhou, quando ele sentiu que ela pegava insistentemente nos botões de seu jeans. A determinação feroz que ela demonstrava em chegar até seu pau era a coisa mais excitante que ele já tinha vivenciado. Quando ela o pegou, segurando firme, Jared quase pulou da cadeira. – Pro quarto. Agora. – Se ele não entrasse nela nesse instante, ele iria acabar constrangido, bem ali, na poltrona.

- Não – ela disse, veemente. – Eu quero sentir seu gosto. Aqui. Agora.

Puta. Merda.

Controle.

Controle.

Controle.

Os olhos dele estavam alucinados de desejo e pavor. Seu mantra não estava funcionando e o domínio que ele habitualmente tinha sobre seu corpo e suas emoções rapidamente o abandonava.

É o jeito como ela me toca.

É a força com que ela me move, *de uma maneira como mulher alguma jamais fez.*

Mara o matava, com sua vontade de cuidar dele, mesmo depois de saber que cretino ele havia sido, anos antes. Porra, ele ainda era um cretino, mas ela ainda estava se dando para ele. Ele sabia que não a merecia, mas tinha perdido a capacidade de resistir ou recuperar o tal controle tão importante.

- Não vou aguentar – ele disse, com os dentes cerrados. Nunca houvera uma mulher que quisesse chupar um homem de seu tamanho, e isso era muito importante para ele. Ele gozava, de qualquer jeito, mas isso... isso era diferente. Estranhamente, parecia que Mara realmente queria fazer isso, era como se ela estivesse morrendo para saborear seu pau. Era a coisa mais erótica que ele já tinha experimentado.

- Não me importa quanto tempo você aguenta. Eu só quero que você aproveite – ela disse, sincera. – Você é tão grande, Jared. Está tão duro.

A resposta dela o pegou desprevenido, a adoração estava clara em sua voz. Foi como uma explosão no peito, o fato de que Mara o estivesse aceitando exatamente como ele era. Correção... na verdade, ela parecia gostar dele, exatamente como ele era. Sua aceitação incondicional foi a perdição de Jared.

O primeiro toque dos lábios dela trouxe um prazer tão forte que foi quase dolorido. Ele tentava não puxar os cabelos dela, tentando mergulhar no calor úmido entre seus lábios, recebendo tudo que ela tinha a dar. Ele a segurou pelos cabelos, com o punho fechado, quando ela deixou um rastro de fogo na cabeça de seu pau, e começou a chupá-lo.

Controle. Eu não vou querer machucá-la, quando ela está me dando algo que nenhuma outra mulher jamais deu.

Foi difícil demais não perder o domínio, quando ela segurou os testículos com seus dedos macios, afagando devagarzinho, sem parar de sugar o pau, levando até o fundo, o mais fundo possível. Cada nervo do corpo de Jared latejava, implorando alívio. O suor começou a minar no rosto dele, enquanto Mara segurou bem na raiz do pau e começou a mexer, sem parar de chupar.

Ele abriu os olhos e viu aquela cena erótica dela entre as suas coxas. Os olhos dela estavam fechados, como se ela estivesse se deleitando com cada lambida, cada chupada, e a visão carnal despertou uma reação tão forte que Jared teve que fechar os olhos. Ele recostou a cabeça na poltrona e desistiu de relutar.

Passou a deleitar-se com cada movimento da língua dela, cada vibração que os gemidos dela causavam em seu membro. – Que gostoso, meu benzinho. Que tesão – ele rugia, enquanto ela chupava com mais força, mexendo mais depressa. Ele afagava sua cabeça no ritmo, ignorando seu instinto primitivo de lançar os quadris acima. Pela primeira vez em sua vida, ele se soltou completamente, confiando nela para lhe dar um prazer completo. – Me faz gozar, meu benzinho – ele incentivava, com uma voz visceral. – Me chupa com mais força.

Ela reagiu imediatamente, aumentando a sucção e o ritmo, até que a cabeça de Jared estava quase explodindo... na verdade, as duas cabeças. Ele arqueou os quadris instintivamente, quando a tensão aumentou, de um jeito insuportável. – Ai, porra, é... – ele gemia. – Eu vou gozar.

- Mmm... – ela gemeu com ele na boca.

A vibração foi o que o fez disparar e seu corpo inteiro pulsava com o gozo poderoso que explodia, em cada fibra do seu ser. – Mara! – Ele agarrou seus cabelos com mais força do que pretendia, ofegante, enquanto ela o tragava, deixando-o saciado, suando.

Puta. Que. Pariu.

Ele abriu os olhos e viu quando ela lentamente foi subindo por seu corpo, tracejando seus músculos do abdômen e peito com a língua, antes de se acomodar cuidadosamente de volta em seu colo.

Ela estava linda, ao lançar-lhe um olhar travesso e tentador, seus cabelos em desalinho e seus lábios molhados. Passando um braço em volta de sua cintura e o outro por trás de sua cabeça, ele a trouxe para beijar sua boca talentosa, saboreando o gosto dele mesmo nos lábios dela, enquanto as emoções o bombardeavam.

Eu preciso demais dela.

Seu coração inflou quando ela reagiu tão carinhosamente, tão espontaneamente, que foi difícil Jared tirar os lábios dela. – Você acabou de sacudir o meu mundo – ele admitiu baixinho, olhando em seus olhos sensuais e escuros. As palavras eram brandas demais para o que ele realmente estava sentindo, mas ele não sabia de que outro modo dizer.

Ela abaixou a testa junto a dele, e delicadamente afastou os cabelos para trás. – Que bom – respondeu ela, parecendo vulnerável e aliviada. – Eu tinha medo de não fazer do jeito que você geralmente gosta.

- Eu não gosto de alguma maneira, em particular. Isso nunca tinha acontecido. – Ela lhe dera algo especial. Ela era especial. O mínimo que ele podia fazer era jogar fora o seu orgulho másculo e dizer-lhe a verdade.

Erguendo a cabeça, Mara olhou pra ele, perplexa. - Mas você teve uma porção de mulheres...
- Eu transei com uma porção de mulheres, Mara. Mas nenhuma delas quis me chupar. – Geralmente, Jared imaginava que elas só queriam gozar e conseguir o que quisessem dele. Esse era o tipo de mulher que ele geralmente arranjava. Elas eram seguras. Ele sabia o que esperar e ele sabia o que tinha de dar, em retribuição. Ele não fazia ideia, exatamente, do que fazer com uma mulher como Mara.
– E eu não transei com todas as mulheres com quem fui fotografado. Muitas delas são apenas acompanhantes casuais, em eventos de caridade. Ao contrário do que muita gente pensa, eu não sou um absoluto galinha. Tive minha porção de mulheres, mas geralmente fico longe de mulheres meigas como você.

Ela lançou um olhar intrigado. – Por quê? Você merece uma mulher que se importe com você.

Jared não tinha resposta e olhou para Mara com um olhar sombrio. Ele levou um momento para responder. – Talvez eu ache que não mereço esse tipo de mulher. – Inconscientemente, ele provavelmente sempre buscou aquilo que achava merecer, depois de ter sido responsável pelas mortes de duas pessoas.

Ela o beijou carinhosamente na testa e passou os braços em volta de seu pescoço. – Você merece, sim – ela murmurou, afetuosa. – Eu acho que você precisa e provavelmente tem mais direito a isso do que muitos homens. Você é especial, Jared.

Ele levantou, levando-a com ele, antes de deitá-la no chão e esparramar-se por cima dela. – E você? Você merece muito mais do que eu. Você passou a maior parte da sua vida cuidando de outras pessoas, ignorando suas próprias necessidades. – Porra, Mara era a pessoa mais abnegada que ele já tinha conhecido.

Rapidamente se recuperando da mudança de posição, ela sorriu para ele, acima. – Você é muito mais gostoso que eu – ela brincou, novamente passando os braços em volta do pescoço dele. – E muito mais difícil de resistir.

Jared engoliu em seco, ao se ajoelhar entre as coxas dela e impacientemente tirar a camisa e jogar de lado. – Se você acha isso, você não está vendo o que eu vejo, nesse momento. – Tudo nela era impossível de ignorar. Ela era uma tentação e um anjo. Era danada e inocente. Seus olhos escuros eram insondáveis, profundos, repletos de emoção e ela tocava Jared de maneiras que o apavoravam. Ela era uma tentação além de sua capacidade de controle e ela lhe pertencia. Minha.

Evan estava certo, ele precisava assumi-la completamente, antes que outra pessoa o fizesse.

- Preciso de você nua. Agora. – A possessividade o tomou e ele precisava fazê-la tremer de desejo até que ela não conseguisse pensar em mais nada, só nele.

Ela não reclamou ao sentar e ele tirou rapidamente a sua roupa, com o coração disparado, ao finalmente deixá-la espalhada no tapete, completamente nua.

- Como eu disse... eu não sou gostosa como você – ela murmurou, ficando vermelha, enquanto Jared a olhava.

- Meu benzinho, você não faz ideia do quanto você é realmente sexy. – Ele estava com a boca seca e seus olhos adoradores percorriam o corpo dela. Seus mamilos cor de framboesa estavam rijos, e o chamavam. Sua pele cor de marfim era irretocável e seu corpo curvilíneo o convidava a percorrer cada pedacinho. – Eu quero lamber cada centímetro de você.

Ele levantou e tirou o jeans e a cueca, e jogou para o lado, impaciente.

- Jared, eu...

- Shh... - Ele pôs os dedos sobre seus lábios, ao descer sobre ela. Mara parecia constrangida e lindamente excitada. – Eu quero experimentar você, do mesmo jeito que você quis fazer comigo. Provavelmente, mais.

- Eu nunca...

Ele pressionou os dedos sobre os lábios dela, com mais força – Você vai. E vai gemer meu nome, ao mesmo tempo. Eu preciso fazer você gozar. – Ele já sabia que nenhum homem jamais pusera a cabeça no meio das coxas dela e adorava saber que seria o primeiro. Sem dúvida, a única coisa que ela experimentara fora algum garoto desajeitado que a deixou que ela o chupasse, mas não lhe deu nada em troca, a não ser uma transa incompetente. – Relaxe e desfrute, meu benzinho. Eu sei que você vai gostar. – Ele mal podia esperar para tocar sua pele macia, lambê-la até que ela chegasse ao orgasmo. Essa criatura generosa, inteligente e deslumbrante, diante dele, agora era sua, e ele faria questão que ela implorasse por clemência antes que ele terminasse. A partir de agora, ele precisava que ela se lembrasse dele e de mais nada.

Nenhum outro homem tocaria nela, nunca mais!

Ela. Me. Pertence.

As palavras se repetiam em sua mente, enquanto ele começava a se concentrar em fazer com que ela se esquecesse de qualquer pessoa que tivesse existido antes dele.

O primeiro toque dos lábios dele fizeram Mara gritar incoerente, seu corpo tão pronto para Jared que quaisquer inibições que ela tivera já tinham sumido. Ele a olhava como se ela fosse uma deusa, com os olhos em fogo, percorrendo o corpo dela. Nenhum homem jamais a olhara com tanto desejo como ela via no rosto dele e isso aumentou a excitação dela, chegando à insanidade carnal.

Gemendo ao sentir a língua dele passando por seu sexo e lambendo de cima a baixo, Mara mergulhou as mãos nos cabelos dele, incitando ainda mais. Ele abriu as coxas dela, bem devagar, enquanto saboreava cada momento do tesão dela. – Mais, Jared, por favor.

- Seja paciente, meu benzinho – ele gemeu, junto à pele rosada. – Isso vai tornar seu orgasmo muito mais gostoso.

- Eu já quero agora. Juro – ela disse, pronta para perder a cabeça, enquanto ele passava a língua em seu clitóris, bem de leve, e ela lamuriava. Não estava nem perto de ser o bastante.

Mara achou ter ouvido um riso baixinho, vindo dele, mas estava enfeitiçada demais pelo toque de sua boca para realmente decifrar o que estava acontecendo. Ela se sentia exposta, estilhaçada de um jeito que nunca tinha estado. Tudo que ele estava fazendo era muito mais íntimo do que ela jamais havia vivenciado, e seu corpo tremia de desejo.

Jared provocava, passando a língua em seu ponto sensível que implorava atenção. Ele provocava, lambendo toda a região sensível, abrindo-a com os dedos, deixando-a totalmente aberta pra ele.

- Sim – ela disse, quando ele finalmente sugou seu clitóris com a língua quente, fazendo mais pressão, dando lambidas fortes que a fizeram erguer os quadris do chão.

Segurando os cabelos dele, ela se contorcia desesperadamente, tentando puxá-lo pra mais perto, para que ele fizesse com mais força. – Não pare. Por favor, não pare – ela pedia, rouca, precisando que ele lhe desse a pressão necessária pra que ela gozasse.

Ela estava perto. Tão perto.

Seu clímax veio no instante em que ele mergulhou dois dedos dentro de seu sexo, buscando um ponto sensível por dentro, acariciando e passando a língua em seu clitóris.

- Jared. Ai, meu Deus. – Mara virava a cabeça loucamente, seu orgasmo vindo com tanta força que era quase assustador. Ela segurou nos cabelos dele, contraindo-se por dentro, prendendo os dedos dele com um espasmo atrás do outro, enquanto se mantinha indefesa à tempestade de sensações que a tomou completamente.

Seu corpo foi lentamente relaxando, o pensamento racional foi voltando devagar, enquanto ela respirava ofegante, deitada no tapete felpudo.

- Você está bem? – Jared perguntou, enquanto subia ao alto do corpo dela, delicadamente passando os dedos em seu rosto. – Eu machuquei você? – A voz dele tinha um tom urgente, aflito.

Mara percebeu que lágrimas haviam escapado de seus olhos e desciam por seu rosto. – Não – ela se apressou em responder, tirando as mãos dos cabelos dele para limpar as lágrimas. Ela passou os braços em volta do pescoço dele para tranquilizá-lo, e o puxou abaixo, para beijá-lo, afetuosamente. – Acho que a sensação foi esmagadora – disse ela, ao finalmente afrouxar o abraço.

- Isso é bom ou ruim? – ele perguntou, curioso, com os olhos intensos observando-a, ansioso.

Afastando os cabelos dele da testa, ela respondeu – Bom. Tão incrível que eu não pude evitar chorar. Acho que acabei de perceber tudo que estava perdendo, por ficar tanto tempo sem ter um cara em minha vida. – Mara tentou falar com leveza, diminuindo a intensidade entre eles, sabendo que não seria *qualquer* cara a aliviar sua solidão e atear fogo em seu corpo. Tinha de ser *ele*. Tinha de ser Jared. – Ou talvez eu só estivesse esperando por você – ela disse, arrebatada pela ferocidade da expressão dele.

- Você estava esperando por mim – ele disse com uma voz rouca, possessiva. – Eu não mereço você, Mara, mas preciso de você.

A expressão atormentada e a emoção de sua voz deram um aperto no coração de Mara. Esse era um lado de Jared Sinclair que ela sabia que ele jamais revelava, no entanto, ele confiava nela, com sua vulnerabilidade. A única mulher que ele havia amado tinha jogado fora a sua confiança, pisado em cima, depois morreu, deixando Jared vazio, sem nada dentro, exceto culpa e tristeza. – Também preciso de você. – Ela suspirou baixinho, sabendo que acabara de dar seu coração a Jared Sinclair. Ela estaria enganando a si mesma, se achasse que poderia lutar contra isso. Desde o instante em que ele havia entrado em sua loja, sua atração por ele foi instantânea. Antes, ela ainda conseguia chamar de cobiça, um bálsamo para a solidão que ela sentira, desde a morte da mãe. Mas ele era mais que isso e ela sabia. Por baixo de sua fachada de "não dou a mínima" estava o coração de um homem sensível e generoso. Um homem incrível, excepcional, que havia sacrificado muita coisa por outras pessoas, incluindo sua dignidade e sua crença em si mesmo.

- Então, se você precisa de mim, pode pegar. Pegue tudo que você quiser. – Ele passou os braços em volta dela e a ergueu acima dele, colocando-a montada sobre seu corpo.

- Eu achei que você não quisesse assim – ela deu um gritinho.

- Ah, eu quero de qualquer jeito que você quiser me dar, mas assim você que controla, e me deixa entrar só quanto você quiser deixar, quando se sentir confortável. A camisinha está no meu bolso.

- Eu pedi à Sarah pra começar a tomar anticoncepcional, quando fui ao seu consultório, para fazer um check-up – ela lhe disse, subitamente sentindo-se tímida. Sarah Baxter, que em breve seria Sarah Sinclair, agora era oficialmente sua médica. Ela vinha frequentando o consultório de Sarah para cuidar do tornozelo machucado e, de agora em diante, iria lá para tudo que precisasse. Mara tinha pedido a Sarah para tomar o anticoncepcional. Talvez ela estivesse inconscientemente sabendo que aquilo que já havia acontecido com Jared voltaria a acontecer. De maneira pragmática, ela dissera a si mesma que era somente precaução, mas seu coração sabia que ela e Jared nunca ficariam distantes um do outro, se fossem trabalhar juntos. Sim, havia outros motivos para usar camisinha, mas ela queria que ele soubesse que ela confiava nele. – Foi no momento certo. Eu estou coberta e estou limpa.

Jared olhava seu rosto, atônito. – Você confia em mim? Tudo bem que eu não tenha estado com tantas mulheres como dizem, mas já transei com muitas, Mara. Não vou mentir para você, em relação a isso. Mas nunca fiz sexo sem proteção e não tenho qualquer doença. Não fiquei com ninguém além de você, desde a última vez que fiz exames.

Ela assentiu lentamente. – Eu confio em você. Você nunca me deu qualquer motivo para que eu não confiasse. Apenas prometa que se você decidir ficar com outra pessoa, você irá me dizer.

Os olhos dele ficaram sombrios, quando ele sentiu como um raio e passou os braços em volta da cintura dela. – Não haverá outra pessoa. Jamais.

Mara disse a si mesma para não acreditar no que ele estava dizendo. Algum dia obviamente haveriam outras mulheres. Ele não ficaria ali pra sempre e eles estavam num momento de paixão. Ainda assim, seu coração disparou com a declaração fervorosa, querendo desesperadamente acreditar que era verdade. Sua forte intuição dizia que ela nunca mais ficaria com ninguém como Jared. – Então, transe comigo, Jared. Agora. Por favor. – Ela se preocuparia com as mudanças no relacionamento deles, quando o momento chegasse. Nada na vida era garantido. Por enquanto, isso tinha tudo a ver com eles, com a cura de Jared, de seus ferimentos tão profundos que não tinham sarado com o passar do tempo.

As mãos dele desceram, possessivamente, deslizando pelas costas dela, agarraram suas nádegas, reposicionando-a para recebê-lo dentro dela. – Você tem que me dizer se machucar.

- Você não vai me machucar. – Mara resfolegou ao senti-lo entrar, mas ainda estava tão excitada e molhada de seu orgasmo que ele mergulhou nela de forma natural, como se eles tivessem sido feitos para se encaixarem, dessa maneira.

Jared gemeu nos cabelos dela, passando a mão por suas costas, e a segurou pelas nádegas, para receber suas investidas. – Você está tão quente, tão molhada. Está tão gostosa que eu não vou conseguir aguentar muito tempo.

Mara sorriu ao passar os braços em volta dos ombros dele, os corpos pele com pele, enquanto ele entrava e saía, repetidamente. A posição era íntima, todas as partes deles se tocavam, enquanto eles voavam cada vez mais alto, juntos. Ela apertou as pernas ao redor dele, deleitando-se com a afinidade que fluía entre eles, sentindo as batidas aceleradas de seu coração junto dela, cada vez que ele entrava e recuava novamente.

Não vou aguentar muito tempo.

O que era essa obsessão de ficar eternamente esperando para gozar?

Controle.

Ela sabia que estava certa. A máscara que ele usava era a de completa autoridade sobre si mesmo e suas ações, um comedimento rígido, provavelmente para compensar por sua decisão emocional que o fizeram sangrar por dentro, há tantos anos.

- Eu não preciso que você demore. Eu só quero você. Preciso de você, Jared. Transe comigo com mais força. – Ela mordeu a lateral do pescoço dele, sabendo que ela o estava desafiando a perder a disciplina e o condicionamento, a parede que ele havia construído ao redor de si mesmo, para se proteger. – Você é tão gostoso – ela dizia, ofegante, em seu ouvido, mexendo sensualmente os quadris, recebendo o pau dele, cada vez mais fundo.

- Não. Posso. Perder. O controle. – A voz dele era visceral e determinada. – Preciso que você goze comigo.

Mara não tinha dúvidas de que ia gozar com força. Ela estava quase lá, seu corpo já estremecendo com a sensação. Ficar emaranhada com Jared, desse jeito, os mamilos roçando nos pelos do peito dele, sentindo a respiração ofegante no pescoço e vê-lo se esforçando para dominar o próprio orgasmo – tudo isso a inebriava.

Jared batia dentro dela com mais força, como se não conseguisse parar. Mara arqueou a cabeça pra trás e fechou os olhos, contraindo a barriga quando seu clímax explodiu. – Jared! – Ela gritou o nome dele, quando seu sexo o apertou por dentro, prendendo seu pau como se nunca o quisesse soltar.

- Porra, sim. Goze para mim, meu bem – Jared agarrou-a pelos cabelos, trazendo para sua boca, mergulhando a língua nos lábios dela, dominando-a, devorando-a com total abandono e Mara gozou, contorcendo-se para ficar ainda mais perto dele.

- Minha – Jared gemeu, recuando dos lábios dela. – Você é minha, Mara.

Mara cravou as unhas curtas nas costas dele, recebendo o leite de seu orgasmo, tudo que ele pudesse dar, sentindo-se tão possessiva com ele, como ele estava com ela.

Meu Jared. Meu doce, atormentado e teimoso.

Segurando a cabeça dela em seu ombro, Jared balançava os corpos dos dois juntos, ainda segurando as nádegas dela. – Eu sabia que você seria problema, desde o minuto em que a vi – ele murmurou rouco, com um toque de diversão na voz. – E eu estava certo.

A voz dele era de provocação e ela sorriu junto ao seu peito suado. – Você também é problema. Mas só no melhor dos sentidos – ela disse, ofegante, imitando a conversa que eles haviam tido mais cedo, e saboreando os efeitos dessa intimidade arrebatadora com Jared, por um bom tempo.

Capítulo 14

–Eu estou acabado – Jared confessou aos irmãos, no dia seguinte, na casa de Grady. Recostando na poltrona, frustrado, ele passou a mão nos cabelos e deu outra golada em sua cerveja.

Os quatro estavam fazendo uma despedida de solteiro que Jared tinha quase certeza de que Dante nem sequer queria, sentados à mesa da cozinha de Grady, tomando um bocado de cerveja. Dante e Grady rugiam de rir, enquanto Evan simplesmente olhava com seu olhar gélido habitual.

- Cretinos – Jared murmurou irritado, enquanto Grady e Dante continuavam a gargalhar.

- Bem vindo à agonia e ao êxtase do amor, irmãozinho – Dante disse brincando.

- Eu não a amo – disse Jared, apressadamente. Talvez, com pressa demais.

Droga, talvez ele não devesse ter mencionado seu envolvimento com Mara, ter contado aos irmãos que isso não lhe saía da cabeça, mas ele precisava conversar com outro homem. Ele imaginou que, para essa situação, em particular, talvez precisasse de mais de um.

Grady e Dante começaram a rir de novo, e Jared lançou um olhar zangado, para os dois.

- Talvez ele não a ame – comentou Evan, dando um gole de sua água de garrafa, a qual ele insistiu que fosse servida num copo de verdade. – Nem todo mundo é feito para o amor obsessivo.

Dante olhou fixamente para Evan. – Talvez você seja capaz de amar, se perder essa pose de durão. Quando foi que você se tornou tão irritado?

Evan olhou sério, de volta para Dante. – A pose foi adquirida de alguém que torturava outras pessoas como ninguém. E nem todos são feitos para o amor.

- De quem? – Grady perguntou curioso.

De olhos fixos na água, Evan respondeu – Nosso pai.

Jared engoliu em seco, lembrando-se de como Evan sempre cuidou de todos eles, quando eram pequenos. O irmão mais velho nunca abandonou esse hábito. Talvez Jared tivesse odiado o irmão, quando ele o arrastou de volta à realidade, mas Evan estivera presente para ele, independentemente de ser ou não um tolo. Às vezes, as atitudes diziam mais que palavras. Evan podia ser gélido, mas não era gélido até o fundo.

Sendo o mais velho, sempre foi esperado de Evan que ele assumisse os negócios do pai. O pai deles morreu quando Evan ainda estava na faculdade, tirando seu diploma em negócios, mas o irmão mais velho tinha sido forçado a estar na empresa quase que em todos os momentos em que não estivesse estudando. Desde a época em que ele era pequeno, o herdeiro aparentemente estava sendo treinado pelo maior cretino do país e foi assim, logo que aprendeu a andar, a falar – sendo ensinado pelo pai insultante e alcoólatra. Jared rapidamente sentiu um forte remorso, subitamente percebendo que Evan era produto da maneira como o pai deles o havia tratado. O irmão mais velho poupara os demais irmãos de passar muito tempo com o pai vil e depreciativo. Mas ninguém jamais estivera presente para dar uma folga ao Evan. Ele havia sido o maior alvo do pai, uma vítima, apenas pela ordem de nascimento. Evan simplesmente nunca reclamou. Às vezes, Grady era o alvo do pai, porque ele era socialmente constrangido, quando criança e adolescente, e gaguejava um bocado. Mesmo nessa época, Evan fazia tudo que podia para desviar a raiva do pai de Grady.

- Desculpe, Ev – Grady finalmente falou, com a voz repleta de arrependimento. – Eu sei que o velho era um cretino e você passou muito mais tempo com ele do que a gente.

- Também lamento – Dante disse, rapidamente.

- E eu também – Jared acrescentou, sentindo um nó na garganta, ao imaginar o que o pai fizera Evan passar, sendo o filho mais velho e herdeiro.

- Eu obviamente sobrevivi – respondeu Evan, inexpressivo. – Os negócios prosperaram e eu dobrei minha própria fortuna, ao longo dos últimos doze anos. Não tenho nada do que reclamar.

Jared queria dizer a Evan que isso era baboseira. Se suas suspeitas estivessem corretas, Evan tinha coisas de sobra para reclamar, que o teriam tornado bem mais amargo do que ele fingia ser.

- Foi ruim? – Grady perguntou hesitante. – O tempo que você passou sozinho com ele. Foi realmente ruim?

Evan sacudiu os ombros, com uma expressão indiferente. – Vocês todos estavam lá, na maior parte do tempo. Agora isso está no passado distante. Todos nós estamos felizes. – Ele hesitou, antes de acrescentar – Exceto provavelmente Jared, nesse momento.

Jared sabia que Evan estava negando a verdade, mas ele não iria forçar a barra com o irmão, nesse momento. Ele conhecia o Evan e se ele não quisesse falar da infância e adolescência, ele não falaria.

- Porque nosso irmãozinho não quer admitir que está apaixonado pela Mara – Dante comentou, antes de dar outra golada em sua cerveja.

- Porque eu não estou – Jared argumentou veemente. Mas ele não estava, certo? Só porque ele sentia cobiça por Mara, em cada minuto do dia, queria estar com ela, quando não estava, pensava nela o tempo todo, imaginava se ela estava bem. Certamente, isso não tinha exatamente a ver com amor.

Você não acredita em amor verdadeiro?

A pergunta de Mara lhe veio à mente, enquanto Jared tentava entender seus sentimentos. Que nada. Ele não acreditava em amor. Ou não havia acreditado. Agora, ele não sabia que diabo pensar. Será que ele estava menos obcecado que seus irmãos eram, em relação às suas mulheres? Houve uma época em que ele achou que todos eles fossem malucos. Agora ele que estava agindo como um lunático.

- Você caminharia pelo fogo, por ela? – Grady perguntou baixinho.

Evan lançou um olhar interrogativo e Jared quase se retorceu, ao responder, rabugento – Sim.

- O que você faria, se ela não quisesse mais vê-lo? – Dante perguntou.

- Eu a seduziria. – Porra, eu iria implorar, pela primeira vez na minha vida. Puta merda. Isso, ele não diria em voz alta. Só em pensar nisso, ele sentia um arrepio, mas ele sabia que era verdade. Ele precisava de Mara tanto assim. – Ela é minha. Ela não vai a lugar nenhum – ele acrescentou emburrado.

- Instintos primitivos – Grady comentou.

- Incapaz de funcionar sem ela – Dante acrescentou.

- Apostando que é dono – Grady ponderou.

- Provavelmente pensa nela o tempo todo – Dante disse.

- Tá ferrado – Dante e Grady disseram, ao mesmo tempo.

Jared olhou para os dois sorrisos sabedores nos rostos de Dante e Grady e resmungou – babacas.

- Deixem-no em paz – Evan ordenou com voz de comando. – Eu duvido que qualquer um de vocês iria gostar de ter suas fraquezas apontadas, quando estavam passando pelas dificuldades de seus próprios relacionamentos.

Depois de um momento de reflexão, Grady e Dante ficaram sérios e lentamente assentiram, ambos murmurando um pedido de desculpas ao Jared.

- Achei que estivéssemos aqui para jogar pôquer – Evan disse, impassível. – Até agora, não vi nenhum de vocês mostrando o dinheiro, em vez de ficar falando, e ninguém deu as cartas.

Embora Jared estivesse irritado, ele quase sorriu. Ninguém conseguia derrotar Evan no pôquer e, sem dúvida, Grady e Dante sabiam que iam tomar uma surra. Nenhum deles jamais aprendeu a interpretar a expressão de Evan no pôquer e ele não dava qualquer bandeira. Desde pequeno, o irmão mais velho sempre deu lavada, em todos eles no pôquer.

Relutante, Grady levantou-se. – Eu vou pegar as cartas e as fichas.

Dante esfregou as mãos. – Eu sou o noivo. Tem que ser a minha noite de sorte.

- Vamos ver – disse Evan, em seu tom descompromissado e arrogante. – Mas não conte com isso. Sorte no jogo, azar no amor – Evan disse o velho ditado, secamente. – Acredito que eu seja o único que ainda possa alegar essa verdade.

Algumas semanas antes, Jared poderia ter discutido com Evan. Ninguém poderia ter sido mais azarado no amor do que ele. Agora, pensando em Mara, ele se manteve em silêncio. Ele ficaria feliz em deixar que Evan levasse o seu dinheiro, se pudesse ficar com a mulher que queria.

Algumas horas depois, Evan tinha arrasado todo mundo e saído com vales de dívida de cada um dos irmãos.

Ele levou os irmãos nada sóbrios pra casa, sem dar um sorriso, pela surra que dera em todos eles.

- Eu estou acabada – Mara disse às quatro mulheres que estavam sentadas na sala de estar de Dante, depois de virar pra dentro o restinho do daiquiri de morango. A festa das solteiras foi pequena, somente ela, Kristin, Randi, Sarah e Emily. Ela não era muito de beber, então, depois de tomar dois drinques preparados por Randi e parecerem carregados no rum, Mara se tornara bem falante.

Certo. É. Ela deixou que seu relacionamento com Jared escapasse e, depois disso, falou da maior parte da história – exceto sobre o sexo arrebatador. Algumas coisas simplesmente eram privativas demais e muito íntimas para serem compartilhadas, mesmo que ela estivesse meio altinha.

Pegando outro saco de cetim, ela começou a encher com os lindos brindes matrimoniais que Sarah tinha escolhido: garrafinhas de conhaque em miniatura, café gourmet, difusores de chá e um cristal da loja de Beatrice, a Natural Elements. Ela pegou o cartãozinho, uma inclusão que Sarah tinha insistido para que fizesse parte, para que todos soubessem sobre o lado generoso de seu noivo. O cartão explicava que um dos brindes da festa era uma doação para caridade em prol de mulheres que haviam sofrido abuso, feita em nome do convidado. Foi uma ideia original e Sarah havia informado a todas elas, mais cedo, que Dante havia doado uma quantia imensa para dar como doação de todos os convidados que participassem do casamento. Era uma ação beneficente administrada por Jason Sutherland, marido de Hope. Aparentemente, era um grande projeto em conjunto com os Harrison, os Hudson, Max e Mia Hamilton, e os Colter, do Colorado, todo bilionários e, obviamente, famílias solidárias. Quantos dos super ricos de fato doavam seu tempo para caridade? Sarah lhe dissera que Jason, marido de Hope, pessoalmente geria os recursos para a ação beneficente, e outros bilionários doaram um bocado de tempo para a arrecadação de fundos. Será que pessoas tão abastadas assim, geralmente não assinavam cheques, apenas? Parecia uma causa maravilhosa e Mara estava contente que o dinheiro tivesse sido doado em seu nome, por Dante.

Obviamente, nem todos apenas assinavam um cheque e se esqueciam da causa.

Sarah havia explicado que até Evan estava altamente envolvido com o projeto e Grady alegremente ingressara, há bastante tempo. Quando Dante ficou sabendo a respeito, ele que surgiu com a ideia de uma doação em nome de cada convidado. Foi um gesto de consideração e afeição. Como médica que já vira um bocado de mulheres que sofreram abuso, Sarah adorou Dante ainda mais, por doar e surgir com essa ideia tão original... se é que fosse possível que Sarah conseguisse adorar ainda mais o seu noivo.

Ao fechar o laço do saquinho preto, que era personalizado com monogramas dourados, Mara o acrescentou à pilha crescente de brindes e pegou o próximo.

- Ele é o *eleito*, não é – disse Kristin, com reverência, ao lado de Mara, no sofá.

Sim. Sim. Sim.

A única palavra ecoava no coração de Mara, quando ela respondeu. – Como você sabe? Como alguma mulher pode saber? – Mara sabia por que ela nunca tinha se sentido assim e sua intuição vinha revolvendo por dentro, desde que ela conhecera Jared. Algo sobre ele havia sido diferente, a ligação que ela sentia com ele era quase... mágica. Em sua mente, não havia dúvida de que ela estava apaixonada por ele. Profundamente. Loucamente.

Sarah parou de encher seu saquinho para olhar para Mara. – Você simplesmente sabe, Mara. Acho que às vezes, nós relutamos com isso, porque tememos realmente sentir tão forte. Mas nós sentimos. Se ele for o homem com quem você está destinada a ficar, nada é constrangedor para conversar. Ele a ama exatamente como você é e não vê suas imperfeições. Ele estará disposto a arriscar tudo por você e você se sentirá da mesma forma.

Mara sabia sobre Dante, como ele havia salvado a vida de Sarah. Era uma cidade pequena e o incidente provocou grande alarde no noticiário. Embora Jared não tivesse feito algo assim, ele tinha, sim, se arriscado a se expor para ela. Ele confiava nela e saber disso derretia seu coração. – É assustador, quando você se sente dessa forma – ela murmurou. Também era excitante, empolgante e de tirar o fôlego.

- Realmente é – Emily concordou prontamente, de seu lugar, numa das poltronas reclináveis. – Mas essa parte assustadora acaba sumindo e só fica a felicidade. Não que tudo seja sempre perfeito. Grady e eu discordamos. Nós dois somos teimosos. Mas mesmo quando acontece, nós ainda nos amamos. – Ela parou, antes de perguntar. – Você está apaixonada pelo Jared?

Mara viu o olhar de Emily e finalmente assentiu. – Estou. Não sei como aconteceu, nem o motivo, já que nós dois não parecemos combinar. Somos tão diferentes.

- Diferentes por ele ser tão rico? – Kristin perguntou.

- Não. É mais que isso. Não ligo para o dinheiro. Ligo para o... Jared. – Ela não revelaria nenhum dos segredos de Jared, mesmo estando meio inebriada. – Jared é um cara urbano, sofisticado. Ele é brilhante nos negócios e um dos solteiros mais elegíveis do mundo. Eu sou uma mulher de cidadezinha, que não tem nada de elegante. Tive que abandonar a faculdade porque a minha mãe ficou doente e só viajei para fora do estado algumas vezes. Não sou experiente e a minha vida é bem comum. *Eu* sou comum.

- Essas são diferenças apenas superficiais. Não importam. Acho que por baixo de todo o tom tempestuoso de Jared, ele é um bom homem – refletiu Sarah. – Acho que Dante sabia que ele estava interessado em alguém da cidade. Até acho que ele sabia que era você.

Mara ergueu a cabeça bruscamente. – Ele sabia? Como? Nem eu sabia.

Sarah sorriu para ela. – Intuição de policial, eu acho. Ele estava atento ao fato de que Jared não estava saindo com ninguém.

- Já faz um tempo que ele não sai. Não fica com ninguém, eu quero dizer – ela acrescentou. – Ele disse que é visto com muitas mulheres, mas algumas delas são apenas amigas. Eu acredito nele.

- Eu acredito nisso – disse Emily. – Os tablóides e a mídia podem ser brutais. Há muita especulação sem fatos. Acho que seria ótimo se você e o Jared ficassem juntos. Acho que ele precisa de você.

Eu não mereço você, Mara, mas preciso de você.

Ela suspirou, ao se lembrar das palavras de Jared. A grande questão era... será que ele a amava? Será que ele estaria se apaixonando, com tanta força quanto ela? – Acho que simplesmente teremos que ver o que acontece. – O coração dela agora estava aberto a Jared, era dele, para cuidar ou partir. Ela estava arriscando a sorte com ele e torcia para que sua intuição estivesse certa. Se não, ela ficaria arrasada.

- Meu Deus, como ele é gato – Kristin comentou, entusiasmada.

- Ele é. Por isso que eu não entendo por que ele está interessado em mim. Acho que eu provavelmente sou a mulher mais simples da cidade.

- Isso não é verdade – Sarah respondeu fervorosamente. – Você é bonita e meiga. Dante uma vez disse que as mulheres meigas são a queda dos Sinclair.

Randi fungou. – Então, eu acho que nunca terei que me preocupar em ser a queda de um Sinclair.

Mara deu uma olhada para a morena miúda. Ela não acreditava em Randi, nem por um segundo. Ela até podia agir como uma durona, mas Mara podia apostar que ela era uma mulher de coração terno. Ela sempre fora bondosa com ela, e Randi trabalhava como voluntária, no Centro Juvenil, quando não estava lecionando na escola local.

- O Grady me ama e eu sou comum, alta e cheinha – Emily acrescentou, firmemente. – É como se ele fosse cego para todos os meus defeitos.

- Jared também – Mara admitiu, com uma voz perplexa. – Ele me olha como se eu fosse uma super modelo. É como se ele achasse que eu sou perfeita. – Ela revirou os olhos, só em pensar em algum dia deixar de ter alguma falha, física ou emocional.

- Ele é o cara – Kristin afirmou, com um sorriso.

- Certamente – Sarah concordou.

- Ele está apaixonado por você – Emily confirmou, assentindo.

O coração de Mara começou a bater mais depressa e as palmas de suas mãos ficaram suando, só por ela pensar nisso. Tudo que ela mais queria era que as previsões dessas mulheres fossem verdade.

Depois de alguns momentos de silêncio, a conversa mudou de rumo, todas elas falando sobre o casamento, enquanto preenchiam os saquinhos de lembrança. Era uma tarefa simples, mas Mara nunca tinha se sentido tão à vontade, tão entrosada em algo que a ligava a outras mulheres, um grupo a quem ela facilmente poderia chamar de amigas. Não havia a menor maldade em nenhuma delas, que eram verdadeiramente meigas e afetuosas.

Afastando qualquer pensamento negativo em relação a Jared, ela só ficou desfrutando da lembrança feliz de senti-lo abraçando-a a noite inteira, seus braços fortes ainda ao redor dela, quando eles acordaram.

Por hora, esses sentimentos e essa sensação de proximidade teriam de ser suficientes.

Capítulo 15

—Oi, linda... seu website está no ar.

Com sua primeira caneca de café na mão, boquiaberta, Mara olhou para o Jared, que estava em pé, do lado de fora da porta, que ela tinha aberto, depois que ele bateu. Jared nunca estava assim, tão alegre, pela manhã, e esse comportamento era bem incomum para ele, antes das nove. Ele geralmente acordava, tomava seu café e descia para a academia do subsolo, resmungando. Pelo jeito de seu cabelo úmido e sorriso malicioso, ele já tinha passado pela rotina matinal, que incluía um banho de chuveiro, depois de se exercitar, e eram só oito horas.

Ele acordou cedo.

Ela segurou a porta aberta pra ele e ficou olhando enquanto ele entrou desfilando na sala, com um cheiro delicioso de café, ar fresco e sândalo, ao passar por ela.

Meu Deus, como ele está cheiroso.

De jeans e sua camisa habitual de abotoar, ele estava tão apetitoso que dava vontade de comê-lo no café da manhã. Mara teve de segurar firme na caneca para não agarrá-lo. – Está? – A visão e o cheiro de Jared a distraíram tanto que ela levou um tempo para assimilar o que ele havia dito.

Seguindo até a cozinha e se servindo de uma caneca de café, ele virou pra ela com um sorriso travesso e encostou o quadril no armário. – Está de pé desde o segundo que eu te vi.

Os olhos dela imediatamente desceram à virilha dele, depois voltaram ao seu rosto. Infelizmente, ela não conseguia ver nada, porque a barra da camisa estava pra fora, cobrindo a frente da calça. Ela assentiu. – Nosso website, você quer dizer, está de pé?

Ele deu um sorrisinho. – Isso também.

Também? Homem danado!

Ela tentou não sorrir, mas seus lábios se curvaram, enquanto ela o olhava tomando um gole de café. Jared Sinclair era gato demais para não ser apreciado quando estava sendo pervertido e suas palavras de flerte fizeram o coração dela tremular dentro do peito.

Ele está perfeito e eu estou toda desarrumada.

Mara mal tinha saído da cama. Ela passou a mão na cabeleira rebelde, duvidando que seu pijama rosa de algodão pudesse realmente excitá-lo.

- Você está linda – Jared disse, com a fala arrastada, como se pudesse ler os pensamentos dela. – Você parece quentinha, deliciosa e aconchegante, como se tivesse acabado de sair da cama.

- Eu saí – ela lhe disse, descontente, ainda tentando arrumar o cabelo, passando os dedos por entre as mechas. – Nunca imaginei que você viesse aqui tão cedo e estou atrasada. – Ela caminhou até o armário e tirou ibuprofeno, para dor de cabeça. – Acho que passei um pouquinho da conta com os daiquiris de morango, na festa de despedida da noiva.

- Então, as garotas estavam no embalo, ontem à noite? – Jared perguntou, com um tom de diversão na voz.

Mara sacudiu os ombros. – Ficamos mais conversando e montando os saquinhos de lembrança do casamento. E bebendo. – Ela engoliu os comprimidos com um gole de café, tentando esquecer quanta coisa ela havia dito e agora desejando "desdizer". Gemendo por dentro, ela desejou não ter despejado tanta coisa sobre Jared. Não que ela achasse que as mulheres fossem fofocar, mas só porque o relacionamento era recente demais para ser tão intenso.

- Quantos você bebeu?

- Três? Eu acho.

- Diga que você não veio dirigindo para casa – Jared disse, se aproximando dela, junto ao armário.

- Eu não dirigi – ela disse, baixinho, sabendo como ele provavelmente era sensível, depois do que havia acontecido com seu amigo e a sua namorada. – O Dante mora logo ali, no fim da rua. Eu caminhei. E, por favor, não tente me dizer que vocês ficaram que nem uns anjinhos, na casa do Grady. – Ela olhou-o acima, na expectativa.

Ele ergueu uma sobrancelha. – Tomamos umas e outras. Foi tudo bem comportado. O Evan nos deixou em casa. Ele não estava bebendo. – Jared se afastou dela e foi pra sala. – Você quer ver seu website ou não?

Ela tomou o restinho de café dando várias goladas, depois colocou a caneca vazia na bancada da cozinha. – Sim – Mara deu um gritinho e logo se arrependeu, porque fez sua cabeça doer mais. Ainda assim, ela estava empolgada para ver seu site pronto. Seguindo atrás de Jared, que agora já estava com o laptop aberto, ela passou os braços em volta da cintura dele e pousou a cabeça em suas costas. – Obrigada.

Colocando o café cuidadosamente numa das mesinhas baixas, perto do sofá, Jared segurava o laptop com uma das mãos e teclava com a outra. Sem parar o que estava fazendo, ele murmurou – Se você descer essas mãos mais um pouquinho, você só vai ver mais esse website à tarde. – Ele pousou o computador na mesa, virou e passou os braços ao redor dela. Deslizando a mão pelas costas dela, com um sorriso torto nos lábios, ele disse – Hmm... eu estava certo... bem aconchegante.

Mara arrepiou-se, quando sentiu o calor da palma da mão dele, através do algodão fino da parte de cima do pijama. – Já sei. Lingerie muito sexy. – O top era fininho, com alcinhas e renda, mas estava longe de ser sedutor. O short batia quase em seus joelhos. Era um pijaminha leve de verão, mas nada que inspirasse um homem a atacá-la.

Jared ergueu-lhe o queixo e a beijou, dando um beijo demorado que quase fez Mara encolher os dedos dos pés.

- Você fica gostosa vestindo qualquer coisa – ele disse a ela, num tom rouco, passando a boca em sua têmpora. – Mais gostosa ainda é a sua pele macia e perfeita.

Ela passou os braços em volta do pescoço dele e recuou, sorrindo e brincando. – Ãrrã. Fala mansa.

Ele ergueu a mão e pegou a mão dela, levando-a abaixo. Os dedos de Mara sentiram a ereção que mais parecia uma rocha.

- Nunca vou lhe dizer alguma coisa que não sinto – Jared disse, com a voz embargada.

Mara sacudiu a cabeça. – Desculpe. É que às vezes é muito difícil acreditar que você se sinta assim por mim.

- Igual para mim – ele respondeu numa voz mais delicada, colocando a mão dela de volta em volta do pescoço. – Senti sua falta, ontem à noite. Por isso que eu acordei cedo. Mal podia esperar para vê-la, saber como foi a sua noite. Eu quis ligar, mas as suas luzes estavam apagadas e eu não quis acordá-la. – Ele a beijou carinhosamente na testa e recuou, pegando algo no bolso de trás. – Comprei isso pra você. Eu sei que o seu ficou destruído no incêndio e você vai precisar.

Mara ficou olhando, de boca aberta, para o lindo e elegante iPhone novo. – Para mim? – ela perguntou, incrédula. Ela pegou, segurando nas mãos. Seu antigo celular era uma relíquia e ela não pretendia substituí-lo tão cedo. Cada centavo que ela não usava para suas necessidades básicas, ia de volta para o negócio.

- Como eu não podia vê-la, mandei uma mensagem de texto – ele disse.

Mara apertou o botão para ligar o telefone e clicou na única mensagem que surgiu como não lida.

Sinto sua falta.

A mensagem foi enviada às duas horas da madrugada. Apenas três palavras que deram um tranco em seu coração.

Remexendo no último modelo de telefone, com o qual ela não estava acostumada, ela não ergueu os olhos para Jared, ao responder a mensagem.

Também senti a sua.

Ela ouviu um *ping* abafado do telefone dele, e esperou, ofegante, enquanto ele o tirava do bolso.

Erguendo a cabeça ela inalou profundamente, quando ele ergueu seu queixo e a beijou com uma voracidade possessiva que a deixou enfeitiçada, por um instante, antes que ela passasse os braços em volta dele, e retribuísse o abraço. Jared a beijava como um homem possesso, uma fome sem disfarce, mergulhando em sua boca. O corpo dele estremeceu e ele estava ofegante, ao recuar os lábios dos dela. – Não quero mais sentir sua falta. Acho que já senti sua falta a minha vida inteira. Fique comigo, Mara.

- Eu estou com você – ela sussurrou baixinho, perto do ouvido dele. – Não vou a lugar nenhum. – A ferocidade do desejo dele por ela incitava o desejo que ela sentia por ele, e ela o abraçou mais forte.

- Eu não quero que nada aconteça com você. Quero que você more comigo, fique na minha cama, toda noite. Quero que o seu rosto seja a primeira coisa que eu veja, toda manhã, quando eu acordar, e quero que você seja a última pessoa com quem eu fale, antes de dormir. – Ele a segurava junto dele, seu abraço a envolvendo.

Ele tem medo que alguma coisa me aconteça.

Jared só tivera uma outra mulher em sua história, de quem ele havia gostado, e ela tinha morrido num acidente trágico. – Eu estarei aqui, Jared – ela disse baixinho, afagando os cabelos de sua nuca. Ela tinha aprendido que a vida podia acabar, inesperadamente, a qualquer momento, depois de escapar por pouco, quando sua casa incendiou. Mas ela jamais deixaria Jared por escolha própria.

Não, enquanto ele gostasse dela.

Vê-lo assim, a deixava igualmente alegre e protetora. Esse era o verdadeiro Jared Sinclair, um homem grande, deslumbrante, com um coração afetuoso. Ele havia exposto a ela os seus sentimentos guardados e atormentados, e ela ia apostar no escuro com ele. Ela seria igualmente aberta, igualmente disposta a mostrar-lhe como se sentia em relação a ele. Ela tinha os mesmos temores, as mesmas inseguranças, mas não eram no mesmo grau doloroso como eram com ele. Ela tivera uma mãe por quem havia sido amada, e nenhum passado doloroso para superar. Mesmo com sua falta de bagagem, não era fácil abrir inteiramente o seu coração para um homem de quem ela gostava tanto, como gostava de Jared. Ela o queria tanto que isso quase a aterrorizava. O sentimento entre eles era tão poderoso, tão intenso que era quase doloroso.

- Fique – ele disse, quando Mara tentou recuar ligeiramente, para ver seu rosto. Ele baixou-a na poltrona e colocou-a em seu colo, mantendo o braço em volta dela e estendendo o outro para pegar o laptop. – Aqui está o seu site.

Mara cuidadosamente pousou seu novo telefone na mesinha de centro, ao lado do café, e pegou o laptop no colo.

Incrível.

O site era impressionante, colorido sem ser espalhafatoso e o nome de seu próprio negócio amparava o logo que ela e Jared tinham desenhado juntos. Era elegante e profissional – tudo que ela poderia esperar e até mais.

Ele estendeu o braço em volta da cintura dela e começou a mostrar como funcionava o site, como ver os pedidos, o tráfego e as inúmeras páginas sobre seus produtos.

Quando ele terminou, Mara olhava a tela e ergueu a mão para tracejar o logo no website. – É real. Mara's Kitchen está realmente acontecendo. – Ela e Jared tinham destrinchado a maior parte dos detalhes, exceto o contrato em si, enquanto ela passara aquele tempo na casa dele, mas isso ia muito além do que ela tinha imaginado. Jared tinha pegado as ideias e tornado realidade. Estreitando os olhos para a tela, hesitante, ela clicou de volta nos pedidos. – Ai, meu Deus. Eu realmente tenho essa quantidade de pedidos? Como isso pode ter acontecido tão depressa? O site acabou de entrar no ar.

- Talvez eu tenha feito algumas ligações e pedido favores para anunciar o lançamento do site – Jared murmurou, timidamente.

- Você já está fazendo o marketing? – Ela olhou boquiaberta para ele, impressionada por sua eficiência para providenciar as coisas.

- Eu sou um bilionário com um monte de contatos, meu benzinho. Não é necessário exatamente muito empenho de minha parte para fazer com que outros negócios se envolvam ou para transmitir o recado de algum novo negócio.

- Eu preciso correr. Tenho que andar depressa para atender a esses pedidos e despachar tudo, antes do casamento de Sarah. Que tipo de favor você pediu? – Ela se virou para olhar o rosto dele. Ele estava sorrindo, um daqueles sorrisos felizes que chegavam aos olhos a deixava mole.

- Tudo bem. Eu pedi alguns favores. Isso é só o começo. Os pedidos vão continuar chegando.

- Você está forçando amigos ou associados a pedirem?

Jared ergueu as mãos no ar, em sinal de rendição. – Não estou forçando ninguém a pedir. Tem tudo a ver com os produtos. Eu só pedi para anunciarem a alguns críticos culinários. Mandei algumas amostras do meu estoque pessoal. Você me deve mais geleia e puxa-puxa. – Ele sorriu para ela.

- Todos gostaram? – ela perguntou, empolgada.

- Todos adoraram. Meu benzinho, suas habilidades não são desse mundo. Eu não esperava menos e pedi a eles que fossem totalmente honestos. Não torci o braço de ninguém para uma boa crítica. Eu juro.

- Posso ler algumas?

Pousando a cabeça no ombro dela para ver a tela, os dedos dele voavam pelo teclado. – Aqui está um deles.

Com atenção, ela rapidamente leu as palavras, perplexa que uma crítica culinária tão famosa de fato tivesse experimentado seus produtos. Não havia uma palavra negativa, a crítica inteira era positiva. No final, o link para seu website estava nitidamente exposto. – Não se admira que eu já tenha pedidos. A maior parte do país segue os conselhos e recomendações dela. Qualquer pessoa que goste de cozinhar ou fazer bolos usa suas receitas. Eu sei que eu uso.

- Eu sei – Jared respondeu, com um toque de arrogância. – Logo essa casa vai ficar pequena e o equipamento também. E você irá precisar de ajuda.

- Eu tenho você. – Não que ela realmente esperasse que Jared vestisse um avental e fosse trabalhar, mas ela podia cuidar da culinária. Ele havia administrado todo o restante de maneira incrível e com facilidade.

- Meu benzinho, você quer que seus produtos sejam bem sucedidos. Eu não cozinho. Você precisa de ajuda na cozinha. Mara baixou o computador para o chão. De mãos livres, ela passou uma perna por cima da dele e ficou montada em seu colo. – Você é incrível. – Com os olhos lacrimejando, ela passou a mão em seu queixo forte e recém-barbeado. – Acho que você ficaria um gato de avental.

- Sem chance – ele disse. – Mas farei o que eu puder pra tornar o lançamento fantástico.

- Já está incrível. Eu tenho que me mexer e começar a aprontar os produtos. – Ela foi saindo do colo dele, mas um braço forte ao redor de sua cintura a manteve exatamente onde ela estava.

- Mas que pressa. Eu espero um agradecimento apropriado. – Seu olhar verde jade se fixou nos olhos escuros dela.

- O que você considera apropriado? – A esse homem, ela daria qualquer coisa que ele quisesse. – Obrigada pelo telefone e por tudo que você fez pelo negócio. Eu vou reembolsá-lo por isso. Eu provavelmente preciso, mesmo, de um celular. – Se o negócio dela iria começar a estourar dessa maneira, ela precisava estar acessível a qualquer momento, e tinha que poder acessar a internet com seu telefone.

- Eu não quero que você me reembolse. É um presente. Eu quero que você me beije – ele disse, mandão.

- Isso eu faria, de qualquer jeito. As coisas que você me dá não têm nada a ver com o quanto eu gosto de você. – Seu amor por Jared simplesmente estava presente. Mas ela ia ficando cada vez mais apaixonada com todas essas coisas atenciosas que ele fazia.

- Mostre. – Seu tom era dominador, mas seus olhos eram suplicantes.

Inclinando-se abaixo, com a boca tão perto da dela que podia sentir a respiração morna em seu rosto, ela murmurou, bem séria – Nós temos que resolver seu grande problema, antes que eu comece a trabalhar.

- Eu tenho um grande problema? – Jared parecia intrigado.

Remexendo os quadris, ela roçou na ereção imensa. – Muito grande.

- Você é a única mulher na face da terra que pode resolver isso agora – ele respondeu, com um tom de desafio, mas também de desespero na voz.

- Combinado – ela sussurrou, ao abaixar e beijá-lo profundamente.

Ela só começou a trabalhar nos pedidos ao meio-dia, mas foi um tempo muito bem aproveitado. Quando finalmente começou a cozinhar, ela estava com um sorriso imenso no rosto.

Capítulo 16

Mara's Kitchen continuou crescendo e Jared estava ali, a cada passo do caminho, solucionando problemas, para que ela pudesse focar em seus produtos. Ela começava a trabalhar bem cedo e ia até tarde da noite. Mas nunca esteve tão feliz em toda sua vida.

Na noite anterior ao casamento de Sarah, ela e Jared sentaram-se à mesa da sala de jantar e assinaram os contratos que ele finalmente elaborou. Foi preciso mais uma ameaça de trocar a parceria do negócio e incluir o Evan, em lugar de Jared, para fazê-lo finalmente providenciar os papeis da empresa. Mara tinha detestado cada instante que usara isso contra ele, mas ela se odiaria ainda mais por continuar se aproveitando da bondade de Jared.

Ele tinha contratado alguns adolescentes temporários para um trabalho de verão, porque os pedidos estavam ficando esmagadores. Ela agora tinha Nina para ajudá-la no preparo básico das receitas e Todd para a limpeza contínua das panelas e equipamentos que precisavam ser lavados várias vezes por dia. Jared tinha pedido ajuda à Emily, para o recrutamento dos jovens, ambos vindos de famílias que Emily sabia que poderiam realmente se beneficiar de uma renda extra, já que ela administrava o Centro Juvenil e tinha conhecimento das famílias carentes da região. Os dois trabalhavam duro, em suas tarefas designadas e contar diariamente com a ajuda deles aliviava um bocado de pressão de Mara.

Jared trabalhava no marketing da Mara's Kitchen, e estava fazendo um trabalho incrível a julgar pela explosão na quantidade de pedidos que ela recebia diariamente. Ela sabia que Jared também estava começando a trabalhar em contratos para restaurantes e empresas fora de Amesport, para que utilizassem seus produtos regularmente.

- Nós precisamos de um local muito maior para a produção, e uma porção de funcionários fixos – Jared disse, ao resmungar assinando seu nome nos contratos que davam a ele porção igual na empresa, depois que Mara já tinha assinado.

Mara sorriu pra ele, ambos sentados na mesa de jantar, com os papeis espalhados. – Nós podemos manter assim por um tempo. Precisamos fazer dinheiro, antes de começarmos a gastá-lo.

- Você precisa investir dinheiro para fazer dinheiro – Jared resmungou. – E você não pode continuar trabalhando essas longas jornadas. – Ele parou, por um momento, antes de perguntar, hesitante – Você sente falta da loja de bonecas?

- Não – ela respondeu, honestamente. – Eu ainda me ressinto pelas coisas insubstituíveis que eu perdi, coisas que eram da minha mãe, mas sempre adorei fazer minhas receitas, muito mais do que fazer bonecas. Um dia, eu vou desfrutar daquilo como um hobby, quando tiver mais tempo, mas fazer os produtos para o mercado sempre foi minha atividade predileta. Elaborar coisas novas é desafiador, novos produtos que possam ser usados em receitas diferentes. A culinária sempre foi meu primeiro amor. – Mara suspirou. – Eu queria me manter ligada à minha mãe, mas percebi que não precisava da loja de bonecas. Ela sempre estará aqui. – Ela pôs a mão direita sobre o coração, com o dedo adornado pelo anel de casamento da mãe. – Acho que ela se orgulharia do que estou fazendo agora. Posso não estar fazendo bonecas, mas ainda estou usando tradições que foram passadas por gerações, com minha própria adaptação. Honestamente, acho que ela não ligaria para o que eu decidisse fazer, contanto que eu me sentisse feliz.

Jared se inclinou à frente e segurou sua mão que estava sobre o coração, levando-a aos lábios e beijando delicadamente a sua palma.

– Eu também acho, meu benzinho – ele disse.

- Você acha que algum dia vai voltar a fazer o que realmente ama? – ela perguntou a ele, cautelosamente. Seu antigo amor pela restauração de casas antigas era um assunto delicado.

- Como você soube? – Ele a soltou devagar e começou a arrumar os papeis que eles tinham assinado.

- Evan. Ele me disse que você adorava restaurar casas antigas, que essa era sua primeira opção de carreira. Isso era o que você iria fazer com o Alan. Eu sei que você tem algumas lembranças ruins em relação isso, mas quero vê-lo feliz fazendo o que quer. – Será que ele algum dia conseguiria fazer isso outra vez? Se estivesse em seu lugar, ela não tinha certeza se conseguiria ou não voltar. Mara nem estava certa ser ele deveria fazê-lo, a menos que ele conseguisse se libertar inteiramente da amargura associada ao que ele amava. Porém, o fato é que isso ainda era sua paixão, algo que lhe dava uma satisfação imensa. E ela ficava profundamente triste em pensar que ele talvez jamais voltasse a fazer.

Jared suspirou profundamente e olhou-a fixamente. – Eu não sei. Nunca parei de estudar sobre os métodos mais recentes de restauração, nem de olhar casas antigas e imaginar como elas poderiam ser restauradas à sua antiga glória, mas nunca fui capaz de ter o mesmo entusiasmo que eu tinha, logo que terminei a faculdade.

Mara sentiu os olhos começarem a lacrimejar. Às vezes, Jared era um enigma para ela. Ele era absolutamente deslumbrante e completamente confiante em tocar sua firma de empreendimentos imobiliários. Ele era boca suja, arrogante e completamente macho alfa que parecia no comando de tudo que tocava. Mas havia momentos em que ele era vulnerável, mostrando um espírito frágil e ferido que ela tinha certeza de ser visível só pra ela. Agora era um desses momentos. – Eu só quero que você seja tão feliz quanto eu estou, nesse momento. Não parece justo que eu esteja realizando meu sonho e você não.

- Eu estou mais feliz com você do que jamais fui, em toda minha vida, meu benzinho. Não chore por mim. – Inclinando-se à frente, ele a tirou de sua poltrona e colocou em seu colo. – Gosto de ajudar você a construir algo que você quer. Estou gostando do que estou fazendo agora.

- Mas, depois...

- Depois vai se encarregar de si mesmo. Nesse momento, tudo que eu quero é você – ele disse. – Você preenche todos os lugares vazios e infelizes dentro de mim, Mara. Para mim, isso é um milagre e tanto.

As palavras dele fizeram que ela deixasse as lágrimas caírem e ela o abraçou forte, torcendo para que o destino deixasse que ela o tivesse para sempre. – Eu te amo. – As três palavrinhas escaparam de seus lábios, incontroláveis. Ela vinha querendo dizê-las, precisando dizê-las, mas ficava hesitante, incerta se ele iria ou não querer ouvi-las. Agora, ela precisava que ele as ouvisse, precisava que ele soubesse que era amado. Entre sua infância sem amor e a grande traição sofrida, Jared Sinclair precisava de alguém que o amasse incondicionalmente.

- O que você disse? – ele perguntou, duvidoso, como se estivesse incerto se ouvira direito.

- Eu disse que eu te amo – ela disse, firmemente. – Isso não precisa significar nada para você e eu não estou dizendo para prendê-lo a nada. Só preciso dizer as palavras para que você saiba como eu me sinto. Prometi a mim mesma e a você que eu seria franca. É assim que eu me sinto. Eu te amo. Simples assim. Nós não precisamos agir de nenhuma maneira específica. Eu só queria poder lhe dizer.

- Diga de novo – ele mandou, segurando o rosto dela com as duas mãos, forçando-a a olhar para ele. – E significa algo, sim. Significa tudo pra mim.

- Eu te amo, Jared Sinclair. – A voz dela saiu ainda mais alta, agora certa de que isso era algo que ele precisava ouvir.

Ele puxou os lábios dela para os dele, como se estivesse tentando capturar as palavras com a boca. Mara passou os braços em volta do pescoço dele e retribuiu o beijo, se abrindo para ele, tremendo com a ferocidade de seu abraço. Ele a devorava como se não comesse há dias, penetrando sua boca desesperadamente, mas com uma reverência que fez seu coração derreter. O beijo foi tão venerável quanto erótico, e a combinação fez seu coração saltar, conforme ela enroscou a língua na dele, precisando da ligação tão desesperadamente quanto ele.

Depois de ter dito as palavras, ela se sentia vulnerável, indefesa. Mas a confirmação de Jared foi silenciosa, envolvendo-a em sua proteção, mergulhando a língua em seus lábios. Ele entranhou as mãos em seus cabelos, mantendo sua boca exatamente onde queria, beijando-a até deixá-la sem fôlego.

Finalmente, ele recuou a boca e mergulhou o rosto em seus cabelos, os braços fortes segurando firme. – Eu preciso de você, Mara. Preciso tanto que mal consigo respirar. Não me deixe. Por favor, nunca me deixe.

Ela sentia um aperto forte no coração, a agonia na voz dele era como uma punhalada de dor em sua alma. Todos de quem ele havia gostado o haviam deixado num inferno. – Não farei isso. Nunca. – E ela estava falando sinceramente. Agora, para livrar-se dela, ele teria que arrancá-la, a menos que não a quisesse mais por perto. Ela queria ficar com ele para sempre, ajudá-lo a sarar de seus ferimentos. Ela queria que ele finalmente fosse feliz.

- Se você for embora, eu vou encontrá-la – ele rugiu.

Mara sorriu junto ao peito dele, diante de sua súbita arrogância. Ele era um mistério... novamente. Mas estava se tornando mais fácil de decifrar. Quente e frio. Exigente e bondoso. Dominante e vulnerável. Ela adorava cada parte teimosa desse homem a quem se agarrava, nesse momento, pois ela começava a entender cada uma de suas reações. A força de seu caráter era incrível. Ele podia ter enterrado seu lado sensível por proteção, mas ainda estava ali. E se mostrava em praticamente tudo que ele fazia, embora ele tentasse esconder, tentasse sepultá-lo para sempre.

- Com que afinco você iria procurar? – ela perguntou, provocando.

- Eu seguiria essa bunda linda até os confins da terra – ele jurou, vorazmente. – Agora que eu sei que você me ama, você nunca mais vai se livrar de mim.

Como se ela algum dia fosse querer isso? Muito improvável.

Ela estremeceu, diante de sua declaração. Quando Jared era possessivo e dominador, ele a agarrava e tirava uma reação carnal dela, algo que ela não poderia negar.

O tom de campainha do telefone de Jared ecoou, interrompendo os pensamentos dela e ela olhou o relógio. – O jantar da família – ela lembrou Jared, relutante. – Provavelmente é a Emily. Nós estamos atrasados.

- Você acha que eu estou ligando para isso, nesse momento? – ele passou os lábios na pele sensível do pescoço dela.

- Sim – Mara respondeu com uma calma que não estava sentindo. – A Hope e Jason estão lá. Você ainda não os viu. – Hope e Jason Sutherland tinham vindo num vôo essa noite, para o casamento de amanhã. Mara sabia que Jared não via Hope havia tempo. – Atenda ao telefone e diga a eles que nós estamos indo.

Jared soltou Mara com um suspiro irritado. – Eu gostaria que estivéssemos na cama, nesse momento – ele resmungou descontente, tirando o telefone do bolso, assim que Mara saiu de seu colo.

Ela tentou conter o riso, quando Jared atendeu ao telefone, relutante.

O jantar na casa de Grady foi informal, quase todos de jeans... exceto Evan, é claro. Ele estava com seu habitual terno impecável e gravata. No instante em que Mara viu Evan, ela jurou que ia comprar um jeans para esse homem.

Emily tinha feito grelhados para a reunião e Sarah tinha optado por manter os convidados somente entre os irmãos Sinclair e seus pares. Evan ia partir logo após a recepção do casamento; Dante e Sarah iam dar uma fugida rápida de uma semana, para a lua de mel, já que Dante começaria seu novo emprego como detetive do Departamento de Polícia de Amesport, logo depois que eles voltassem. Como Hope estava grávida e passando por crises severas de enjôo matinal, Jason a levaria de volta para Nova York, para que ele pudesse concluir seus compromissos lá, assim que possível. Pela maneira como

Jason olhava para a esposa grávida, Mara via que ele não a deixaria longe de suas vistas. A família inteira estava animadíssima depois que Hope comunicou que em alguns meses, ela e Jason estavam planejando fazer de Amesport o seu lar permanente. O marido tinha que terminar algumas coisas em Nova York e eles estariam livres para se mudarem de vez para Amesport.

Mara não deixou de notar a luz de contentamento nos olhos de Jared, quando Hope levantou-se, na sala de estar, após o jantar, e fez o comunicado oficial.

Sentada ao lado dele, no sofá, ela se aproximou e sussurrou – Esse sempre foi o seu plano, não foi? Você construiu uma casa para cada um dos seus irmãos, aqui na Península, para reunir a família novamente. – Mara sabia que era verdade, com a mesma certeza de que sabia amar Jared. Ele não tinha ido para lá para construir casa para todos os irmãos por coincidência, ou só porque estava entediado, ou porque queria fugir da dor de ter perdido o amigo e a namorada. Jared ansiava para ter seus irmãos de volta na mesma área, juntos, após anos espalhados pelo país e, no caso de Evan, do outro lado do mundo. Mara sentiu uma pontada no coração, pelo homem tão solitário que teve de vir até onde Grady já estava morando permanentemente, e usou suas habilidades de arquiteto para construir o que torcia para se tornar o lar dos irmãos, mas não apenas nas férias. Durante anos, o plano não tinha dado certo, todos os irmãos estavam solteiros e ocupados com suas próprias vidas. Agora, ele teria Hope, Grady e Dante, todos no mesmo local, algo que Mara tinha certeza ter sido o anseio secreto de Jared, o tempo todo.

- Eu não admiti isso, à época, mas acho que era, sim, o que eu realmente queria – ele respondeu, num sussurro rouco, perto do ouvido dela. – É difícil acreditar que isso esteja mesmo acontecendo. Agora só falta o Evan.

O coração de Mara deu um salto. Será que isso significava que Jared estava pretendendo ficar em Amesport para sempre? Que sua casa na Península seria sua residência permanente? Obviamente, às vezes, ele teria que viajar. Ele tinha projetos espalhados no mundo inteiro. Mas será que ele estaria planejando passar a maior parte do tempo no Maine?

– Não tenho certeza se o pequeno aeroporto de Amesport vai comportar tantos jatos particulares – disse ela, com uma leveza que não estava sentindo, tentando acalmar seus nervos agitados.

Jared sorriu para ela. – Então, nós vamos ampliá-lo. Esse é um fator bom em se ter uma porção de bilionários na cidade. Haverá dinheiro de sobra para ajudar com melhorias.

Mara pensava em muitos benefícios, o mais importante seria que Jared estaria frequentemente em Amesport. Ela abriu a boca para responder, mas sua atenção foi desviada de Jared para Hope, que sentou no colo do marido, numa poltrona reclinável, e falou baixinho. – Já que estamos todos aqui, agora, há mais uma coisa que eu quero lhes dizer. Eu escondi algo de vocês e peço desculpas.

Mara viu o rosto de Jason instantaneamente mudar, sua expressão ficar preocupada, seus olhos enevoados, quando ele passou a mão nas costas de Hope. – Meu benzinho, talvez não seja o melhor momento... – Jason começou a dizer sério.

– É, sim – Hope interrompeu. – Nós nunca estamos todos juntos e eu quero que eles saibam a verdade. Nós estaremos próximos novamente, morando no mesmo lugar. Eu preciso encerrar esse assunto, Jason. Não quero continuar vivendo com uma mentira, com a minha família. Eu os amo. Chegou a hora.

Mara observava a interação entre Hope e Jason, enquanto eles se olhavam, muito sendo comunicado sem palavras, antes que Jason finalmente assentisse sua bela cabeça loura, relutante. Foi um sinal de que ele estava ao lado de Hope, independente de qualquer coisa.

A bela Hope, com seus cabelos louros escuros, abriu a boca para falar, mas sua voz saiu fraca e trêmula. – Eu menti. Venho mentindo para todos vocês há anos, até recentemente.

– Por quê? – Grady perguntou, parecendo confuso, quando Emily pegou sua mão, no sofá de dois lugares onde eles estavam sentados.

– Como? – perguntou Dante, enquanto Sarah passava o braço em volta dos ombros do noivo, sentada em seu colo, na poltrona em que estavam.

Mara pegou a mão de Jared, sentindo que o que Hope ia dizer teria um impacto emocional nos irmãos Sinclair.

Hope ficou com os olhos cheios de água e tentou continuar. – E-eu escondi coisas – ela disse, com uma voz repleta de tristeza.

A voz de Evan estrondou de sua poltrona, do outro lado da sala. – Ela estudou fotografia, fato que nenhum de nós soube. Todos nós achamos que ela estivesse obtendo um diploma inútil, mas, na verdade, ela se formou como uma fotógrafa muito talentosa e começou a ganhar a vida viajando pelo mundo, em missões arriscadas, como repórter de climas extremos. Ela nunca contou o que estava fazendo, nem para onde estava indo, porque sabia que nós a impediríamos.

– Evan virou seus olhos azuis gélidos para a irmã, que o olhava boquiaberta. – E certamente nós o faríamos, se soubéssemos. Ela teria proteção em tempo integral. – A voz de Evan era descontraída, mas seus olhos nunca deixaram Hope. – Enquanto ela estava na Índia, perseguindo um ciclone, ela foi sequestrada, torturada e... – Evan tossiu no punho fechado, antes de dizer as últimas palavras. – Ela foi repetidamente surrada, atacada e estuprada.

Pela primeira vez, Mara ouviu um tom de angústia e remorso na voz habitualmente gélida de Evan, quando ele disse a última frase. Seu rosto ainda estava neutro, mas ele não conseguira esconder como se sentia em relação ao que havia acontecido com Hope. Mara apertou a mão de Jared, quando viu a expressão incrédula e atormentada em seu rosto.

- Como você soube? – Hope perguntou ao Evan, abaixando o olhar para o colo.

- Eu não sabia, até depois que você se envolveu com o Sutherland, ou eu teria feito alguma coisa para evitar suas atividades perigosas. Eu só mandei investigadores em seu rastro, quando você desapareceu no Colorado. Eu tinha a sensação de que as coisas não eram bem como pareciam – Evan respondeu, com a voz séria e zangada.

- Eu fui encontrada no mesmo dia – Hope falou.

- Eu não estava nem aí – Evan estrilou. – Você é minha irmã caçula e eu queria saber que diabo estava sendo escondido de mim.

- Que diabo aconteceu, depois que você foi sequestrada? – Jared rugiu.

- Quem fez essa porra? – Dante perguntou furioso.

- Vamos matar esse escroto – Grady disse, irado.

- Ele está morto – Hope explicou baixinho. – Ele era um radical político e maluco. Nossas Forças Especiais já o rastreavam, numa missão secreta, porque eles sabiam que ele estava se escondendo na Índia. Eles salvaram a minha vida e o mataram, quando invadiram o prédio remoto que ele estava usando como esconderijo. Ele estava me mantendo refém lá. – Hope respirou fundo, antes de acrescentar – Eu peço desculpas por ter mentido para todos vocês. Depois do jeito como nós fomos criados, eu só queria ser livre. Vocês todos são super protetores e eu amo isso em vocês, mas eu precisava viver minha própria vida.

Hope respondeu a todas as perguntas dos irmãos, tentando aliviar todos os sentimentos de mágoa. Todas as mulheres apoiaram a decisão de Hope, apontando para seus homens e dizendo que eles eram, mesmo, super protetores e que Hope tinha direito a uma vida própria. Mesmo que isso significasse que ela tivesse que mentir para eles, para obter sua independência.

- Eu admiro seu trabalho, Hope – Mara disse a ela, num raro momento de silêncio. Hope havia mencionado seu nome profissional de H. L. Sinclair, enquanto todos estavam discutindo. – Nunca vi nenhuma de suas fotos de clima extremo, mas já vi algumas da natureza. Há um tempo, eu queria colocar algumas imagens nas minhas paredes e me deparei com as suas fotos. Elas são extraordinárias. – Ela olhou em volta, notando todos os olhos da sala sobre ela. – A Hope é incrivelmente talentosa. Algum de vocês já viu suas fotografias?

- Ela é um gênio da fotografia. Hope é provavelmente uma das fotógrafas mais respeitadas do mundo, na categoria de imagens de clima extremo. Ela tem um dom e é incrivelmente habilidosa – disse Jason, apoiando. – Por sorte, seu foco agora está em paisagens e fotografia da natureza. Ela não tem mais nada a provar a ninguém.

– Jason e Hope trocaram um olhar de compreensão, algo que provavelmente ninguém entendia, exceto eles dois.

Todos murmuraram que não... menos Evan. – Eu já vi todas as fotos – Evan mencionou, descontraído. – Concordo que ela seja incrivelmente talentosa. Agora eu tenho inúmeros de seus trabalhos em minhas paredes – admitiu Evan. – Tenho de admitir que fico aliviado que ela tenha decidido mudar de foco. Se não tivesse feito isso, eu teria mandando pôr agentes em volta dela.

- Eles teriam que fazer fila atrás dos meus – disse Grady, emburrado.

- Os meus também estaria lá – Jared acrescentou.

- Eu contrataria alguns – Dante concordou, num tom de voz aborrecido.

- Vocês todos estão atrasados – disse Jason, num tom de defensiva. – Eu já tinha planejado a proteção dela, caso ela não tivesse escolhido mudar de campo sozinha. E eu estaria com ela em cada momento, independentemente do local.

Hope aproximou-se e beijou o marido afetuosamente, antes de focar sua atenção em Evan. – Você realmente tem algumas fotos minhas, nas suas paredes? – Hope perguntou hesitante, esperançosa, demonstrando surpresa.

Evan assentiu veemente. – Eu me orgulho de você, Hope.

Mara sabia que esse simples comentário englobava muito mais que o trabalho dela, como fotógrafa. Mara sentiu um aperto no coração, ao pensar no que Hope teria passado nas mãos de seu seqüestrador, embora ela não tivesse compartilhado os detalhes sombrios. A dor física e emocional que Hope teria sofrido. – Você é incrivelmente corajosa – Mara disse a Hope, com sinceridade. – Eu só lamento pelo que lhe aconteceu.

Hope deu um sorrisinho para Mara. – Obrigada. Eu superei e agora sou mais feliz do que jamais sonhei que seria. – Ela parou para dar uma olhada de adoração ao marido, Jason, levando a mão à barriga ainda lisa.

- Nós deveríamos estar presentes por você. Você poderia ter nos contado – disse Grady.

- Por favor, entenda que eu precisava de tempo, Grady. Amo vocês todos, mas eu tinha que ter um tempo para me curar – Hope respondeu baixinho.

- Se esse incidente foi altamente secreto e oculto para o público, como foi que o Evan descobriu? – Dante perguntou, olhando diretamente para o irmão mais velho.

Evan olhava para Dante, com olhos neutros. – Não há muitas áreas em que eu não tenha contatos. – Ele sacudiu os ombros, misteriosamente.

Jared soltou a mão de Mara e levantou, caminhando lentamente até a irmã. – Naquele momento, nós não estávamos presentes por você, mas agora estamos. Ora, me dá um abraço – ele disse, sem jeito.

Com as lágrimas correndo no rosto, Mara mordeu o lábio quando Jason soltou a esposa e Hope, lacrimosa, se jogou nos braços de Jared. – Eu lamento muito. Eu amo tanto, vocês todos – Hope dizia, aos prantos, agarrada aos irmãos.

Todos se levantaram, incluindo as mulheres, menos Evan. Todos deram abraços afetuosos de perdão e amor.

Embora Evan observasse cada momento da reunião, ele não se mexeu para abraçar a irmã, nem para integrar a reconciliação da família.

Ele permaneceu sozinho.

Capítulo 17

—Você tem uma família incrível – Mara disse ao Jared, uma ou duas horas depois que a revelação de Hope tinha sacudido todo o clã dos Sinclair. Embora Evan tentasse não parecer afetado por nada daquilo, Mara não era tola. Enquanto o restante da família tinha conseguido falar a respeito, se abraçar por perdão e apoio, Evan tinha ficado matutando sozinho. Para Evan não houve melhora e seu coração doía por ele.

- Eu senti falta deles – Jared admitiu num tom de voz baixo e pensativo, enquanto olhava todo o grupo dos Sinclair em volta dele, rindo e brincando uns com os outros, falando de tudo, desde as descobertas de infância, até as preferências esportivas. – Eu só queria ter sabido sobre a Hope.

- Ninguém sabia. Evan só soube depois que terminou. Ainda bem que ela mostrou seu trabalho para todo mundo. Você deve se orgulhar dela. Ela é talentosa – Mara lhe disse, pensativa.

Hope tinha mostrado seu portfólio online, depois que todos os Sinclair tinham insistido em ver. Todos eles ficaram um tempo maravilhados com o talento dela, e Mara viu que Hope estava aliviada e satisfeita que sua família pôde finalmente reconhecer sua carreira. Embora Hope agora tivesse deixado de fotografar climas extremos e desastres naturais mundo afora, ela ainda estava construindo seu nome na fotografia natural. E, na opinião de Mara, ela era muito boa nisso.

- Jared? Tem alguém aqui que quer falar com você. Ela disse que é uma velha conhecida sua. – Emily estava perto de onde eles estavam sentados, no sofá, com uma expressão meio incerta.

A campainha tinha tocado, alguns minutos antes, e Emily tinha levantado, com Grady indo atrás, para ver quem estava visitando. Como toda a família estava ali e a Península era uma propriedade particular, ele pareceu preocupado. Obviamente, eles não estavam esperando mais nenhum convidado.

A sala caiu em silêncio, com todos os olhos em Jared. – Quem é? – ele perguntou, parecendo confuso.

É uma mulher? Ele não está saindo com ninguém, no momento. Ele me disse que não está.

O coração de Mara disparou, seu medo de que alguma paixão antiga que ele tivesse levado para cama o tivesse rastreado causou um arrepio que percorreu sua espinha.

Ele não mentiria pra mim. Ele não faria isso. Mesmo que fosse alguma antiga paixão, ele não está dormindo com ela agora.

Emily deu um passo ao lado e surgiu uma mulher com aspecto cansado. – Sou eu. Eu lamento em interromper, mas eu precisava vê-lo. – Disse a mulher mais velha, nervosa, retorcendo as mãos diante de Jared.

Mara virou a cabeça a tempo de ver um lampejo de intensa dor no rosto de Jared. Ela duvidava muito que fosse um relacionamento sexual. A mulher tinha idade para ser mãe dele, porém, a julgar pela reação de Jared, ele obviamente a conhecia.

- Sra. Olsen? – a voz de Jared falhou ao cumprimentá-la.

Pela primeira vez, Evan levantou e veio andando até o sofá. – Ah... parece que essa é a noite dos esqueletos da família saírem do armário. Mas esse segredo, em especial, não. Nem essa noite. Senhora, pode ir embora imediatamente, ou eu vou chamar a polícia e mandar que seja levada. – A voz do Sinclair mais velho era mais gélida que a Antártida.

- A polícia já está aqui – disse Dante, ao levantar e parar ao lado de Evan. – Que diabo está acontecendo?

- Quem é ela? – Mara perguntou, sem ar, sentindo a tensão no corpo de Jared.

- Mãe de Selena – Jared disse, num tom aflito.

Mara saltou de pé, sem conseguir conter a fúria por essa mulher ter procurado Jared, depois de tudo que ela o fizera passar, depois de tudo que ele tinha feito para poupar seus sentimentos, no passado. Ela cerrou os dentes ao falar. – Eu lamento que a senhora tenha perdido sua filha, mas Jared já passou por muita coisa, ao longo dos anos. Chega! Agora vá embora. – Ela não deixaria que essa mulher sequer se aproximasse de Jared e entrou no meio dos dois, bloqueando a visão de Jared, para que ele não visse o rosto da mulher que o esbofeteou e culpou pela morte da filha.

- Eu não estou aqui para magoá-lo novamente – disse a mulher nervosa, ansiosa.

- Então, por que está aqui? – Mara quis saber.

- Eu estava torcendo para dar uma palavra, em particular, com o Jared – a sra. Olsen disse baixinho, visivelmente constrangida.

- De maneira alguma – Mara disse, veemente. Ela não deixaria essa mulher sozinha com Jared, para destilar mais veneno sobre ele. Isso até poderia ser compreensível quando a morte de Selena estava recente, e o fato era avassalador. Porém, vários anos depois, ela não cravaria novamente as garras em Jared.

- Estamos todos em família, aqui. Diga o que tiver de dizer agora, ou vá embora – Evan exigiu, friamente. – Mas eu alerto que se eu não gostar do que está dizendo, a senhora estará expulsa em segundos.

- Não posso dizer que sei exatamente o que está acontecendo, mas eu vou ajudá-lo a colocá-la pra fora – concordou Dante.

- A Selena tinha diários – a sra. Olsen subitamente disse. – Depois que ela morreu, eu não conseguia ler nenhum deles e nem tinha certeza se deveria. Há cerca de um mês, eu os encontrei guardados. Decidi que queria saber seus pensamentos durante o ano anterior à sua morte. Ela tinha se distanciado e eu queria saber o motivo. – Ela parou e respirou fundo. – Eu sei que ela estava apaixonada por Alan e estava dormindo com ele, embora tivesse um relacionamento com você, Jared. Eu quero saber exatamente o que aconteceu na noite em que ela morreu. – As lágrimas corriam pelo rosto da mulher acabada, em sua expressão desgastada. – Acho que não consigo deixar esse assunto de lado, até que eu saiba, agora que li aqueles diários.

Jared levantou e trouxe Mara até seu lado. – Não faz sentido falar disso agora – Jared insistiu. – Selena e Alan se foram, sra. Olsen. Por mais que eu deseje que não fosse verdade, nós não podemos trazê-los de volta. Eu lhe disse o quanto eu lamentava e não espero que a senhora algum dia deixe de me odiar. Mas deixe de lado.

- Eu só preciso saber, Jared – a mulher pediu.

Jared manteve-se de boca fechada, sacudindo a cabeça, lamentando. *Nem agora, ele consegue contar. Ele não consegue dizer as palavras que vão magoar a mãe dela.*

Mara apertou a mão dele, dando apoio. Obviamente, ele não ia dizer a verdade, embora a mãe de Selena já soubesse a pior parte.

Então, Evan falou por ele. – Meu irmão não sabia sobre os dois, nem que eles andavam dormindo juntos. Jared estava trabalhando, tentando começar uma empresa na qual ele generosamente ofereceu uma sociedade ao Alan. Na noite da festa, Jared estava lá e estava sóbrio, exatamente como ele havia prometido estar. Quando a sua filha e o Alan sumiram, ele foi procurá-los e os flagrou fazendo sexo, num dos quartos de onde a festa estava acontecendo. Sentindo-se magoado e traído, ele foi embora. Uma reação comum de um homem que acabou de ter o coração arrancado, senhora. – Evan olhava fixamente para a mulher, com seus olhos azuis intensos. – Ninguém sabe sobre o que aconteceu depois disso, exceto as três pessoas envolvidas e elas estão todas mortas. Eu entendo que tenha ficado arrasada quando a sua filha morreu, mas o Jared também ficou. Ele assumiu a culpa e pagou um preço muito alto por isso, com sua saúde mental. Ele jamais disse uma palavra que denegrisse a imagem de sua filha à senhora, ou a ninguém, nunca contou a ninguém que ela o traiu. Ele queria que a senhora guardasse suas lembranças felizes sem manchar a reputação de sua filha. – A voz de Evan estava assustadoramente calma, como se ele estivesse falando de um mero acordo de negócios. Ele cruzou os braços, sem jamais tirar os olhos da mulher angustiada em sua frente.

- Evan. Pare. – Jared pôs uma das mãos no ombro do irmão mais velho. – Isso não vai mudar nada.

Sacudindo o ombro para se soltar da mão de Jared, Evan disse – Eu espero, para o seu bem, que isso mude, sim, as coisas para você, Jared.

- Eu lamento muito – a sra. Olsen disse, aos prantos. – Eu entendo por que você foi embora. Foi uma reação natural. Você era bom para a Selena e eu lamento muito que ela o tenha magoado.

- Eu deveria ter ficado – Jared disse, constrangido. – Eu deveria ter levado os dois para casa, mesmo estando magoado.

- Eu não acho que a Selena teria ido com você, depois que você soube da verdade. Ela queria que você a ajudasse a pagar o restante de seus estudos, e depois que você soube sobre ela e o Alan, ela sabia que tinha acabado. Você fez o que qualquer pessoa teria feito. As duas pessoas de quem você mais gostava o traíram – dizia a sra. Olsen, chorando. – Eu amava a minha filha e gostaria de tê-la de volta, mas ela estava usando você e eu lamento mesmo por isso. Eu realmente achei que ela o amasse. Só para você saber, o Alan tentou interromper o caso e ele queria lhe contar a verdade. Estava tudo escrito no diário. Aparentemente, ele amava a Selena. – Ela limpou as lágrimas de seu rosto e olhou para o Jared. – Você não fez nada de errado, Jared. Eu lamento profundamente. Não espero que você me perdoe, mas eu desconfiava que algo assim tivesse acontecido, quando li o diário de Selena. Eu tive que procurá-lo. Eu tinha que saber a verdade, para deixar esse assunto de vez. Eu amava Selena mais que tudo, mas não gosto das coisas que ela fez.

- Eu a perdôo – disse Jared, com a voz embargada. – Selena era uma mulher linda e não era má, sra. Olsen. Ela apenas se apaixonou por outra pessoa e queria terminar de estudar. Ela sabia que a senhora não tinha dinheiro. Eu tinha. Eu não a odeio e gostaria que ela não tivesse partido. Ela tinha traços maravilhosos que o mundo vai perder.

Mara sentiu um aperto no coração, de amor por esse homem incrível, ao seu lado. Mesmo depois de tudo que ele tinha passado, depois de tudo que ele estava descobrindo da mulher que ele tinha amado, ele ainda era capaz se sentir pela morte dela.

A sra. Olsen fungou. – É muita bondade sua dizer isso, depois da forma como eu o tratei, no enterro dela, depois que eu o culpei.

Jared sacudiu os ombros. – Eu compreendi. A senhora estava de luto pela sua filha. Eu nem posso imaginar algo mais doloroso que isso. Eu só queria que a senhora se lembrasse das boas coisas de Selena.

- Eu tento me lembrar das coisas boas – ela disse baixinho, ao Jared.

Jared assentiu. – A senhora deve. Eu farei isso. Selena, Alan e eu tivemos muitas lembranças boas. Todos nós éramos jovens e cometemos nossos erros.

- Mas o que ela fez a você...

- Não importa mais – Jared terminou para ela. – Nós ainda éramos universitários, sra. Olsen. Selena era inteligente, uma garota forte, e o Alan se apaixonou por ela completamente. Selena ainda não tinha crescido completamente. Pense nas coisas boas que ela fez. Todos nós cometemos erros tolos, quando somos jovens. – Ele pousou a mão no ombro dela, com compaixão.

- Você era um bom garoto, Jared. E parece que se tornou um bom homem, também. – A mulher mais velha olhou-o, acima. – Você está feliz? – Ela olhou para Mara. – Esta é sua esposa?

- Eu estou feliz agora. E essa é Mara, a mulher que mudou a minha vida – Jared disse, com a voz falhando.

- Eu lamento por sua filha, sra. Olsen – Mara disse, séria, estendendo a mão para a mulher que tinha causado tanta dor ao Jared. Embora ela odiasse a angústia que essa mulher fizera Jared passar, ela não soubera a verdade. Agora que sabia, Mara admirava a iniciativa dessa senhora, em procurar Jared para descobrir o que realmente tinha acontecido na noite em que a filha havia morrido, e tentar corrigir alguns erros. Muitos pais nem iriam querer saber. Essa mulher obviamente quis e Mara era grata por ela finalmente dar ao Jared o encerramento que ele tanto precisava, à custa da própria dor. Era quase como se o relacionamento entre eles tivesse fechado um círculo inteiro. Jared tinha sofrido em silêncio, por todos esses anos, culpando a si mesmo. A sra. Olsen tinha sofrido, achando que tinha culpado Jared injustamente, culpando a si mesma. Finalmente, eles dois podiam ter paz, ou, ao menos, esse era o desejo fervoroso de Mara.

A sra. Olsen pegou a mão estendida de Mara e apertou, depois afagou delicadamente. – Então, faça-o feliz, Mara.

- Eu pretendo – ela respondeu.

Depois que Mara soltou a mão dela, Jared deu um passo à frente e deu um abraço na mulher mais velha. Mara viu a sra. Olsen fechar os olhos e retribuir o abraço. As lágrimas minaram em seus olhos, enquanto ela via Jared abraçar aquele que o atormentara, perdoando com tanta facilidade, porque a mulher havia perdido a filha. A capacidade de compaixão de Jared a deixou impressionada.

Passando o braço em volta dos ombros da mulher, Jared caminhou com ela até o carro. Confiando que a mulher não iria mais magoá-lo, Mara ficou para trás, para dar a eles um minuto de privacidade. No minuto em que eles saíram pela porta, a sala explodiu com perguntas.

- Mas que diabo foi isso?

- O que aconteceu com o Jared?

- Quem é ela?

Evan gesticulou para que todos eles sentassem e calmamente respondeu às perguntas. Mara sorriu pra ele, sabendo que ele estava respondendo perguntas difíceis, para que Jared não tivesse de fazê-lo. Da mesma forma que Evan tinha despejado a história sobre Hope, para que ela também não precisasse passar por essa dor.

Evan explicou todo o incidente, sem entrar em detalhes sobre o período em que Jared ficou mergulhado no fundo do poço. Ele só disse aos outros Sinclair que havia visitado Jared e ele estava tendo dificuldades de aceitar as mortes de seus amigos e se culpando.

- Eu gostaria de ter sabido – disse Dante. – Como foi que nós ficamos tão separados? A Hope e o Jared passaram por um inferno, e ninguém do restante de nós sabia, exceto Evan. Por quê? Eu sabia que o Jared estava diferente, que ele tinha mudado. Mas ele não falava a respeito. Talvez, se nós tivéssemos nos mantido mais próximos, ele tivesse falado.

- Eu soube por que eu sei de tudo – Evan respondeu, arrogante. – Jared não estava pronto para falar, naquele momento. Por mais que falássemos, não o teríamos convencido de que aquilo que aconteceu não tinha sido culpa sua. Ele precisava de tempo.

Talvez tivesse ajudado, se o Jared tivesse apoio, mas Mara notou que Evan não mencionou isso. Ela imaginou que seria porque o incidente já tinha passado e ele não queria os irmãos assumindo culpa pelo que o Jared tinha passado sozinho, da mesma forma que ele não queria que eles tivessem um remorso excessivo pelo que havia acontecido com a Hope.

Grady olhava fixamente para o Evan. – Por que você não nos contou sobre a Hope e o Jared?

Evan sacudiu os ombros. – Nenhuma dessas histórias eram minhas, para que eu contasse. Eu sabia que todos vocês saberiam da verdade, um dia, e não havia muito que vocês pudessem fazer, depois que todas essas coisas já tinham acontecido.

- Como você achou que nós descobriríamos? – Dante perguntou.

- Nós somos Sinclair – Evan disse, com a fala arrastada. – Podemos estar separados pela distância, mas somos ligados por laços de sangue e por nossas histórias.

- E porque vocês todos se amam – disse Sarah. – Vocês sempre estiveram presentes, quando precisaram, uns dos outros. Talvez não fosse o momento para o Jared e a Hope compartilharem, mas agora todos nós sabemos. E vocês todos dão apoio.

- Eu estou tão feliz por vocês todos estarem juntos novamente – disse Emily, com um suspiro, olhando para Mara, na expectativa. – Isso significa que você e o Jared vão se casar e ficar em Amesport? – a voz dela tinha um tom esperançoso.

- Não – Mara apressou-se em responder, sem querer que Emily criasse expectativas. – Quer dizer, nós só estamos... é... namorando.

Sarah fungou. – Ele disse que você é a mulher que mudou a vida dele. Isso não me parece um cenário de quem está "só namorando".

- Deixem a pobre mulher em paz – disse Evan, imperioso. – Assumir o Jared pelo resto da vida seria uma grande decisão para qualquer mulher. Os Sinclair não são fáceis para se lidar, e o Jared não é nenhuma exceção. Ele é um pé no saco.

Dante deu uma risada. – Não diga isso muito alto. Eu estou me amarrando amanhã.

- Não tenho dúvida de que Sarah me ouviu e ela está bem ciente de que você também é um pé no saco – Evan respondeu, na lata.

Sarah deu uma risada. – Ele pode ser, de vez em quando. – Ele trocou um olhar provocador com a noiva.

- Ainda bem que eu sou perfeito – Grady comentou, com uma voz arrogante.

Emily deu uma gargalhada de deleite. – Só em seus sonhos, grandalhão. Mas eu tenho que admitir que você chega bem perto.

O coração de Mara se encheu de alegria, vendo todo o clã Sinclair brincando, de forma afável. Era notável que depois de uma noite de tantos segredos compartilhados, tanto drama e tanta dor, todos eles estivessem juntos novamente, como se nada tivesse acontecido. Todos eles eram sobreviventes e tão resilientes que Mara admirava cada um deles.

Ela agora via o fato de fazer parte do casamento de Sarah, que aconteceria amanhã, como uma honra, em vez de uma incumbência, ou um favor. Essa era uma família especial, nascida da fortuna e do privilégio, sim, mas todos de bom coração.

Tomara que ter encontrado a mãe de Selena pudesse ser uma virada na vida de Jared. Todos os dias ele vinha sendo cada vez mais aberto, mas ela notava que ele ainda tinha dificuldade, ainda era hesitante. Essa noite talvez lhe trouxesse a absolvição, o caminho de volta a uma vida normal. Ela queria tanto isso pra ele que seu coração chegava a doer.

- Alguém vai querer sobremesa agora? – Emily perguntou, em voz alta. – Mara fez um cheesecake com chocolate. Eu posso fazer um café e nós servimos sobremesa.

- Eu sirvo – Dante rapidamente ofereceu, pulando de sua poltrona.

- Eu ajudo – Jason insistiu, pulando de pé.

- Ah, não senhor – disse Hope, levantando com uma gargalhada. – Vai acabar antes de ir para os pratos. Chocólatra – ela acusou, seguindo o marido em direção à cozinha.

Sarah e Emily se aproximaram e cada uma delas pegou uma das mãos de Mara. – Vamos. É melhor nos apressarmos, antes que a sobremesa acabe. O pobre Jared nem vai provar, porque foi lá para fora. Dante e Grady estão jogando sujo – Emily disse, brincando.

Uma risadinha escapou da boca de Mara, enquanto as duas mulheres a puxaram de pé. – Evan? – Mara olhou para o irmão mais velho. – Quer um pouco?

- Não, obrigado – ele disse, rapidamente. – Eu tento evitar produtos cheios de carboidratos e açúcar, sem qualquer valor nutritivo.

- Nada de porcarias? – Mara resfolegou. – Você está perdendo algo muito bom.

- Já estou acostumado – Evan murmurou baixinho.

Mara ouviu, ou achou ter ouvido. Talvez ela não tivesse entendido corretamente. – Você disse alguma coisa?

- Não – Evan respondeu irritadiço.

Ela olhou-o intrigada, tentando analisar o mais velho dos irmãos Sinclair. Se ela o tomasse pela aparência, ele realmente era um babaca, e ela não tinha dúvida de que essa arrogância realmente fazia parte de sua personalidade. Mas havia outra coisa, algo que ela não conseguia identificar. Em alguns momentos, Evan era muito mais do que parecia, a maioria desses momentos revolvendo assuntos da proteção à sua família. Será que alguém via o quanto ele era dedicado aos irmãos? Ou será que ela era a única que via mais alguma coisa, por baixo de sua imagem finamente esculpida de esnobismo e controle?

Ela sentiu uma compaixão por Evan, sentando sozinho na sala, com o rosto inexpressivo. Ele parecia tão separado, tão... sozinho. Honestamente, ela achava que ele não era feliz assim. Então, por que ele continuava vivendo dessa forma?

- Mara, você vem? O Grady está com a torta! – A voz de Emily rindo flutuou para fora da cozinha.

Afastando a desolação por ver Evan Sinclair sentado isolado na sala, ela sorriu ao caminhar para a cozinha. Ao chegar lá, ela percebeu o pandemônio formado, com todo mundo querendo se apoderar da torta.

– O que eles estão fazendo? – Jared chegou por trás dela, passando os braços em volta de sua cintura, depois de vir lá de fora.

– Brigando por causa da torta de cheesecake com chocolate que eu trouxe – ela respondeu, entretida.

– Talvez seja melhor eu entrar nessa briga. – Ele apertou os braços em volta da cintura dela e a beijou na têmpora.

– Não precisa. – Ela virou e passou os braços ao redor do pescoço dele. Chegando mais perto, ela disse, em seu ouvido. – Não conte a ninguém, mas eu fiz uma só pra você. Está lá em casa, na geladeira.

Seu olhar esverdeado e profundo ficou repleto de humor. – Não é para menos que eu te venero.

– Pela minha torta? – ela provocou.

– Porque você fez uma só pra mim e por um milhão de outros motivos. – Ele encostou a testa na dela. – Deixa a torta pra depois. Acho que prefiro você de sobremesa. Vamos para casa, a menos que você queira brigar pela sobremesa.

Meu bom Jesus. Tudo que ela queria era lambê-lo, como uma sobremesa depois do jantar. Ele era tão bonito que a deixava sem ar. – Tenho certeza de que você vai se deleitar.

– Tudo que eu quero, benzinho – ele respondeu, as palavras quase uma promessa.

– Eu quero lamber seu corpo inteiro de sobremesa – ela sussurrou em seu ouvido, dando uma mordidinha no lóbulo de sua orelha.

– Puta merda. Estamos saindo daqui – Jared declarou, pegando-a no colo e carregando para a porta.

– Você não vai dar tchau?

– Até mais – Jared gritou para sua família, sem tirar os olhos dos olhos dela.

De costas para a família, Jared nem notou que todos os seus irmãos pararam de brigar, por um momento, para sorrirem, olhando os dois saindo, todos de olhos esperançosos.

Capítulo 18

Então, você realmente construiu todas essas casas, na Península de Amesport, só porque torcia para que toda sua família voltasse para cá, algum dia? – Mara estava salivando para tocar Jared, e ela estava se distraindo com a pergunta, enquanto ele dirigia pelo curto trajeto de volta à sua casa.

- Acho que sim – Jared respondeu com um tom de voz baixo, pensativo. – Depois que o Evan me pôs sóbrio de novo e voltou à sua empresa, eu precisava sentir que estava fazendo algo útil. Eu disse aos meus irmãos que iria construir uma casa para cada um deles, depois que visitei o Grady e vi essa península. Foi como uma compulsão. Nenhum deles se opôs, então, ouvindo o que eles queriam, eu fiz. Eu queria fazer tudo direito, talvez por querer que eles ficassem.

- Você ficou com o Grady, todo aquele tempo?

- Não. Eu praticamente fiquei morando no Lighthouse Inn. Eles têm um bom café da manhã – ele respondeu, com a voz leve.

Mara conhecia a pousada adorável que já funcionava em Amesport há anos. – Não consigo imaginar você hospedado lá.

- Por quê? Eu gostava.

O lugar era agradável, mas bem rústico. – É adorável, mas você é bem bonitinho para um lugar tão rústico. – Ela sabia que estaria encrencada por dizer isso, mas não pôde resistir.

- Você está encrencada, mulher – ele rugiu.

- Que bom. Eu quero me encrencar. – Ela abriu a fivela do cinto de segurança, quando eles entraram na longa entrada de veículos de Jared. Ficando de joelhos, ela se debruçou por cima do console do veículo e começou a desabotoar a camisa dele, passando a mão por baixo da bainha, com a outra mão, se deliciando com a pele aquecida dele.

- Eu estou tentando dirigir aqui – ele disse, com pouca convicção.

- Eu não estou – ela respondeu maliciosa, abrindo o botão do jeans e abaixando o zíper. – Você está rijo.

- Essa é uma situação crônica, sempre que você está por perto – ele disse. – Porra, também é constante quando você não está perto, porque eu estou sempre pensando em você.

- Eu te amo, Jared. Nesse momento, eu não consigo mais esperar para tocar em você. – O coração de Mara estava transbordando de sentimento por esse homem, e o órgão estava assumindo o controle. A noite toda havia sido bem intensa e ela quisera tocá-lo, confortá-lo, de alguma forma.

- Porra! Você está me matando.

- Você vai sobreviver – ela disse, ronronando, soltando o pau imenso e acariciando. Senti-lo a deixava em deleite. Ele parecia aço coberto de seda e era divino afagá-lo. – Eu tenho que tocar você, ou vou morrer de desejo.

- Você sabe o que faz comigo, Mara? Tem alguma ideia de como isso é gostoso, como é incrível que você me deseje tanto? Por isso que eu fico maluco quando você me pede para te fazer gozar. Nenhuma mulher nunca me quis tanto – ele disse, com um gemido.

Um líquido ardente minou no meio das coxas e ela sentiu o coração disparar, como se tivesse acabado de correr uma maratona. Jared deveria ser amado dessa forma, precisava ser amado assim. As mulheres com quem ela estivera hoje a enganaram. Como era possível que alguma mulher não quisesse Jared, desesperadamente?

– Eu não apenas quero você. Eu preciso de você. – Ela abocanhou seu pau com um gemido faminto.

Um som profundo e reverberante escapou dos lábios de Jared, enquanto ele freava o veículo na frente de casa e desligava o motor. Ele mergulhou as mãos nos cabelos dela e segurou, desesperado. – Assim. Não.

Desapontada quando Jared usou sua pegada para erguer-lhe a cabeça e abriu a porta do carro, Mara relutantemente se endireitou e lambeu os lábios, ainda inebriada pelo gosto dele, quando seu olhar encontrou o de Jared. Seu coração disparou de novo, quando ela observou a expressão perigosa e feroz dos olhos dele. – Desculpe, eu achei que você talvez gostasse...

- Nunca mais se desculpe por me tocar – Jared disse, descendo e contornando o carro, num segundo, e tirando-a de seu banco. Ela passou as pernas em volta dos quadris dele, enquanto ele a segurava pela cintura. – Eu preciso que você me toque. Esse corpo pertence a você, benzinho. Entendeu?

A respiração de Mara falhou, enquanto ela assentia, com os olhos fixos nos dele, as palavras fazendo-a estremecer de desejo. Ele me pertence. – Então, por que você me fez parar?

- Porque eu já teria gozado, se você continuasse me chupando com essa boca gostosa, me lambendo com essa língua quente. Porra, isso me deixa maluco, mas não é o que eu preciso agora e acho que não é o que você precisa.

Ela pousou os pés no chão, depois que ele tinha dado alguns passos. Os sensores tinham automaticamente acendido as luzes da frente da casa, quando eles entraram com o carro e Mara mordeu o lábio, quase babando ao olhar o peito musculoso exposto, por ela ter aberto os botões. A bainha da camisa verde clara estava para fora, pendurada nas laterais dos quadris dele, e seu jeans estava caído, com o zíper aberto e o pau imenso e ereto para fora. – Deus, como você é lindo, Jared – ela disse baixinho, com uma voz ofegante. – O que você precisa agora? – Mara estava desesperada para lhe dar qualquer coisa que ele quisesse, que ele precisasse.

Jared segurou a bainha da blusa dela e ergueu seus braços para tirar a peça e depois o sutiã transparente que ela estava usando. Ele abaixou de joelhos, apesar do cimento do chão, e abriu o jeans dela, puxando pra baixo junto com a calcinha, até que ela pudesse pisar para fora da roupa.

Ele levantou e encostou seu corpo nu na picape. – Preciso que a gente se perca um no outro. Preciso sentir você grudada em mim, me tocando, como se nunca fosse me soltar. Preciso tocar você, transar com você até que você só consiga pensar em mim. Quero ouvir meu nome em seus lábios, cada vez que você respirar, enquanto eu te fizer gozar. – Ele pousou as mãos no capô do veículo, segurando o corpo dela dos dois lados, com os olhos ardendo com uma intensidade que era quase cegante. Abaixando a cabeça, ele passou os lábios na têmpora dela, depois foi descendo pelo pescoço. – Que cheiro bom você tem. Quero sentir seu cheiro até que ele fique entranhado em cada célula do meu corpo, para que eu nunca mais respire sem saborear sua essência.

Mara estava ofegante só de ouvir as palavras eróticas, românticas, que ele estava dizendo com essa voz rouca de quem diz *transe comigo*. – Jared. Por favor. Eu preciso de você. – Ela passou as mãos nos ombros dele e desceu a camisa aos braços. Ela tirou a peça, impaciente, enquanto ela afagava seu peito, deixando as mãos deslizarem até as costas dele, depois subirem até os cabelos. Ela o queria mais e mais. – Transe comigo, Jared. Agora.

Os lábios dele colaram aos dela, seus braços musculosos a envolveram pela cintura. Ele embrenhou uma das mãos nos cabelos dela e a outra a segurava, mantendo-a presa em seu abraço. Erguendo as pernas nuas até a cintura dele, Mara gemia e se contorcia junto ao pau imenso e rijo, desesperada para tê-lo dentro dela.

Ele a devorava, mergulhando a língua, até que ela estava sem fôlego. Ofegante, ela implorou de novo – Por favor.

- Do que você precisa, meu benzinho?

- De você. Só de você. Faz com força, bem forte. Preciso que você me faça sua. – Mara tinha vontade de chorar de tanto tesão por ele, de vontade que ele a tomasse com possessividade, para saciar o desejo insuportável que sentia.

Ele abaixou as pernas dela e deu um passo atrás, virando-a de costas para ele, colocando as mãos dela sobre o capô do carro. – Assim? – ele perguntou rouco, querendo uma resposta, enquanto sua mão acariciava as costas dela, descendo até as nádegas.

Ai, Deus, sim.

- Sim. Por favor.

Jared se deleitava entre as coxas dela, passando os dedos em seu calor molhado.

Mara jogou a cabeça para trás, enquanto ele remexia em seu sexo, erguendo as nádegas, as mãos no capô do carro mantendo-a curvada. Jared acariciava seu clitóris e a fazia gemer.

Seu corpo deu um tranco, quando ele lhe deu uma palmada. Com força.

Paft.

O fervor carnal da punição erótica quase a fez gozar. Ele a deixou numa posição vulnerável. Em pé, ao seu lado, com uma das mãos, ele podia mexer em seu sexo e com a outra, espalmar sua nádega. A sensação de dor e prazer quase a enlouquecia, e ela gritou seu nome de novo, ao espalmá-la outra vez.

Paft!

- Isso é por me chamar de bonitinho – ele disse a ela, dominador.

Se isso era o que ela ganhava, ela o chamaria de bonitinho dez vezes por dia. – Jared, me faça gozar. – A sensação de espiral em sua barriga era quase insuportável.

Ele ficou atrás dela e segurou-lhe os quadris. – Desse jeito, eu vou entrar bem fundo, Mara – ele disse, com uma voz gemida.

- Que bom. Bem fundo – ela disse, ofegante, mais do que pronta para senti-lo dentro dela. – E não precisa ser devagar. Pode se apossar de mim. Por favor. – Mais que tudo, ela queria que Jared perdesse o controle. Ele nunca iria machucá-la e ela queria que ele ficasse tão sensível quanto ela estava, naquele momento.

Ele mergulhou dentro dela com toda força. Mara sentiu que o controle dele se foi e o que passou a imperar foi o desejo primitivo.

- Você é gostosa demais, porra. É como se nós tivéssemos sido feitos um para o outro. – Ele recuou e entrou com toda força outra vez.

Ela queria dizer que se sentia da mesma forma, mas só conseguia gemer, as palavras lhe fugiam, enquanto seu desejo a dominava. Ele começou a entrar e sair com mais força, mais veloz, e Mara empinava e empurrava a bunda para trás, de encontro a cada movimento dele, quase gozando.

Tão perto. Tão perto.

- Jared. Jared. Jared. – Ela começou a entoar o nome dele, a cada investida, sem conseguir parar. Nada mais importava. Nada mais existia, somente ele.

- Goza pra mim, meu benzinho – ele mandou, tirando uma das mãos do quadril dela e descendo ao seu sexo.

Mara sentiu a centelha, quando Jared segurou seu clitóris com o polegar e o indicador, apertando, enquanto entrava fundo nela. Ela começou a gritar seu nome, se apertando em volta do pau dele.

Ele segurou um punhado de seu cabelo e mordiscou seu pescoço, fazendo-a perder totalmente. Ela só conseguiu continuar de pé por ele segurá-la, com sua pegada possessiva.

Batendo dentro dela mais algumas vezes, ele explodiu em gozo quente, com um gemido feroz de prazer. Ele abaixou o corpo sobre o dela, virou-lhe a cabeça e tomou sua boca, enquanto pousava o peito em suas costas, respirando ofegante, mergulhando o rosto em seus cabelos. – Cristo. Eu machuquei você? – ele perguntou baixinho, com uma voz angustiada.

Mara deu uma risada contida. – Não. Eu estou começando a achar que eu preciso assim, mais rude. Esse orgasmo pareceu que eu estava sentindo dor? – ela brincou.

Jared se endireitou e virou o corpo dela, erguendo-a sobre o capô do carro, passando os braços protetores em volta dela. – Eu só não quero machucar você, nunca.

- Você não vai me machucar – ela o tranquilizou, abraçando-o, até que seus corpos ficaram pele com pele, e ela o abraçou com as pernas, para trazê-lo ainda mais junto dela.

- Foi uma bela maneira de inaugurar seu carro novo – Jared disse, com um tom de riso. – Nunca mais vou conseguir olhar pra esse veículo sem ficar de pau duro.

Intrigada por suas palavras, Mara perguntou – Que carro novo?

- Esse onde sua bunda linda está sentada. – Ele recuou e sorriu pra ela.

Ai, Deus, o que foi que ele fez?

Ela virou a cabeça e finalmente notou que o carro onde eles estavam não era a caminhonete de Jared, mas era outra, estacionada bem ao lado. Esse carro novinho e brilhoso era bem parecido, mas ela olhou mais atenta e percebeu que ele tinha um tom mais profundo de vermelho metálico. Ela pulou de cima e deu um gritinho, e Jared a pegou. Mara pousou os pés no chão e ficou boquiaberta, olhando o carro ao lado do veículo de Jared. – Você comprou outra caminhonete Mercedes?

- Um veículo de trabalho pra você. Mara, você não pode continuar dirigindo sua caminhonete velha. Tudo precisa ser consertado. O negócio está crescendo. Você precisa de um carro novo.

Ela olhou para Jared, enquanto ele vestia novamente o jeans e fechava o zíper, deixando a camisa aberta. Ela ficou com a boca seca, enquanto olhava o veículo lindo. – Não posso ficar com isso. É caro demais. Eu sei que precisava de um carro mais novo, mas isso é demais. – Ela olhou em volta. – O que aconteceu com a minha caminhonete?

- O Todd disse que ficava com ela. Ele é mecânico e consegue consertar tudo, com o dinheiro que está ganhando. Então, a família dele terá um veículo. Ele tem dezessete anos. Quer ter um carro.

- Você simplesmente deu pra ele? – ela perguntou, indignada, pegando a roupa. Ela vestiu o sutiã e a blusa, depois, sem jeito, pôs a calcinha e o jeans, sabendo que Jared a olhava.

- Você terá que assinar para passar para ele. Mas ele queria começar a trabalhar no carro. Ele está muito empolgado.

- Droga. Você sabe que eu nunca aceitaria de volta, um veículo que fosse prometido ao Todd. – Ela cruzou os braços e olhou fixamente para Jared. Ela o amava, com cada fibra de seu ser, mas suas atitudes eram muito arrogantes, até mesmo para Jared.

- Por que diabos você iria querer de volta? Se você não gostou desse, eu posso lhe comprar outro. – Ele parecia estar realmente confuso.

Mara estava batendo o pé no concreto, tentando conter seu gênio. – Porque era minha caminhonete e eu não posso aceitar um presente caro assim. Jared, você já me ajudou imensamente e eu não sei o que eu teria feito sem você. Mas isso é demais. – honestamente, ela de fato não sabia o que teria feito se Jared não tivesse entrado em sua vida. Ele havia sido sua rocha, a pessoa que a salvara de ficar sem teto. E, para ele, as coisas que ele estava fazendo para ela não eram nada demais. – Por que você não me perguntou primeiro?

Ele sacudiu os ombros. – Por quê? Eu cuido da parte dos negócios da Mara's Kitchen e um veículo novo para você está no contrato. Acho que eu deveria ter checado com você, antes de ter dado sua caminhonete para o Todd, mas não achei que você se importaria, já que tem um carro novo.

Ai, Deus. Ela não tinha lido cada linha do contrato. Ela confiara em Jared e só checou para ter certeza que ele não estava se prejudicando. Levando tudo em conta, ela realmente não teria se importado em dar sua caminhonete velha para o Todd. A família dele tinha tão pouco e se o veículo o ajudaria, ela teria ficado contente em dá-lo, se ela tivesse outro meio de transporte. – Eu deveria ter sido consultada. Somos sócios e isso era algo de minha propriedade pessoal.

- Você está certa. Eu deveria, mesmo. Mas você está se matando de trabalhar. Eu achei que isso fosse algo que eu poderia cuidar para você.

O coração de Mara se apertou com a expressão arrependida no rosto dele. Ele estava tentando ajudar e isso fez com que ela se sentisse mal. – Nós realmente somos de mundos diferentes – ela murmurou irritada, sem conseguir evitar que Jared ficasse ainda pior, se ficasse chateada com ele. – Da próxima vez, quando algo disser respeito à minha propriedade particular, eu agradeceria se você me perguntasse. – Droga. Ela era tão fácil. Mas Jared já tinha passado por tanta coisa hoje, que ela não queria discutir. Ela queria falar com ele, saber como as coisas tinham ido com a sra. Olsen, descobrir se ele estava se sentindo melhor, se isso o ajudara a resolver algo. Nesse momento, tudo que ela queria era que ele a abraçasse, enquanto eles conversassem a respeito.

- Tudo bem – ele concordou. – Mas se fosse preciso, eu lhe faria um favor e arranjaria alguém para roubar aquela maldita caminhonete. Era perigosa. E você precisava de um carro novo.

Certo... talvez ele não estivesse com tanto remorso assim. Mara teve dificuldades para conter um sorriso. Jared era incorrigível e tão honesto que acabava se encrencando com facilidade. O problema era que ela via sua preocupação por ela. Ele não estava fazendo isso por nenhum outro motivo. – Você tem sorte porque me deu aquele orgasmo fabuloso. Estou saciada demais para discutir com você.

- Não, assim que eu consigo tudo que eu quiser? Fazendo você gozar? – Um sorriso foi lentamente surgindo nos lábios dele e chegou aos seus olhos, que a encaravam famintos.

Ele não conseguiu se conter. E provocou também. – Certamente não faria nenhum mal.

- Se você quiser algo de mim, tudo que tem a fazer é sorrir como está sorrindo agora. Eu lhe darei qualquer coisa que você queira – ele disse a ela, com sinceridade.

- Você sabe que é quase impossível ficar zangada com você por muito tempo. – Mara se aproximou e fez um carinho em seu queixo coberto pela barba por fazer. – E se eu quiser que você pare de comprar coisas pra mim? – Ela o olhava radiante, para afirmar sua posição.

- Tudo, menos isso – ele resmungou, abaixando para beijá-la carinhosamente. – Se você precisar de alguma coisa, eu quero ser a pessoa a lhe dar.

- Obrigada pelo carro, é lindo. Mas desde quando um veículo faz parte de um contrato de negócios?

O sorriso dele ficou ainda maior. – Desde que eu pedi ao advogado que inserisse e torci pra que você não notasse.

Ela ergueu uma sobrancelha pra ele. – Então, você estava mesmo torcendo para que eu não lesse as letras miúdas?

- Ãrrã – ele admitiu, descaradamente.

Meu bom Jesus. Jared era lindo de tirar o fôlego, mesmo quando estava sendo um presunçoso. – Você ganhou. Dessa vez.

- É realmente tão difícil assim deixar que eu lhe dê o que você precisa? Eu quero ter certeza de que você está em segurança. – Seu tom era hesitante e confuso.

- Sim. – Ela suspirou, sabendo que Jared tinha passado pelo trauma de perder gente que amava e ela entendia, sim, que ele quisesse em segurança, qualquer pessoa de quem gostasse. – Todas as mulheres da sua vida o usaram por causa do seu dinheiro. Eu quero que você confie que eu *não* estou atrás do seu dinheiro.

- Eu já sei disso. Você teve que fazer as coisas para você durante sua vida inteira, Mara. Deixe-me fazer algumas coisas para você. Não sei cozinhar, então, não posso fazer refeições incríveis, só porque quero, e não posso garantir que você tenha uma torta extra, só porque sei que você gosta. Deixe-me fazer o que eu posso fazer. Por favor.

Ela não podia comparar as duas coisas, mas entendia seu ponto de vista. Para ele, comprar o que ela precisasse era um modo de demonstrar que ele se preocupava com ela. Jogar esses presentes de volta para ele o magoaria tanto quanto se ele se recusasse a comer as coisas que ela tivesse preparado especialmente para ele. – Eu agradeço, Jared. Só não tenho muita certeza de como aceitar. No meu mundo, homens não presenteiam mulheres com um carro novo que custa mais que a casa de algumas pessoas.

Jared sacudiu os ombros. – No meu mundo, as mulheres não perdem tempo assando bolos para seus homens. Eu posso apostar que você passa muito mais tempo cozinhando para mim do que o tempo que eu gastei para comprar esse carro.

Mara cedeu, compreendendo o que ele queria dizer. Se eles dois iam ficar juntos, pelo tempo que durasse, ela teria que aceitar Jared como ele era, ou não aceitar de modo algum.

Fato: ele era um bilionário.

Fato: para ele, o dinheiro que ele gastava não era nada.

Fato: ele queria fazer as coisas para ela e essa era sua maneira de demonstrar sua afeição. Não era diferente de quando ela fazia as coisas para ele.

- Está bem – ela concordou. – Vou me acostumar a isso. Só não sai mais dando as minhas coisas sem antes me perguntar.

- De acordo. Você está certa, em relação a isso. Achei que eu estivesse ajudando, porém, colocando dessa forma, eu entendo o motivo para que você esteja aborrecida – ele respondeu cordato. – Então, agora eu posso lhe dar o que eu quiser?

Ai, Deus, como ela amava esse homem. – Nesse momento, eu não preciso de mais nada, fora você, Jared. – Deixe que eu me acostume com isso, antes de me dar qualquer outra coisa, está bem? Eu preciso assimilar isso devagar. – Ela estendeu a mão. – Pode me dar a chave? Eu quero olhar o meu presente.

Ele enfiou a mão no bolso do jeans e entregou a chave. – Não é nada chamativo. Achei que você não gostaria. É prático.

Mara sorriu para ele, pensando que o veículo caro de luxo não tinha nada de prático. Pelo amor de Deus, era uma Mercedes.

Lembre-se do status de Jared. Para ele, provavelmente é prático.

Ela pegou a chave dele e, com reverência, passou a mão na superfície brilhosa do carro. – Não posso acreditar que transei em cima de uma Mercedes nova – ela murmurou.

- Nós não transamos exatamente em cima – disse Jared, parecendo meio desapontado por isso.

Ela remexeu em todos os botões elaborados, até que o carro destrancou. Quase resfolegando diante do interior de couro, ela inalou, ainda sem conseguir acreditar que o novo veículo fosse realmente seu. – Quer dar uma volta? – ela perguntou ao Jared, com o coração disparado em poder realmente dirigir um carro tão caro como esse.

Jared sentou no banco do passageiro como um adolescente ávido, enquanto ela sentava no banco do motorista.

- Eu adoro o cheiro de couro – Mara disse, inspirando profundamente.

- Isso quer dizer que você gosta? – Jared perguntou, ansioso. – Porque se você não gostar, eu posso...

Mara pousou a mão nos lábios dele e olhou seus olhos verdes. – Não fale isso. Eu adorei. Mas, nem de longe como adoro você. – O coração dela inflou no peito, quando ela substituiu a mão pela boca, saboreando os lábios dele.

- Você tem certeza de que quer mesmo, dar uma volta? – Jared perguntou, quando ela recuou relutante, para ligar o carro.

- Só uma voltinha – ela concordou, com o corpo novamente ansiando por Jared. – Primeiro, uma volta no carro novo, depois vou pegar você.

- Isso será antes ou depois que eu comer minha torta de chocolate? – ele perguntou com um tom sexy, dando uma mordidinha no pescoço dela, deslizando a mão pela extensão de sua coxa.

Mara sentiu o calor inundá-la e deu um gritinho. – Antes e depois. Certamente. – Ela mal conseguia pensar, ao engatar a marcha e dar a volta. Seria uma voltinha bem curtinha.

- Eu adoro seu jeito de pensar – disse Jared, dando uma risada e finalmente chegou ao meio das duas coxas.

- Eu estou tentando dirigir aqui – Mara imitou o que ele havia dito antes, em tom desesperado.

Jared deu uma risada mais forte ainda.

Capítulo 19

Dante e Sarah queriam um casamento informal, no Centro Juvenil de Amesport, o mesmo local onde Dante salvara a vida de Sarah e o prédio com o maior salão de festas da cidade. Emily, esposa de Grady, administrava o centro e ele foi um grande doador para que o prédio inteiro fosse reformado e mobiliado. O que antes havia sido um centro de recreação, agora abrigava um imenso salão de festas. Esse foi o local para o casamento e a recepção.

Era um domingo e o Centro Juvenil estava fechado. Os convidados foram chegando cedo, para o casamento que seria ao meio-dia, todos ansiosos para verem o novo detetive do Departamento de Polícia de Amesport se casando com uma das médicas locais.

Os três primos de Dante, lindos e elegíveis, tinham chegado e ao espiar por trás da cortina, Mara viu todos os irmãos Sinclair de Amesport e Jason Sutherland conversando com os primos Sinclair, Micah, Julian e Xander. Ela resfolegou e disse – Meu Jesus.

- O que foi? – perguntou Randi, baixinho, atrás dela.

- Os homens Sinclair e Jason Sutherland – Mara respondeu, chegando para o lado, para que Randi pudesse olhar. Embora seus olhos tivessem recaído automaticamente em Jared, os oito homens juntos eram realmente de tirar o fôlego. Dante, Jared, Grady e Evan estavam de smokings pretos, e Jason, Micah, Julian e Xander de ternos de alfaiate.

- Mas quanta gostosura – Randi sussurrou. – Eles fazem esse evento parecer um concurso de modelo masculino, em vez de um casamento.

- Como podem oito homens, sendo sete deles Sinclair, serem tão perfeitos assim? – perguntou Emily, ao se espremer para olhar.

- Um banco de genes excelente – sussurrou Sarah, sem se dar ao trabalho de olhar, pois já tinha conhecido os primos, mais cedo. – É quase impossível que pelo menos um deles não seja um gato. Mas os Sinclair desafiam a sabedoria convencional. – Ela suspirou ao ajustar a tiara de rosas vermelhas na cabeça, com uma pequeno véu de renda pendendo nas costas. Sarah não quisera um véu típico de noiva, dizendo às mulheres, com uma risada, que ela não queria seu rosto coberto. Ela queria ver o Dante de smoking, pelo tempo mais longo possível.

Sarah estava uma noiva linda e Mara mal podia esperar que Dante visse a futura esposa. Sua maquiagem estava perfeita e seus lindos cabelos louros estavam presos no alto, num penteado elegante. Sarah estava sofisticada e linda com seu vestido tomara que caia a saia totalmente coberta de pérolas e renda. – Você está incrível – Mara disse à Sarah, com admiração.

- Obrigada. Eu estou tão nervosa. Tem tanta gente aqui.

Sarah era um gênio, mas ela tinha contado que sempre fora socialmente acanhada, não muito boa com grandes aglomerações.

- Você não vai notar ninguém, quando avistar o Dante – Emily disse, tranquilizando-a. – Casamentos passam voando. Você estará casada, antes mesmo de notar.

Sarah alisava rugas inexistentes em sua saia. – Eu queria que a gente tivesse fugido para casar. Dante e eu conversamos a respeito, mas eu acho que ele queria um motivo para ter a família dele aqui.

- Acho que todos eles sentem falta uns dos outros – Mara disse, virando do cantinho onde estava espiando e passando os dedos em seu colar de pérolas, um presente de Sarah para as damas de honra. Ao pensar na admissão de Jared, de que ele tinha construído todas as casas na Península na esperança de que sua família toda voltasse a se reunir, no futuro, ela ficou com os olhos cheios de água. *Não chore. Você vai borrar toda sua maquiagem e vai ficar parecendo um guaxinim.* Mara queria ficar com a melhor aparência possível para as fotos do casamento de Sarah, e ela deixara que Randi a maquiasse bem mais do que ela própria teria feito.

- Pare de olhar meus parentes homens. Dá enjôo. – Hope falou, do outro lado da salinha. Ela estava sentada numa poltrona, até que a cerimônia começasse, para depois tomar seu lugar. Beliscava uns biscoitinhos de água e sal para conter seu enjôo matinal que ainda não tinha passado hoje.

Mara achou que Hope parecia ligeiramente melhor do que uma hora atrás, quando ela estivera verde. – Você está bem, Hope? O Jason ainda está lá fora conversando com os seus irmãos. Eu posso ir buscá-lo pra você.

- Não se atreva! – Hope lançou um olhar de ameaça. – Eu o amo profundamente, mas se ele me arrastar de volta para cama mais uma vez, porque acha que eu estou doente, eu vou matá-lo. – Ela mordiscou mais um biscoito e pousou a mão na barriga. – Agora já está passando. Se eu achasse que o Jason me levaria para a cama por qualquer outro motivo, eu faria com que você fosse buscá-lo imediatamente. Ele age como se eu fosse frágil como vidro, só porque eu estou grávida.

Mara sorriu para a expressão enfadada de Hope. – Ele é um cara incrível.

- É. Agora ele é completamente de fazer babar. Ainda não posso acreditar que ele seja meu. – Ela parou, antes de perguntar baixinho – Então, eu vou voltar logo a Amesport, para o casamento de Jared?

- Jared?

- Você e o Jared? – Hope esclareceu. – Vocês vão me trazer pra cá, antes que eu me mude permanentemente? Eu realmente não me importaria. Acho que meu enjôo matinal não deve durar muito mais tempo. – A voz de Hope era esperançosa, quando ela falou sobre a possibilidade de voltar para o casamento de Jared.

O coração de Mara deu um pulo. – Não. Não é assim. Jared e eu só estamos... que diabos eles estavam fazendo? – Nos vendo – ela concluiu. – O Jared disse que não acredita no amor.

Hope deu uma fungada, quase engasgando com o biscoito. Sarah, Kristin, Randi e Emily riram junto com ela. – Ãrrã. Ele parecia, mesmo não estar nem um pouco apaixonado, quando ele deu no pé da casa do Grady, ontem à noite, carregando você no colo, com medo que você não fosse com ele, se ele não a levasse.

- Ele não teve muita sorte com mulheres.

- A namorada de faculdade? – Hope perguntou curiosa. – Evan respondeu mais das nossas perguntas, depois que vocês dois foram embora, ontem à noite. Foi duro para o Jared, mas eu acho que ele não desistiu do amor. Não é tão fácil assim, embora ele queira pensar que é. Para dizer a verdade, ele sempre foi o mais sensível, de todos os meus irmãos. Eu gostaria de ter sabido. Detesto que ele estivesse sofrendo sem que nenhum de nós soubesse, fora o Evan. Eu amo meu irmão mais velho, mas ele não é um homem de muita compaixão, numa situação como essa.

- Acho que a mãe de Selena ter tirado esse peso dos ombros de Jared ajudou bastante. E eu acho que o Evan ajudou muito, do jeito dele. – Mara não revelaria o fundo do poço de Jared e ela achava que Evan também não contaria esses segredos.

- Eu estou preocupada com o Evan – Hope confessou. – Ele simplesmente parece tão... sozinho.

Mara achava que Evan provavelmente seria o homem mais solitário do mundo, embora ele estivesse o tempo todo cercado de gente. – Ele não namora?

Hope franziu o rosto, numa expressão de concentração. – Honestamente, eu não me lembro da última vez que ele namorou alguma mulher. E ele nunca mais foi visto com ninguém, ao contrário de Jared. Evan vai a todos os lugares sozinho.

- Talvez haja homens que simplesmente são mais felizes sozinhos – disse Kristin, de seu lugar ao lado de Hope, com o pé em cima de uma cadeira.

Randi assentiu. – Eu sou mais feliz sozinha. Eu sei que isso é fato.

Mara olhou Sarah, Hope e Emily balançando a cabeça lentamente. Hope finalmente falou. – Eu não acho que ele esteja feliz sozinho. Acho que ele vive assim por algum motivo.

- Eu acho que você está certa – Mara sussurrou, torcendo para que Evan Sinclair encontrasse a mulher certa para romper aquela camada de gelo que o cercava. Seria preciso uma mulher extraordinária para conseguir realizar essa tarefa.

- Algum dia, ele encontrará alguém – Hope declarou, otimista.

Mara torcia para que a irmã de Evan estivesse certa, quando a cerimonialista entrou na sala para apressar todas elas a tomarem seus lugares para entrarem pelo corredor.

O casamento foi lindo e Mara sabia que seu rímel estava borrado depois da cerimônia. Só em olhar Dante e Sarah se olhando, a expressão de amor tão clara em seus rostos, ao dizerem seus votos, fez com que Mara começasse a chorar.

Durante a cerimônia, ela tinha sentido o olhar de Jared várias vezes, sem dúvida olhando o decote avantajado do lindo vestido cor de chá preto que cada dama de honra vestia. Não que ele não a tivesse visto antes de sair de casa, e embora ele houvesse mencionado o quão linda ela estava, ele não gostou muito do decote.

Mara sorriu consigo mesma, no espelho do banheiro, enquanto delicadamente limpava o borrado embaixo dos olhos. Jared não tinha o menor problema quanto a ela usar esse vestido para ele, mas ele dissera que teria que passar o casamento todo atento, como guardião de seu traje, para ter certeza de que seus seios não pulassem para fora do vestido.

Depois de jogar o lenço de papel úmido no lixo, ela puxou um pouquinho o decote para cobrir mais. Os seios não saíram. Nenhuma vez. Se bem que o decore era, mesmo, um pouco cavado. Com o tempo se esgotando, ela tinha se concentrado em garantir que a cintura servisse direito e não se preocupou com o decote. Kristin tinha um busto ligeiramente menor que o dela, mas nem tanto.

Ela passou mais um pouquinho de batom e guardou na bolsinha preta de mão que estava usando. Em algum momento, durante a cerimônia, ela deve ter mordido o lábio inferior, pois a cor tinha sumido quase toda.

Provavelmente, quando eu estava babando e olhando o Jared de smoking.

Era difícil não olhar para o Jared em pé, diretamente em frente a ela, com seu traje preto, numa postura tão à vontade como se ele estivesse de jeans.

Ele é um bilionário.

Sem dúvida, ele se vestia assim com frequência. Mas como ele ficava bem de smoking... ou com qualquer roupa que vestisse. Ela imaginou que ele teria sido criado assim, vestindo belas roupas, frequentando ocasiões sociais dos abastados.

Dando uma última olhada em si mesma, Mara suspirou. Ela tinha parado de imaginar se Jared a queria, mas ainda não tinha conseguido parar de pensar no motivo. Ela não era horrível, mas também não era nenhuma beldade.

Aproveite. Quem liga para o motivo? Ele não está fingindo seu interesse, nem o desejo. Deixe que ele continua a fazer com que você se sinta uma deusa. É tão bom. Você ficou perdida e sozinha, desde que a sua mãe morreu. Jared faz com que você se sinta amada, mesmo que ele não tenha dito as palavras.

Jared Sinclair havia mudado a sua vida de maneiras que ela jamais poderia ter imaginado. Sua solidão tinha passado e fazer parte do casamento de Sarah e da família Sinclair era incrível. Ela sentia falta de ter uma família, alguém com quem conversar, quando tudo no mundo parecesse desolador.

Agora você tem o Jared.

Mara sabia o quanto Jared havia mudado a sua vida e ela tentava não pensar onde estaria, nesse momento, se ele não tivesse aparecido para ajudá-la, para ser seu confidente e seu amante.

Ela se sentia diferente.

Ela estava diferente.

E sentir-se dessa forma era fabuloso.

Ela se recusava a sabotar a si mesma, com sentimentos negativos. E daí, se o Jared não acreditasse no amor? Ele gostava dela. Que diferença fazia, o nome que ele dava aos seus sentimentos? As pessoas dizem coisas o tempo todo e não falam para valer. As atitudes de Jared, a forma como ele a tratava era a coisa mais importante.

Eu quero parar de precisar ouvir as palavras.

Desviando do espelho, ela decidiu que apenas seria grata por ter Jared em sua vida e iria parar de questionar a forma como ele se sentia em relação a ela. Ela não tinha certeza do rumo que as coisas tomariam entre eles, mas tivera um começo fantástico em seu negócio. Sua vida estava mudando de formas positivas. E ela tinha um homem que apoiava seus sonhos e a queria, desesperadamente. Mara queria desfrutar de sua boa sorte, em lugar de ficar o tempo todo analisando.

Depois de sair do banheiro, ela olhou ao redor do salão lotado, automaticamente buscando Jared com os olhos. Ela o viu quase que imediatamente, embora a sala estivesse abarrotada. Ele estava de costas para ela, sentado numa mesa com os irmãos e Jason Sutherland, enquanto eles esperavam que o suntuoso bufê começasse a ser servido.

Desviando das pessoas para seguir caminho e atravessar a sala, ela foi detida por uma mão que segurou seu braço, impedindo-a de prosseguir.

- Sua aura está quase boa, meu bem. – Com um belo vestido roxo e sapatos combinando, Beatrice sorriu para Mara.

- Está? – Mara sorriu afetuosamente para a idosa.

- Sim. Aquele seu homem também está muito bem... em muitos sentidos. Agora eu estou gostando da aura dele. Algo positivo aconteceu com ele – ela disse. – Ele está quase curado.

Mara quis dizer a Beatrice que Jared não estava doente, mas ela sabia que isso não era verdade. Todo o seu ser emocional estivera ferido e ele estava empacado. – Eu fico contente. Mas ele não é exatamente meu homem, Beatrice.

- Ele será – disse a idosa, com um toque de malícia. – Fico contente que você não esteja mais sozinha. Uma menina meiga como você não deve ficar sozinha.

Ai, Deus. Eu espero que um dia o Jared seja meu para sempre. Eu até posso ficar repetindo que não devo esperar isso, mas não posso evitar querer que isso aconteça.

Ela deu um abraço bem apertado em Beatrice, sorrindo ainda mais, por ela ter se referido a ela como uma menina meiga. Ela não era bem uma menina, e não tinha nada de meiga, mas sabia que esse era um termo afetuoso. – Eu também estou contente – ela disse baixinho.

Beatrice afagou-lhe o ombro. – Eu vou procurar a Elsie. Se ela beber champanhe demais, ela fica doida.

- Ah, então, eu não vou prendê-la – Mara respondeu, mordendo o lábio com o batom recém-retocado para afastar as imagens de uma oitentona dançando em cima da mesa, depois de entornar champanhe demais.

Beatrice abanou os dedos dando tchau e virou para procurar a amiga.

Mara deu uma risadinha quando Beatrice já havia se distanciado e continuou seu caminho ao outro lado do salão, em direção ao Jared. Ela conhecia Elsie e Beatrice a vida inteira e adorava as duas velhinhas peculiares.

Finalmente, ela parou, sem conseguir passar por um homem mais velho e grande, para chegar ao Jared. Ela hesitou quando ouviu a menção de seu nome, incerta se deveria interromper uma conversa sobre ela.

- Eu tenho que contar para a Mara – Jared disse irritado. – Só não sei como. Ela agora gosta de mim. Nós temos um negócio juntos. Como posso contar que eu comprei a sua casa e que estava planejando mandar despejá-la, assim que possível?

Mara sentiu um tranco no coração. Jared era o comprador de sua casa? Jared tinha comprado sua casa e ia mandá-la pra rua?

- Você precisa contar. Ela vai acabar descobrindo. Agora existe uma investigação em curso, sobre o incêndio, mas ela vai saber, quando você começar a reconstruir a casa, como imóvel de investimento – Jason disse e ele, calmamente. – Eu imagino que esse seja o motivo para que você tenha comprado. É um imóvel de primeira, numa cidade costeira, abrigando um velho lar. Você conseguiu um bom preço, certo?

- Sim – Jared disse, zangado.

Oh, meu Deus. Ele só queria a minha casa. Ele sentiu pena de mim, porque eu ficaria desalojada, mas seu motivo primordial, desde o começo, era comprar aquela casa. Houve uma época em que a casa pertenceu a um Sinclair. Por isso que ele estava interessado na história da propriedade, na história de sua família. Cretino! E eu o ajudei a descobrir tudo que ele queria saber.

Não se admira que ele a tivesse ajudado, que quisesse auxiliar na montagem do negócio. Ele se sentia culpado. O remorso era uma fraqueza para ele. Ele havia provado isso, repetidamente, em nunca se perdoar pela morte de Selena e Alan.

Ele tem pena de mim.

- Ele nunca gostou de mim, de verdade – ela sussurrou, horrorizada por ter deixado que ele ajudasse, somente para anular sua culpa.

Ela agora gosta de mim. A voz dele, essas palavras ficavam ecoando em sua mente. Ela lhe dissera que o ama, e agora ele estava preocupado com a maneira como deveria terminar, sem feri-la. O desejo dele tinha sido real; isso, ele não tinha como fingir. Mas ele realmente não gostava dela. Ele tinha pena dela.

Mara começou a sentir falta de ar, bem na hora em que o homem à sua frente deu um passo ao lado e seus olhos cruzaram com o olhar gélido de Evan Sinclair.

- Mara – disse Evan, provavelmente para impedir que os homens continuassem falando.

Ela sacudiu a cabeça, querendo negar a traição de Jared, mas não conseguiu.

Não faça uma cena. É o casamento de Sarah. É o dia dela.

Esforçando-se para respirar, com as lágrimas começando a escorrer pelo seu rosto, Mara fez a única coisa que podia fazer. Sentindo o coração arrancado do peito, ela conteve o choro e foi embora.

Capítulo 20

Longe dos olhos alheios, Mara chorava sem parar, na casa onde havia morado por toda sua vida. Sentada no chão coberto de fuligem da cozinha, único cômodo que permaneceu de pé, pôs para fora toda sua tristeza, em relação a tudo: sua solidão, a impotência, a dor da falta que sentia da mãe e, acima de tudo, a traição do homem que ela amava.

Com os braços enlaçados ao corpo, ela balançava no chão, imaginando para onde iria agora. Ela achou que pudesse encontrar consolo na velha cozinha, onde ela havia passado tanto tempo com sua mãe, mas tudo que sentia era vergonha e fracasso, sentada nos restos queimados do que um dia fora seu lar.

- Não tenho muita certeza se irá melhorar de manhã, mãe – ela sussurrou baixinho, como se a mãe pudesse ouvi-la. – E eu não acho que você esteja muito orgulhosa de mim, por ser tão idiota. Acho que eu talvez tenha pensado que o amava o suficiente por nós dois, mas eu estava errada. Tão errada. Ele me disse que não acreditava no amor e não acredita. Eu só não quis ouvir.

- Ele ama você – disse uma voz grave acima de Mara, assustando-a. A última coisa que ela precisava era que alguém ouvisse suas divagações e mágoas.

Mara limpou as lágrimas do rosto e olhou acima, vendo Evan Sinclair ali em pé, grande e intimidador. Estranhamente, ela não estava nem um pouco surpresa em vê-lo ali. Será que havia algo que ele não conseguisse descobrir? Sua localização provavelmente tinha sido bem fácil. – O que você está fazendo aqui?

Ele fez uma careta, depois se abaixou para sentar ao lado dela. – Esse é meu smoking predileto – ele resmungou, parecendo descontente por estar sujando a roupa.

- Você pode ir embora. Não faz sentido você estar aqui. A casa não está segura e o fogo ainda está sob investigação. – Ela estava aflita demais para se importar em estar numa área restrita e potencialmente perigosa, mas ela não queria que o Evan se ferisse.

Eles não estavam se encostando, mas os ombros estavam bem próximos, com os dois recostados no que antes fora o armário da cozinha.

- Você está aqui – Evan respondeu, como se isso explicasse tudo. – Jared te ama. Eu acho que você precisa saber disso. Ele está te procurando. Duvido que demore muito para que ele pense em vir aqui.

- Por que você veio aqui?

- Foi aqui que tudo começou. Acho que é da natureza humana voltar ao lugar onde você foi feliz, quando se está angustiado – disse Evan, sério.

Mara virou boquiaberta para ele, surpresa por ele ser tão perspicaz. – Jared e eu acabamos. Eu não sei o que vai acontecer com o negócio agora, mas eu não posso mais morar com ele. Está bem óbvio que tudo que ele fez foi por pena e culpa.

- Então, você pode ficar na minha casa – Evan ofereceu. – E minha oferta para ajudá-la com o negócio continua de pé. Mesmas condições. Embora eu duvide que seja necessário.

- Você também tem pena de mim – Mara respondeu, sentindo-se patética.

- Eu não faço acordos de negócios por ter pena de alguém, Mara. Eu faço para ganhar dinheiro. Seu negócio é extremamente viável e o potencial de crescimento é enorme.

- Jared e eu assinamos contratos. – *Um contrato que eu insisti em fazer*. Agora, ela gostaria de ter esperado um pouquinho mais. Seria bem mais difícil terminar um negócio que estava todo por escrito.

- Você fez mais que isso – Evan disse, irritado. – Talvez meu irmão nem sempre tenha acreditado no amor, mas ele acredita, desde que você entrou na vida dele. Ele comprou a casa porque já estava completamente apaixonado por você. Talvez ele não tenha percebido naquele momento, mas agora ele sabe.

- Por que ele faria isso se gosta de mim? – Mara perguntou, intrigada pelo comentário. Ela se sentia obrigada a ouvi-lo porque, gostando ou não, Evan Sinclair raramente estava errado.

- Pelo mesmo motivo que ele quase entrou para a morte, na noite do incêndio. Para proteger você. Se eu não o pegasse a tempo, ele teria entrado naquele inferno atrás de você. Ele não sabia que você não estava mais lá dentro e, cabeça quente como é, ele foi em frente, para dentro do fogo, para salvá-la, quando você já estava em segurança. Eu o peguei bem na hora.

- Jared entrou no fogo atrás de mim?

- Sim.

- Ele poderia ter morrido – Mara disse, trêmula.

- Não tem poderia... ele teria morrido. A casa desmoronou completamente, no mesmo segundo em que eu o puxei para fora – Evan corrigiu zangado. – Como você pode duvidar a afeição dele por você? Ele literalmente entrou no fogo para salvá-la e não deu a mínima para o fato de que poderia morrer.

- Eu não sabia – Mara respondeu, pasma com a revelação de Evan. – Então, por que ele comprou a casa?

- Não foi pelos motivos que você imagina – Evan disse, enigmático. – Você terá que perguntar para ele.

- Não foi por investimento, nem por que pertenceu a um Sinclair e ele queria o imóvel de volta na família?

Evan parou. – Como se algum Sinclair precisasse de dinheiro, não? Nós temos literalmente centenas de propriedades que são ou já foram pertencentes a um Sinclair, propriedades históricas. Por que ele ficaria tão obcecado em ter esse imóvel, particularmente? Pense, Mara. Seu raciocínio é irracional.

- É emocional – ela confessou. – Eu o amo, mas ele nunca disse que me ama.

Evan levantou graciosamente para um homem de seu tamanho, e estendeu a mão para ela. – Depois que ele arriscou a vida por você, você não acha que deve a ele uma chance de se explicar e retribuir sua afeição? – Ele ergueu uma sobrancelha pra ela.

Mara ainda estava abalada, pensando que Jared quase havia morrido por achar que ela ainda estava em casa, quando chegou, durante o incêndio. – Ele teria morrido por mim. Ele teria morrido pela possibilidade de eu ainda estar dentro da casa. Ele nem checou. – Ela pôs a mão trêmula na mão de Evan e deixou que ele a puxasse para colocá-la de pé.

- Os sentimentos fazem coisas estranhas com as pessoas – Evan respondeu secamente.

- Você entrou no fogo – Mara lembrou-lhe.

Evan sacudiu os ombros. – Eu sabia que você estava lá e estava bem certo de que tinha tempo suficiente para tirá-la.

Mara observou a postura desinteressada de Evan. – Mas ainda era um risco.

- Um risco calculado – ele disse, indiferente. – Acontece nos negócios, o tempo todo.

Mara também correu seu próprio risco calculado e passou os braços em volta do pescoço de Evan, ao abraçá-lo. – Você ainda me salvou. Obrigada.

Ela pousou a cabeça no peito dele e abraçou com força, esperando, dando um suspiro de alívio, quando os braços dele a abraçaram meio desajeitado.

- Não há necessidade de tudo isso – Evan disse, com um tom de voz constrangido.

- Há total necessidade, sim – Mara argumentou. Evan Sinclair precisava de alguém que se importasse com ele, que demonstrasse alguma afeição. E embora ele fosse um homem de quem se podia facilmente desgostar, Mara sentia exatamente o contrário. Ela adorava seu modo manipulador, porque isso era prova do quanto ele se importava, embora não conseguisse mostrar.

- Eu juro por Deus, eu vou te matar – a voz furiosa de Jared berrou atrás deles.

Mara lentamente soltou Evan e virou para olhar Jared, com pura ira no rosto, já vindo para cima.

- Eu lhe disse para assumi-la, antes que outra pessoa o fizesse – Evan caçoou, calmamente limpando a fuligem de seu smoking, virando e indo embora.

- Porra, volte aqui. Eu vou te bater até você não poder mais andar – Jared disse, por entre os dentes cerrados.

Mara se jogou em Jared, quando ele quis avançar no irmão. – Não faça isso, Jared. Por favor, não faça. Você vai se arrepender. Ele estava tentando me ajudar. – Ela passou os braços em volta do pescoço dele e ergueu as pernas ao redor de sua cintura, então ele teve que segurar seu peso. Ou ele a soltaria, ou iria atrás do irmão.

Risco calculado.

Ele parou e a segurou por baixo das nádegas. – Eu vou encontrá-lo.

- Não vai, não – Mara disse, passando a mão no queixo dele. – O que você viu foi completamente inocente. Eu preciso que você acredite em mim.

A tensão no corpo dele começou a relaxar. – Eu sempre acreditei em você – Jared rugiu.

- Então, me leva pra casa – ela pediu. – Por favor.

Ele hesitou, por uma fração de segundo, com a expressão ainda sensível e enfurecida. Mara o abraçou mais forte e pousou a cabeça em seu ombro, confiando inteiramente que ele tomaria a decisão correta. A última coisa que ela queria era causar uma briga entre Jared e Evan. Ela não tinha ideia do motivo para que Evan quisesse puxar um tigre pelo rabo, ao provocar Jared daquela maneira, mas depois que ele havia salvado a sua vida, e se importado com ela como pessoa, ainda que de seu modo particular, ela não queria Evan magoado. E ela sabia que se o Jared lhe desse um soco, isso iria ferir Evan não apenas fisicamente. E a atitude na hora da raiva, iria acabar matando Jared. Isso simplesmente não podia acontecer.

- Tudo bem. Você vai para casa comigo e depois você pode explicar por que meu irmão estava com as mãos em você e você estava nos braços dele. De novo – disse ele, com uma voz zangada.

- Eu vou explicar.

Sem dizer mais nenhuma palavra, Jared a carregou para fora da casa e para dentro de seu carro. Ao colocá-la delicadamente no banco, ele disse, num tom voraz – Você. É. Minha.

Seu toque e a ferocidade nas palavras abrandaram a alma dela. Ela não sabia a verdade pela qual Jared tivesse comprado a casa, mas já sabia que não havia sido por nenhum motivo abominável. Ela confiava nele e jurou, naquele momento, que nunca mais duvidaria dele. Ele lhe dera crédito, não indo atrás do irmão e estivera disposto a morrer por ela. Se ele nunca quisesse contar o motivo para ter comprado a casa, ela não ligaria. Ela o amava e finalmente soube, com certeza absoluta, que ele retribuía o seu amor.

Jared estava em silêncio, quando a levou para dentro de casa, em lugar da casa de hóspedes, como se temesse que ela desaparecesse.

- Explique – ele disse irritado. – Que diabo o Evan quis dizer com aquele comentário? Vocês dois se sentem atraídos um pelo outro? É a ele que você realmente quer? Ele quer você?

Mara se ocupou em fazer café. – Senta – ela pediu, ao vê-lo andando de um lado para o outro.

Ele sentou junto à mesa da cozinha, sem jamais tirar os olhos dela.

- O Evan sabia que eu estava aborrecida pelo que eu ouvi, quanto a você ter comprado a minha casa. – Ela ergueu a mão, quando ele começou a falar, sinalizando que ele a deixasse explicar. – Ele me encontrou primeiro. Acho que eu só queria ir pra casa, mas aquela não é mais a minha casa. Tudo que ele fez foi tentar me fazer entender que eu não estava lhe dando uma chance de se explicar, e eu deveria. Ele estava certo. Ele também me disse que você tolamente correu para dentro da casa em chamas, para tentar me salvar. – Ela bateu com a caneca na cafeteira, com mais força do que pretendia. – Você poderia ter morrido, Jared.

- Não morri – ele resmungou. – E eu não ia deixá-la morrer naquele fogo.

- Mas você poderia ter morrido. Você teria morrido, se o Evan não o impedisse de entrar. – A realidade dessa afirmação atingiu visceralmente. – Eu o abracei. Eu quis agradecê-lo por ter me salvado e quis que ele soubesse que alguém se importa com ele. Evan é angustiado. Eu não acho que ele seja feliz. Eu quis ver se ele iria retribuir o meu abraço.

- Ele retribuiu. O cretino.

- Muito relutante – Mara disse, pondo uma caneca de café diante de Jared. – Ele não está habituado a afeição, Jared. Não, eu não tenho nenhum anseio secreto pelo seu irmão. Eu te amo. Eu te amo tanto que fiquei temporariamente insana, quando achei que você tivesse me traído. Desculpe. – Ela pôs outra caneca na cafeteira e ficou esperando que o preparo do seu café terminasse.

- Não há necessidade de pedir desculpas. Eu deveria ter lhe contado há muito tempo. Fiquei com medo de você me odiar – ele admitiu.

- Não fique chateado com o Evan. Eu não sei por que ele estava provocando pra que você ficasse zangado, mas ele não tem qualquer interesse em mim. Ele tem sido mais como um irmão, ou um amigo para mim. Acho que você já sabe que Evan estava provocando. Ele jamais iria traí-lo dessa forma. Nenhum dos seus irmãos faria isso. – Ela tirou a caneca da cafeteira e pôs creme. – Eu espero que você acredite nisso, porque é a verdade.

- Eu acredito em você. – Ele não olhou para ela, enquanto tomava o café. – Eu acho que o Evan estava tentando me fazer algo que eu já deveria ter feito há muito tempo.

- O quê? – ela sentou junto à mesa, ao lado dele.

- Assumir você como minha.

- Eu não acho que o Evan iria querer forçá-lo a fazer alguma coisa que você não queira...

- Eu quero. Eu sempre quis você e o Evan sabe disso. Eu amo aquele cretino, mas ele é manipulador pra cacete.

Mara sorriu vendo a expressão de Jared. – Acho que a intenção dele é boa.

- Ele é terrível - ele resmungou. – Quer que as coisas sejam do jeito dele, ou do jeito que ele acha que tem de ser. – Ele deu um suspiro. – Eu deveria ter lhe contado que fui eu que comprei a sua casa.

O coração de Mara disparou, quando ela perguntou hesitante – Você me ofereceu ajuda porque estava com pena de mim, porque eu não teria um lugar para morar?

Ele finalmente olhou-a nos olhos, com seu olhar verde jade penetrante. – Não. Eu queria transar com você. Era mais que isso, mas esse foi meu primeiro objetivo, no começo, quando eu me ofereci para ajudar você. Não vou mentir para você. Eu a quis na primeira vez que a vi. Meu pau imediatamente soube como eu me sentia em relação a você. Meu cérebro que demorou a assimilar.

A respiração de Mara falhou, com o olhar penetrante fixo nela. – Então, me conte por que você comprou a casa.

- Porque eu sabia que aquela casa era uma armadilha mortal, Mara. Eu sou arquiteto e conheço casas antigas. Eu não podia inspecionar tudo, então, eu comprei a porcaria da casa e vi o que tinha sido feito – ou não tinha sido feito – ao longo dos anos. O incêndio foi o meu maior temor ganhando vida. Eu queria tirar você de lá, antes que acontecesse. Mas foi tarde demais e eu quase morri, quando a casa pegou fogo. – Ele parou, um momento, antes de continuar. – Eu sabia que você ficaria chateada porque a casa tinha sido comprada, mas, pelo menos, você estaria viva – ele disse. – Eu também sabia que você provavelmente me odiaria, mas eu não podia deixar Amesport sabendo que você vivia numa casa perigosa. Eu não podia fazer isso.

O coração de Mara parecia estar sendo apertado por um punho fechado. – Então, você estava tentando me salvar? – Meu Jesus. Ele estivera tentando salvar a vida dela mesmo no começo. – O que você ia fazer com a casa?

- Eu não tinha a menor ideia, porra. Eu não preciso de mais um lugar em Amesport. Ela teria que passar por uma reforma dispendiosa, ou precisaria ser demolida. – Ele ficou em silêncio, por um momento, antes de dizer – Eu lamento muito por não ter lhe contado. Depois que eu me apaixonei completamente por você, eu não queria que você me odiasse. Quando você me disse que me amava, eu fiquei aterrorizado que você não me amaria mais.

Ela se sentia como se o coração estivesse explodindo, a pressão era insuportável. – Eu sempre vou te amar, Jared – ela disse. Levantando, ela empurrou o café para o centro da mesa e sentou no colo dele, com uma perna para cada lado. – Você me ama? – Mesmo agora, Mara queria ouvir as palavras.

Ele segurou os dois lados de seu rosto, para que ela olhasse diretamente pra ele. – Jesus, mulher, se você ainda não notou isso até agora, eu não sei mais o que fazer para mostrar o quanto eu te amo. Quando você foi embora da recepção, hoje, eu fiquei com muito medo, um medo que nunca tinha sentido na vida. Eu preciso de você, Mara. Eu te amo tanto que nem consigo respirar direito, porra.

- Eu não vou a lugar nenhum. Eu também fiquei com medo. É assustador amar um homem tanto assim – ela sussurrou, a pousar os lábios nos dele.

Ele a segurou por trás da cabeça e assumiu o controle do abraço imediatamente, devorando os lábios dela com uma ferocidade e um desespero que Mara não pôde fazer nada além de enlaçar seu pescoço. Ele a conquistara. Controlava, adorava, amava.

Recuando dela, ele rugiu – Eu te amo, porra. Eu te amo.

- Então, me mostre – ela disse ofegante.

Ele levantou, erguendo o corpo dela junto e Mara pousou os pés no chão. Ele rapidamente a despiu, abrindo o zíper de seu vestido e deixando cair no chão.

- Cristo! – ele xingou baixinho, com um tom de voz predador. – Se eu soubesse que isso estava por baixo do vestido, eu teria transado com você, antes de sairmos de casa.

- Gostou? – ela instigou, contente que Jared tivesse gostado da lingerie sensual, a tanga preta com cinta liga combinando. Ele arrancou a roupa, tirando o paletó do smoking, o colete e a camisa. Nu da cintura pra cima, ela afagava seu peito musculoso, deleitando-se, deslizando a mão mais abaixo.

- Não – ele disse, quando Mara chegou ao zíper de sua calça.

Ele ruidosamente pôs as canecas na pia e a ergueu sobre a mesa da cozinha, as mãos imediatamente buscando seus seios nus. – Esses seios me assombraram o dia todo. Eu só pensava em tirar você desse vestido, para que nenhum homem pudesse ver o que é só meu. – Ele baixou a boca num dos mamilos, mordendo devagarzinho, depois lambendo.

Mara segurou seus cabelos, incitando-o a fazer mais. Ele fez, lambendo, alternando de um seio ao outro, estimulando os dois até ficarem tão sensíveis que era quase insuportável.

Finalmente, Jared se endireitou, com seu olhar faminto fixo nela. Mara sentiu-se desejada e linda, com sua lingerie sensual, espalhada na mesa da cozinha, com os olhos famintos de Jared a devorá-la. – Você é linda demais – ele disse, voraz, afagando com os dedos por cima da calcinha de renda. – E está toda molhada para mim.

- Nada de provocar – ela implorou. – Eu preciso de você hoje.

- Você me terá para sempre – Jared disse. – Eu espero que você não seja muito apegada a essa calcinha. – Com um puxão, ele arrancou e peça do corpo dela, o tecido cedendo à força considerável de Jared.

Seus dedos acariciavam o sexo molhado, deslizando pelo clitóris.

- Jared, por favor – ela pediu, se contorcendo na mesa.

Ele abriu o zíper da calça e pôs o pau imenso para fora, esfregando a cabeça no clitóris dela. – Você é minha, Mara. Diga – ele mandou.

- Sim. Sim. Eu te amo, eu sou sua – ela choramingava.

- Eu te amo – ele gemeu, mergulhando bem fundo nela, segurando-a pelos quadris, e puxando-a até a beirada da mesa.

- Ai, Deus, que gostoso. – Mara empurrava os quadris à frente, saboreando a sensação de tê-lo dentro dela. Ela passou as pernas em volta da cintura dele, querendo puxá-lo para mais perto ainda.

- Eu estou te assumindo. Acabou essa baboseira de que ainda não te fiz minha – ele disse, recuando e mergulhando outra vez, com força.

- Você também é meu – Mara disse, com um gemido alto.

- Sempre, meu benzinho. – Ele começou a se mexer mais depressa, com mais força.

A espiral que ela sentia por dentro começou a se desfazer, e a tensão foi se espalhando por todo o seu corpo. – Sim, faz com força, Jared.

Ele mergulhava dentro dela com uma intensidade que a deixou sem fôlego. Ofegante, ela gemia e seu sexo começou a entrar em espasmos, apertando ao redor do pau dele. Ela se sentiu estilhaçar, conforme Jared batia lá dentro, entrando e saindo impiedosamente, os dedos buscando seu clitóris. Ele afagava, enquanto ela gritava seu nome. – Jared!

Ele a puxou para cima e passou os braços em volta dela, protetor, amorosamente. – Eu te amo, meu benzinho. Nunca se esqueça disso. Nunca esqueça – ele insistiu, com os músculos de seu pescoço se retraindo, enquanto ele soltou um gemido torturado e longo.

Ela passou os braços em volta dele, cravando as unhas em suas costas, enquanto recebia o jorro de seu gozo, com o corpo tremendo junto ao dele.

- Mara, eu sou seu – ele deu um rugido carnal, mergulhando as mãos nos cabelos dela, mergulhando o rosto em seus cachos.

O instinto primitivo os cercava e ela finalmente parou de agarrar as costas dele, só ficou encostada a ele, exausta.

Eles ficaram assim por alguns momentos, ou durante horas. Mara sentia que o tempo estava parado, enquanto eles se mantinham agarrados um ao outro, ambos ofegantes, puxando o ar.

- Eu te amo – ela disse a ele, numa voz abafada, junto ao seu peito.

- Eu também te amo, benzinho. Mas nunca mais vou conseguir olhar para essa mesa sem ficar de pau duro – ele disse, com um tom divertido.

Mara riu e o abraçou mais forte. – Nós vamos voltar para a casa de hóspedes? Eu não tenho roupa nenhuma aqui.

- Não. Chega de casa de hóspedes. Nós podemos trabalhar lá, mas eu quero você na minha cama, onde é o seu lugar.

O coração dela transbordava de alegria. – Sim. Por favor.

- Porra. Eu vou trazer as suas coisas depois. Você não vai precisar de roupa, por um tempo.

Erguendo-a da mesa, com as pernas dela em volta de sua cintura, Jared carregou-a escada acima, até sua cama.

Mara suspirou junto ao ombro dele, sabendo que o vazio e a solidão que sentia, desde que a mãe adoecera, tinham sumido para sempre.

- Você vai se casar comigo. Em breve – Jared disse, ao colocá-la cuidadosamente na cama.

O coração dela disparou, quando ela olhou para ele. – Acho que já tivemos essa discussão. Você não perguntou. – Ela estava provocando, da mesma forma que fizera antes, quando ele foi ao mercado e exigiu que ela passasse o dia com ele. Porém, mais uma vez, ela viu um lampejo de vulnerabilidade nos olhos verdes intensos, antes que sumisse. Ela voltou a se perguntar, se ele exigia por medo de que ela dissesse não. – A resposta é garantida, se você perguntar – ela disse baixinho.

- Bem, você casa? – ele a imitou exatamente, dizendo o que ela dissera no mercado, naquele dia, com um sorriso se abrindo em seu rosto, quando ele relaxou.

Ela olhou radiante. – Eu adoraria, Jared. Obrigada. – ela repetiu as mesmas palavras que dissera no mercado.

O sorriso dele aumentou, quando ele subiu na cama e por cima dela. Ela deu um gritinho e ele pulou, prendendo seu corpo por baixo dele.

- Agora que eu sei que você vai dizer sim, eu vou perguntar de verdade. Você se casa comigo, Mara? Eu juro que vou passar o resto da minha vida tentando fazê-la feliz. – Ele ainda estava sorrindo, mas seus olhos estavam repletos de adoração. E amor.

- Sim, claro que eu me caso com você. Eu te amo. – O coração de Mara estava batendo forte, olhando pra ele, sabendo que ela também mostrava a emoção pelos olhos. – Você já me fez mais feliz do que eu jamais imaginei ser. – Ela ergueu a mão e afastou um cacho de cabelo da testa dele, amorosamente. – Você me ama e isso basta para me trazer mais alegria do que qualquer outra coisa no mundo.

Ela sentia a respiração morna dele no rosto, quando ele abaixou a cabeça. – Então, prepare-se para ser completamente feliz, meu benzinho, porque eu sei muito bem que vou te amar mais e mais, a cada dia, toda vez que tocá-la, ou que você sorrir para mim.

Ela sorriu trêmula. – Pode amar, acho que consigo suportar. – Ela podia suportar, sim; ela ia se deleitar em seu amor.

- Estou pretendendo começar a trabalhar nisso agora mesmo – ele disse, com a voz rouca, cobrindo os lábios dela com sua boca, com uma paixão que a deixou abalada, até o fundo da alma.

Mara estava mais que feliz. Ela se sentia completamente extasiada, enquanto Jared continuava a mostrar o quanto ele a amava, e ela se entregou completamente, retribuindo todo o amor a ele.

Os dois tinham muito a recuperar, quando se tratava de ser verdadeiramente amado, mas Mara não estava preocupada, enquanto eles passaram o resto do dia e da noite juntos, sem fazer nada, a não ser compensar o tempo perdido. Agora, eles teriam uma vida inteira pela frente, e essa vida seria preenchida somente com amor.

Epílogo

Seis meses depois...

Mara suspirou enquanto olhava o marido martelando pregos numa chapa no novo interior de sua antiga casa, cobiçando-o abertamente, enquanto observava seus músculos fortes dos braços e das costas flexionando. Apesar do frio do inverno, ele estava suando e sem camisa, por conta do trabalho braçal que estava fazendo no momento.

Sem perceber a presença dela, ele continuou trabalhando e Mara continuou olhando, ainda querendo se beliscar para acreditar que a vida que ela tinha agora era real, e não um sonho maravilhoso.

Um sorriso caprichoso se abriu em seu rosto, quando o brilho do diamante em seu dedo piscou para ela, ao erguer a mão para tirar o gorro de lã da cabeça. Ela tinha acabado de chegar da nova fábrica, situada fora da periferia da cidade, um galpão imenso, com uma loja, onde ela produzia e vendia os produtos da Mara's Kitchen. O pequeno negócio que ela e Jared tinham começado havia crescido e se ampliara, transformando-se numa empresa monstruosa, em um curto período de tempo, e seus produtos agora eram pedidos por todos os lados do país, e sua lista de consumidores aumentava a cada dia. Ela tinha mais funcionários do que podia contar e uma grande vitrine na fachada, administrada por um homem adorável que trabalhava com ela diariamente. Jared já estava procurando mais locais para o negócio, devido ao crescimento veloz, e a demanda já estava ficando grande demais para somente uma fábrica. Os produtos atualmente eram produzidos numa cozinha especial, com equipamento comercial no galpão gigantesco que ficava separado da loja. Embora tivesse empregados de sobra, Mara ainda supervisionava a produção na cozinha e a loja, diariamente, querendo que seus produtos jamais perdessem o sabor ou a aparência originais, por serem produzidos em massa, com equipamento comercial.

A presença de um novo grande empreendimento havia trazido um crescimento imenso para Amesport, empregando muita gente que precisava de trabalho. Para Mara, essa foi uma das maiores realizações.

Enquanto ela olhava o marido com olhos famintos, ela sabia que Jared era seu maior patrimônio e sempre seria, independente do tamanho que o negócio viesse a ter. Ela poderia viver sem a empresa; ela não conseguiria viver sem ele.

Assim como prometeu, ele parecia mesmo, amá-la mais a cada dia. Tanto que os dois tinham dificuldade de se separarem todas as manhãs, desde que ele começara a trabalhar na reconstrução da casa, fazendo, ele próprio, o trabalho manual.

Jared precisava fazer algumas viagens curtas a negócios, desde que eles se casaram, e a separação, mesmo que apenas por alguns dias, era terrivelmente dolorosa para ambos. Talvez fosse a novidade do amor, ou talvez era só porque os dois eram viciados um no outro e não conseguiam ficar distantes. Agora que ela tinha uma equipe tão competente, se ele precisasse se afastar, ela tentava se organizar para acompanhá-lo na viagem.

Hoje eu te amo ainda mais. Sinto sua falta.

Essa mensagem de texto surgia no celular dela, todos os dias, infalivelmente, enquanto ela estava trabalhando na Mara's Kitchen, e seu coração nunca cessava de dar um pulo, sempre que ela via e rapidamente respondia.

Também te amo. Também sinto sua falta.

Hoje, a mensagem veio diferente, o que a deixou meio desnorteada.

Hoje eu te amo ainda mais. Preciso de você.

Ele nunca tinha escrito que precisava dela e a leve diferença a deixara em estado de alerta. Ela deixou tudo na mão de sua gerente e foi embora cedo da Mara's Kitchen, precisando ver Jared, para se tranquilizar de que tudo estava bem.

Agora que ela estava ali, ela via que o marido parecia bem, em muitos sentidos, e ela ficou se perguntando se teria apenas entrado em pânico por nada.

Ela tirou a jaqueta e as luvas, e deixou numa bancada novinha, recém-elaborada, perto de uma janela grande. Jared tinha concluído a demolição da estrutura velha e queimada, e começara a fazer tudo de novo. Ele estava fazendo uma réplica da casa antiga, tentando duplicar tudo para que remetesse ao mesmo modelo e período da residência anterior. A maior parte da casa já estava de pé e tinha aquecimento e fiação instalados, mas muitos detalhes do interior ainda precisavam ser concluídos. Depois, Jared gostaria de transformar a casa em um museu, mostrando objetos de antiguidade para contar a história de Amesport. Ela tinha chorado como um bebê, no dia em que ele lhe mostrou a placa que pretendia desenhar, dedicando o museu em memória da mãe e avó dela, pois sua família tinha passado tanto tempo naquele pedacinho de terra.

Mara mantinha os olhos colados nas costas musculosas, enquanto seguia em direção a ele, precisando tocá-lo.

Eu preciso de você.

Não que Jared não lhe dissesse isso o tempo todo, mas ele nunca tinha mandado escrito numa mensagem. Eles estavam casados havia cinco meses, depois de um casamento ainda mais veloz que o de Sarah e Dante. Evan havia voltado para o casamento, assim como Hope e Jason. Alguns meses depois, Jason trouxera Hope para voltar a morar permanentemente em Amesport, e ela e Hope haviam se tornado extremamente próximas. Na verdade, ela também tinha feito uma boa amizade com Sarah, Emily e Randi também, com todas as mulheres e Kristin, sua melhor amiga agora curada, se reuniam, sempre que possível.

Eu tenho uma família outra vez. Uma porção de familiares e amigos.

Não importava que nenhum deles fosse por um laço de sangue. Mara rapidamente descobrira que uma vez que você se torna um Sinclair, através do casamento, você é acolhido e considerado como família por eles. E, ah, sim, era muito bom ter irmãos e irmãs, algo que ela nunca havia tido, pessoas com quem ela sabia poder contar para apoio, se precisasse de qualquer coisa.

Mara lentamente passou os braços em volta de Jared, abraçando-o por trás, depois que ele pousou o martelo. – Oi, bonitão – ela ronronou, junto às costas dele.

- Oi, benzinho, você chegou cedo. – Ele instantaneamente virou e lhe deu um abraço. – Eu estou todo suado e provavelmente fedorento – ele alertou.

- Acontece que eu gosto de você quente e suado. – E lhe vieram à mente, as visões da muitas vezes que ele ficava suado pelo esforço de fazê-la gozar até gritar. Ela inalou seu cheiro de almíscar e as imagens ficaram mais nítidas. Ela tinha muitas dessas lembranças, porque Jared tinha um desejo insaciável de lhe dar prazer. Não que ela estivesse reclamando.

- Eu também te amo assim. Quer ficar suada comigo? – ele perguntou, esperançoso, deslizando as mãos pelas costas dela, por cima do suéter.

Ela recuou e o olhou nos olhos. – Você está bem? – ela via que sim, mas sentia que havia algo que o afligia.

Ele hesitou, por um momento, antes de responder. – Sim, estou. Por quê?

Eu preciso de você.

Ela lentamente sacudiu a cabeça, percebendo que havia reagido excessivamente. – Seu texto estava diferente hoje. Achei que você precisasse de mim, então, saí cedo.

Jared recuou um minuto, para enfiar a mão no bolso e pegar o celular. Ele ficou olhando o aparelho, por um minuto, depois respondeu – Acho que eu digitei o que estava sentindo no momento. É diferente. – Ele franziu o rosto ao olhar para ela, com uma expressão intensa. – Não posso acreditar que você sequer tenha notado. – Ele colocou o telefone de volta no bolso.

Ela tentou explicar. – Não foi só por causa das palavras. Depois que eu li, foi como se eu sentisse... algo.

Jared deu um suspiro. – Eu estava pensando numa ideia, quando escrevi pra você.

- O quê?:

- Desde que eu comecei a trabalhar nessa casa, eu percebi quanta falta isso me fazia. Eu sei que só estou fazendo uma réplica, e nem estou fazendo o trabalho todo sozinho, mas sinto falta de restaurar a história. Tive uma ideia maluca de parar com o meu negócio imobiliário e começar um novo empreendimento.

O coração de Mara deu um pulo. Será que ele gostaria de retomar sua antiga paixão? – Você quer voltar a restaurar casas antigas?

Ele sacudiu os ombros. – Foi só uma ideia e não é muito realista. Como eu poderia abandonar o controle de um negócio que gera milhões, para ingressar em algo novo, que não vai fazer uma tonelada de dinheiro?

- Com muita facilidade – disse Mara, com um tom voraz, enlaçando o pescoço dele. – Nós temos bilhões, Jared. Você não precisa fazer mais dinheiro. Está pronto para voltar a restaurar casas antigas? Ela queria isso para ele, desesperadamente, mas só se isso o fizesse feliz.

Ele sorriu para ela. – Você está disposta a me ver abandonar a vida corporativa para restaurar casas velhas?

Ela sorriu pra ele. – Com alegria. Você fica muito gato todo suado e sem camisa. E eu acho a sua bundinha muito sexy de jeans. – Ele estava no mercado corporativo há anos, tentando ser mais parecido com seu irmão Evan. Era hora de Jared ser somente ele. – É isso que você realmente quer?

- Sim. É. Eu acho que finalmente percebi que isso é o que quero fazer e a morte de Selena e Alan não têm nada a ver com isso. Eles estavam ligados apenas na minha cabeça, pela culpa.

Mara o afagou carinhosamente, passando a mão em seu queixo, com a barba por fazer. – Então faça. Eu quero que você seja feliz. – Ela estava em júbilo, sabendo que Jared estava finalmente livre. Depois de anos se torturando, ele agora finalmente podia seguir em frente.

Ele lhe deu um abraço bem apertado e mergulhou o rosto nos cabelos dela. – Eu já sou feliz porque tenho você, meu benzinho. Voltar às restaurações, como eu quero fazer só seria um pouco de glacê no meu bolo doce.

- Então, pode trazer o glacê – ela murmurou, antes de puxá-lo para um beijo carinhoso. – Um bolo nunca pode ser doce demais.

- Você é incrível – disse ele. – Acho que eu realmente precisava falar com você.

Mara também achava. Do contrário, ele teria se convencido a não fazer, alegando que estava mergulhado demais no setor imobiliário para perseguir seu sonho original. A última coisa que eles precisavam era dinheiro. Jared já era um dos homens mais ricos do mundo.

Ela levou um susto quando o celular de Jared tocou e ele fez uma cara feia, ao tirar do bolso outra vez. – É o Jason. – Ele atendeu logo.

Mara ficou ouvindo atentamente, enquanto ele falava, parecendo nervoso.

- Está certo, nós logo estaremos aí. Não me importa se não houver nada que possamos fazer. Eu quero estar aí. Esse é meu primeiro sobrinho e eu quero estar por perto, quando ele nascer – Jared disse, ao telefone.

Mara sorriu. Obviamente, Hope havia entrado em contrações e talvez demorasse muito, porque era seu primeiro filho, mas, por motivo algum Mara perderia a chance de estar lá. Ela sabia que Hope estava empolgada e nervosa. Se Hope tivesse que esperar que começasse o trabalho de parto, Mara queria estar lá por ela.

Jared desligou o telefone. – A Hope começou a ter as contrações. Jason disse que pode demorar um bocado, já que as contrações estão bem distanciadas uma da outra. Eu devo ter tempo de tomar um banho.

- Eu vou preparar umas coisas para todos nós comermos, enquanto você toma banho – Mara concordou, enquanto vestia novamente a jaqueta. – Eu estou tão animada. Mal posso esperar para ver a minha sobrinha.

- Sobrinho – Jared resmungou. – É o primeiro Sinclair da próxima geração. Será um menino. Caso você não tenha notado, os meninos parecem imperar na família Sinclair.

Mara riu. – Você sabe que o Jason e a Hope não quiseram saber o sexo do bebê, antecipadamente. Você está baseando a sua informação no fato de que historicamente, há mais meninos que meninas, na sua família? – Ninguém saberia o sexo da criança, até que ela nascesse.

Já de camisa e jaqueta, Jared sorriu. – Na verdade, não é só isso.

- Você só está torcendo para que seja um menino – Mara o acusou, com uma risada, enquanto ele a puxava em direção à porta. Ela sentia o coração leve, com a ideia de acolher um novo bebezinho na família. – Pode muito bem ser uma sobrinha. Você se importaria?

- Não. Não me importa se for sobrinho ou sobrinha. Eu ficarei igualmente alegre com qualquer um.

Mara parou na porta para olhar o marido. – Então, por que você fica dizendo que será seu sobrinho?

- Porque a Beatrice me disse. Ela falou que seu espírito guia lhe disse muito claramente.

Mara caiu na gargalhada. – Sei. E dias atrás, ela me disse que o Evan estaria casado nos próximos seis meses, com uma mulher que seria seu par perfeito. Ela conheceu Evan no casamento.

Ela previu Sarah e Dante. E previu nós dois. – Jared pegou a chave ao abrir a porta, balançando seu chaveiro que ainda tinha a pedra apache que Beatrice lhe dera. – Pode me chamar de maluco, mas eu estou começando a me perguntar se não há algo bem interessante nas previsões dela.

Mara tinha de admitir que ele estava com a razão. Beatrice parecia mesmo ter umas premonições assustadoramente verdadeiras, ultimamente.

- Bem, nós vamos ver se eu terei um sobrinho ou uma sobrinha – Jared brincou, ao puxá-la pra fora da porta e trancar.

Eles saíram correndo para seus carros, por conta da temperatura gélida, e Mara foi seguindo Jared até a Península, onde ele tomaria um banho e ela poderia preparar uma comida antes que eles saíssem para o hospital, para a espera do primeiro sobrinho de Jared... ou sobrinha.

Foi, mesmo, uma noite longa, mas eles tiveram companhia de sobra, com toda a família Sinclair reunida na sala de espera. Na verdade, Hope só teve seu menino saudável na manhã seguinte.

No outro dia, Mara saiu do hospital bocejando, com a cabeça pousada no bíceps forte de Jared, depois de ter finalmente a chance de dar ao bebê, as boas vindas à família.

- Foi menino – Jared disse, presunçoso.

- Coincidência? – Mara perguntou sonolenta.

Jared sacudiu os ombros e a puxou para perto, para protegê-la do vento frio, enquanto eles caminhavam até o carro. – Acho que veremos se o Evan acabará casado, em breve. Isso certamente fará com que eu passe a acreditar nas previsões de Beatrice – a voz de Jared estava ligeiramente entretida.

Mara assentiu e se aninhou no calor de Jared. Essa previsão de Beatrice, em particular, era um tiro no escuro. Mas ela silenciosamente torcia para que se tornasse verdade, por mais improvável que parecesse.

De alguma forma, ela acabou casando com Jared e, pra ela, isso não era menos que um milagre. Ela bocejou, enquanto Jared destrancava a porta do carro e abria a porta do passageiro pra ela.

- Cansada? – ele perguntou, com uma voz preocupada.

- Certamente. – Agora que a empolgação da nova chegada havia passado e tanto Hope quanto o bebê estavam saudáveis, a exaustão veio como uma pedrada.

- Vamos para casa, para você dormir um pouco. – Jared acomodou Sarah em seu banco, prendeu o cinto e deu uma corrida até o lado do motorista.

Ela sorriu quando o marido entrou no carro, lançando um olhar de adoração, antes de fechar os olhos e começar a pegar no sono. Para ela, um lar não era mais um lugar, ou uma casa; era um estado de espírito. Contanto que Jared estivesse ao seu lado, ela sempre estaria em casa.

Fim

Biografia

J.S. Scott "Jan" é autora de romances eróticos best-sellers do New York Times, do Wall Street Journal e do USA Today. Ela é também leitora ávida de todos os tipos de livros e literatura. Ao escrever sobre o que ama ler, J.S. Scott cria romances contemporâneos quentes e romances paranormais. Eles são geralmente centrados em um macho alfa e têm sempre um final feliz, já que ela simplesmente não consegue escrever de outra forma! Ela mora nas belas Montanhas Rochosas com o marido e os dois pastores alemães mimados.

Jan adora entrar em contado com os leitores. Você pode visitá-la em:
Acesse: http://www.authorjsscott.com

Facebook Oficial: http://www.facebook.com/authorjsscott
Facebook Oficial no Brasil: https://www.facebook.com/J.S.ScottBrasil

Instagram: http://www.instagram.com/j.s.scottbrasil
Você também pode tuitar: @AuthorJSScott

Para receber notícias sobre lançamentos, vendas e sorteios, assine o boletim informativo em http://eepurl.com/KhsSD

Livros em Português de J. A. Scott

Série A Obsessão do Bilionário:

A Obsessão do Bilionário: A Coleção Completa (Simon)

O Coração do Bilionário (Sam)

A Salvação do Bilionário (Max)

O Jogo do Bilionário (Kade)

Procure a história de Travis, em breve.

Série Um romance dos Irmãos Walker:

Liberte-se! (Trace)

O Playboy! (Sebastian)

Série Os Sinclair:

Um bilionário raro (Dante)

O bilionário proibido (Jared)

Procure a história de Evan, em breve ~